Jürgen Seibold

Schwer verdaulich

Ein Neckar-Krimi

Silberburg-Verlag

Jürgen Seibold, 1960 geboren und mit Frau und Kindern im Rems-Murr-Kreis zu Hause, ist gelernter Journalist, arbeitet als Buchautor, Musik- und Filmkritiker und betreibt eine Firma für Internet-Dienstleistungen.

Sie wollen mehr wissen über Gottfried Froelich?

Kein Problem: Das für diesen Krimi erfundene Bestattungsinstitut ist online ... www.institut-froelich.de

1. Auflage 2010

Lektorat: Michael Raffel, Tübingen.
Umschlaggestaltung: Wager ! Kommunikation, Altenriet.
Druck: CPI books, Leck.
Printed in Germany.

ISBN 978-3-87407-992-1

Jürgen Seibold

Schwer verdaulich

Freitag, 1. Oktober

Inge Coordes hakte sich bei Gottfried Froelich unter und sah vom Gehweg hinunter auf die Anlegestelle. Es war achtzehn Uhr, und drunten am Steg stand schon eine munter plaudernde Gruppe von vielleicht fünfzig, sechzig Leuten zusammen. Einige hatten Stofftaschen dabei, manchen Männern baumelten lederne Handtaschen vom Handgelenk, während einige ältere Damen ihre Handtaschen umklammerten, als wollte sie ihnen jeden Moment ein Fremder aus der Hand reißen. Einige Gäste hatten sich auch Rucksäcke umgeschnallt, und Froelich fragte sich schon, ob sie mehr Stauraum brauchten als Inges recht große Umhängetasche zu bieten hatte.

Froelich blieb kurz stehen, um zu verschnaufen. Der Fußweg von der Stadtbahnhaltestelle und an der Wilhelma vorbei hatte ihm ein wenig zugesetzt, und möglichst unauffällig tupfte er sich nun mit einem Taschentuch die Stirn und die Oberlippe trocken.

»Tja, mein Lieber«, neckte ihn Inge, »da ist wohl Sport angesagt, was?«

»Meinetwegen«, brummte Froelich, grinste aber dabei. »Aber zunächst gehen wir mal schick essen.«

Er ließ den Blick über den Neckar schweifen, sah eine S-Bahn, Personen- und Lastwagen, einen Omnibus und eine Stadtbahn über ihre Brücken flitzen, sah unter der Brücke die Schleusenanlage und hinter dem Fluss den Stadtteil Bad Cannstatt liegen.

»Na, komm, Gottfried«, sagte Inge schließlich und ging mit ihm die Treppe hinunter.

Das Schiff, auf dem sie den heutigen Abend verbringen wollten, lag an der Ufermauer, und gerade hakte ein Mann in einer Art Uniform die Kette los, die bisher den Einstieg versperrt hatte.

Die Ersten bemerkten, dass nun der Weg aufs Schiff frei war, und schlenderten gemütlich über den Steg auf die »Anna

Schäufele«. Froelich erinnerte sich vage, dass hier sonst ein gewaltiges Gedränge herrschte, weil jeder – je nach Witterung – einen möglichst trockenen Platz im Inneren oder einen möglichst sonnigen Platz auf einem der Freidecks ergattern wollte.

Heute war solche Hektik nicht nötig: Der Verein zur Genusspflege e. V., Ortsgruppe Besigheim, hatte in seiner Einladung ausdrücklich darauf hingewiesen, dass es Platzkarten gebe und dass besonders viel Sorgfalt darauf verwendet worden sei, jedem Gast eine angenehme Tischgesellschaft zu bescheren.

Um ehrlich zu sein: Froelich hatte mehr Interesse am Speisenangebot, aber gegen eine gepflegte Unterhaltung nebenbei war natürlich nichts einzuwenden.

Als Inge und Gottfried den Uniformierten erreichten, der nun jeden Neuankömmling mit ausgesuchter Höflichkeit begrüßte und dabei aufmerksam die Tickets kontrollierte, waren im oberen Deck hinter den Fenstern zur Uferseite hin schon die Köpfe jener Gäste zu sehen, die bereits ihren Platz eingenommen hatten.

Hinter den Fenstern des Hauptdecks dagegen hingen silbern geschmückte Papier- und Bambusfächer und allerlei mehr oder weniger geschmackvolle Dekorationsmaterialien, zwischen denen hindurch man ein ausladendes und reich beladenes Büffet erahnen konnte.

* * *

Im Durcheinander der Gäste, die überall auf dem Oberdeck nach ihren Sitzplätzen suchten, war es nicht allzu schwer gewesen, den Sportrucksack auf dem hinteren Freideck so zu platzieren, dass er nicht störte und auch niemandem besonders auffiel.

Ohnehin würde eine flüchtige Untersuchung nichts Ungewöhnliches ergeben: Obenauf, im Hauptfach des Rucksacks, lag allerlei Kram, wie er für Ausflügler typisch war. Aber unter dem Durcheinander aus Fotoapparat, Stiften, Handcreme, Kräuterbonbons, Wasserflasche und einer Packung Papiertaschentücher war ein zweiter Boden eingearbeitet, und erst unter diesem befanden sich die beiden Apparaturen, die später so wichtig sein würden.

Auch nicht jedes der im Rucksack steckenden Päckchen aus Butterbrotpapier enthielt ein Vesperbrot, aber dazu hätte jemand die Verpackung aufklappen müssen, und damit war eigentlich nicht zu rechnen. Noch ein kurzer prüfender Blick über das Freideck, und dann ging die Gestalt ruhig und fürs Erste zufrieden zu ihrem Sitzplatz.

* * *

Aus den Bordlautsprechern dröhnte ein Swingtitel, der Froelich an die Zwanzigerjahre erinnerte. Nach kurzer Zeit wurde die Musik ausgeblendet, und der Kapitän begrüßte seine Passagiere und hieß sie im Namen seiner Schifffahrtsgesellschaft herzlich willkommen an Bord des »Schwimmenden Büfetts«, wie die »MS Anna Schäufele« für diesen Abend firmierte.

Die Musik wurde wieder lauter, und blubbernd nahm der Dieselmotor Drehzahl auf. Als das »Schwimmende Büfett« ablegte und sich rückwärts in den Neckar hinaustastete, tauchte das Heck in die dichten Abgasschwaden, die der Diesel absonderte. Kurz zog ein scharfer Geruch durchs Deck, aber dann gab das Schiff Schub nach vorn und nahm Kurs auf die flussaufwärts liegende Schleusenanlage.

* * *

»Entschuldigen Sie bitte«, sagte der Serviceleiter, »aber das Büfett ist noch nicht eröffnet.«

»Ja, ich weiß«, sagte die Gestalt, ließ kurz ihren Blick über die angerichteten Speisen schweifen und nickte dann zu den Toiletten hin. »Ich muss mal kurz.«

»Verstehe«, lächelte der Serviceleiter und ging nach vorn zur Treppe, um sich einen Kaffee zu holen.

Die Gestalt sah ihm nach, blickte dann durch ein Fenster auf den Fluss hinaus und beobachtete immer wieder die Tür zum Maschinenraum, die zwischen den Toiletten von einem kleinen Vorraum ins Heck führte.

Nach einer kurzen Weile öffnete sich die Tür, ein hagerer Mann mit nur noch wenigen grauen Haarsträhnen auf dem ansonsten kahlen Schädel kam heraus, verschloss die Tür hinter sich und ging zur Toilette hinüber. Die Gestalt sah sich noch einmal kurz nach allen Seiten um und folgte ihm.

* * *

»So, haben wir Spaß?«

Der junge Mann, der in der Captain's Lounge hinter der Tür auf dem Boden gesessen hatte, sah erschrocken von seinem Handy auf.

»Geben Sie mal her!«, kommandierte der andere Mann und streckte die Hand aus.

Zögernd übergab der junge Mann dem Älteren sein Handy und erhob sich unsicher.

Kapitän Paulsen warf einen kurzen Blick auf das Handydisplay, dann schaltete er das Gerät aus und ließ es in seiner Hosentasche verschwinden.

»Und? Gewonnen?«

»Ich … Äh … Ich …«

Der junge Mann war sichtlich verlegen und trat von einem Bein aufs andere.

»Mensch, Faller, wie oft soll ich Ihnen noch sagen, dass ich es überhaupt nicht schätze, wenn man hier an Bord seine Aufgaben nicht selbstständig erledigt – und sich stattdessen abseilt, wie Sie sich das schon ein paar Mal erlaubt haben.«

»Tut mir leid, Käpt'n …«

»Davon kann ich mir nichts kaufen, Herr Faller!«

Paulsens Tonfall war schneidend, und der junge Mann wand sich.

»Sie sind hier Leichtmatrose, und das heißt nicht, dass Sie es leicht haben – das heißt, dass Sie hier am untersten Ende der Hierarchie stehen. Und wenn ich Sie nicht achtkant rauswerfen soll, bevor Sie auch nur die erste Stufe nach oben genommen haben, dann sollten Sie sich jetzt wirklich am Riemen reißen!«

Faller schluckte.

»Haben Sie Ihre Jobs denn alle schon erledigt?«

»Äh … fast. Und ich wollte gerade …«

Paulsen seufzte.

»Mensch, Faller«, begann er schließlich, und in die Strenge seines Tonfalls mischte sich ein wenig Resignation. »Zu meiner Zeit auf hoher See hätte es Ihnen passieren können, dass Sie mein erster Käpt'n einfach irgendwo zurückgelassen hätte. Der war da nicht besonders zimperlich. Aber damit, Sie in Plochingen oder Hessigheim auszusetzen, kann ich Sie vermutlich nicht erschrecken, was?«

Faller ließ ein kurzes Grinsen über sein Lausbubengesicht huschen. Wenn sich der Käpt'n wieder an die alten Zeiten erinnerte, war das Schlimmste für ihn in der Regel schon überstanden.

»Machen Sie sich an die Arbeit, Mann!«, herrschte Paulsen ihn dann noch einmal an, weil ihm natürlich aufgefallen war, dass sich sein Leichtmatrose schon wieder etwas entspannte.

»Äh … und mein Handy?«, fragte Faller vorsichtig.

»Welches Handy?«, schnappte Paulsen zurück, und Faller schloss daraus völlig zu Recht, dass er dieses Thema nun besser nicht vertiefte. Das Telefon würde er heute vor Feierabend wohl nicht mehr zu Gesicht bekommen.

Geschickt huschte er auf den Ausgang der Captain's Lounge zu.

»Florian?«

Die Stimme des Käpt'ns klang plötzlich viel versöhnlicher, und ohnehin wurde er von dem gestrengen Freund seines Vaters seit dem Anheuern auf der »MS Anna Schäufele« nicht mehr häufig beim Vornamen genannt.

»Ja, Käpt'n?«

Über Paulsens Gesicht huschte ein Lächeln. Es war ein gutes Zeichen, fand er, wenn der kleine Florian professionelle Distanz wahren konnte.

»Machen Sie mir keine Sorgen, Herr Leichtmatrose«, nickte er ihm freundlich zu und deutete einen Gruß an.

Faller salutierte zackig, grinste breit und war auch schon aus der Captain's Lounge verschwunden.

* * *

Ein leises Klingeln war zu hören. Froelich sah zu einem der benachbarten Tische hinüber. Dort hatte sich ein Mann Mitte fünfzig erhoben und sah sich erwartungsvoll um. Als das Gemurmel der Gäste nicht leiser wurde, klopfte er noch einmal mit seinem Messer gegen das Weinglas. Schließlich hob er das Glas geziert am Stil nach oben und schlug noch einmal etwas fester mit dem Messer dagegen – etwas zu fest, denn das Glas zerbarst und winzige Scherben flogen vor dem Mann auf den Tisch. Bedeppert sah er auf den Stiel, den nun nur noch ein kleiner Rest des Glases krönte – immerhin hatte er nun die Aufmerksamkeit aller Anwesenden.

Eine Bedienung eilte herbei und beseitigte die Scherben – das Glas war zum Glück leer gewesen, und wenige Augenblicke später huschte sie bereits mit gefüllter Kehrschaufel zurück hinter den kleinen Tresen zwischen den Treppenauf- und abgängen.

»Ähem«, räusperte sich der Mann nun und sah mit leicht gerötetem Kopf in die Runde.

»Da muss er wohl noch etwas üben«, raunte der neben Froelich sitzende Mann dem Bestatter grinsend zu.

»Ja? Warum üben?«

»Unser neuer Vorsitzender, der neben dem ungeschickten Glasklopfer sitzt, leitet heute zum ersten Mal unser ›Schwimmendes Büfett‹. Und anders als sein Vorgänger pflegt er offenbar mehr den Teamgeist – also darf Muhrmann, sein Stellvertreter, heute die Rede halten. Tja, und der ist das als Metzger eher nicht so gewohnt. Der arbeitet eher mit Messer und Hackblock, seine Sätze sind ... wie soll ich sagen ... da etwas weniger geschliffen als seine Messer. Und Gläser hat er lieber dickwandig fürs Bier oder, wenn schon für Wein, dann mit grünem Henkel.«

»Aha«, machte Froelich, nickte und sah wieder zu dem stellvertretenden Vorsitzenden hin, der nun den Glasstiel auf dem Tisch abgestellt und ein mehrfach gefaltetes Manuskript aus der Tasche gezogen hatte.

»Meine Damen, meine Herren«, begann er, und seine Aussprache war eine putzige Mischung aus versuchtem Hochdeutsch und gelebtem Schwäbisch. »Ich derf Sie hier an Bord von onserm ›Schwimmenden Büffee‹ begrüßa.«

Er sprach es wirklich »Büffee« aus, mit starker Betonung auf der ersten Silbe, als habe jemand einen Wohnzimmerschrank – eben ein »Büffee« – aufs Schiff geschleppt.

»Sie werrat sich nachher glei ordentlich bedienen, bitte, aber z'erscht, ich moin: zuerscht mechte ich a bissle auf onser diesjährigs Jubiläum eiganga.«

»Um Himmels willen«, entfuhr es Froelichs Nebensitzer. »Das kann dauern ...«

»Stimmt«, dachte Froelich. Auf der Einladung zum »Schwimmenden Büfett« war erwähnt worden, dass das Gourmet-Treffen diesmal zum 25. Mal stattfand.

»Mein Name ist übrigens Roland Butterweck«, sagte der Mann neben Froelich, reichte ihm die Hand und musterte ihn aufmerksam.

»Gottfried Froelich, angenehm«, erwiderte Froelich leise und drückte die Hand fest. »Und das ist meine Freundin, Inge Coordes.«

Butterweck nickte Inge freundlich zu, dann wandte er sich wieder an Froelich.

»Sie haben gar nicht geschmunzelt, als Sie meinen Namen hörten.«

»Warum sollte ich?«

»Na ja … *Butterweck*?«

Froelich dachte kurz nach, dann lächelte er.

»Ja, das ist schön hier beim ›Schwimmenden Büfett‹. Aber wissen Sie: Ich heiße Froelich und bin Bestatter – da sollte ich nicht über andere Namen lachen, meinen Sie nicht auch?«

Butterweck prustete los und hatte Mühe, ein lautes Lachen zu unterdrücken. Trotzdem unterbrach der stellvertretende Vorsitzende seine noch immer andauernde Rede mitten im Satz und sah kurz tadelnd zu den beiden Männern herüber. Noch wütender starrte sie der gedrungene Mann mit Vollbart an, der direkt neben dem Redner saß und sich viel Mühe gab, furchtbar wichtig auszusehen.

Froelich und Butterweck saßen auf ihren Stühlen wie zwei Schüler, die der Lehrer bei einem Streich erwischt hatte, und grinsten sich an. Dann faselte der stellvertretende Vorsitzende weiter, und der eine oder andere hob verstohlen die Hand, um ein Gähnen zu verbergen.

»Wissen Sie was?«, tuschelte Butterweck nach einer kurzen Pause Froelich ins Ohr. »Bis der sich und uns alle müde gequatscht hat, stelle ich Ihnen einfach ein paar der Gäste vor. Nachher gehe ich mit meinem Fotoapparat herum und knipse die ganzen Gäste, damit unser Genussverein auch Stoff für seine Homepage hat. Aber im Moment habe ich noch nichts zu tun.«

»Einige von den Besigheimern kenne ich schon, die Stadt ist ja nicht so groß.«

»Wohnen Sie in Besigheim?«

»Ja, seit ein paar Monaten. Ich habe dort auch ein Bestattungsinstitut.«

»Schön«, grinste Butterweck. »Schade, dass ich in letzter Zeit viel außerhalb unterwegs war, sonst hätten wir uns sicher schon früher getroffen. Ich habe eine kleine Firma am Stadtrand, kümmere mich um Gärten und veranstalte ab und zu gastronomische Events wie diesen hier.«

»Davon wurde mir schon erzählt, klang spannend.«

»Danke. Also ... der Mann neben unserem begnadeten Redner« – Butterweck rollte dabei mit den Augen – »heißt Wolfgang Päble und ist seit kurzem der Vorsitzende unserer Besigheimer Ortsgruppe. Er hat ein Lokal in Besigheim. Dort hinten sitzt sein Vorgänger, Manfred Schieber, der ein Stück weit außerhalb von Besigheim einen Gasthof direkt am Enzufer hat. Die beiden mögen sich nicht besonders – Schieber wäre gerne Vorsitzender geblieben, aber Päble hatte einfach ein paar Strippen mehr, an denen er ziehen konnte.«

Froelich schüttelte den Kopf. Wie konnte man sich als Verein zur Genusspflege e.V. nur solchen kleinkarierten Hakeleien hingeben?

»Das dort vorne ...« – Butterweck deutete auf einen dicklichen Mann, der die Rede des stellvertretenden Vorsitzenden und Metzgers mit stoischem Lächeln ertrug und dabei verstohlen die anderen Gäste beobachtete.

Froelich legte seinem Nebensitzer die Hand auf den Arm. »Den Herrn kenne ich schon.«

»Ach so, stimmt ja: Sie sind ja Bestatter – da haben Sie natürlich häufig miteinander zu tun.«

»Das auch«, nickte Froelich. »Aber mit Pfarrer Brenz verbinden mich auch private Interessen: Wir essen beide gern, und wir spielen beide gern Orgel.«

»Ach, Sie machen Musik?«

»Ja, ja, meine Freundin Inge auch. Aber Sie wollten mir noch einige der Gäste vorstellen.«

»Stimmt.«

Butterweck deutete auf einen Gast nach dem anderen und gab kurze Kommentare zu jedem ab. Der stellvertretende Vorsitzende schien sich derweil dem Ende seiner unglaublich faden Rede zu nähern.

»Jetzt kommt dann gleich sein Einsatz«, sagte Butterweck und zeigte auf einen sehr hageren Mann mit grauen Haaren und einem sorgfältig gestutzten Kinnbart. »Das ist Walther Neuneck.«

Butterweck ließ den Namen wirken und sah Froelich aufmerksam an.

»Sie sagen das so, als müsste man den Mann kennen«, sagte Froelich schließlich. »Mir sagt der Name nichts. Neuneck, sagten Sie?«

»Sie kennen Neuneck nicht? Da merkt man, dass Sie nicht beruflich mit der Gastronomie zu tun haben. Er schreibt für die ›Auster‹ und ist deren gefürchtetster Gourmetkritiker.«

Die »Goldene Auster« war Froelich natürlich ein Begriff. Auch er hatte das führende deutsche Gourmetmagazin abonniert, und einmal im Jahr gab der Verlag der Zeitschrift ein Buch heraus, das schlicht mit »Gourmet« betitelt war und als Bibel für Feinschmecker galt. Seit ein paar Jahren hatte der Verlag das Konzept erweitert: Das Buch hatte nun auch ein Cover auf der Rückseite, dominiert von dem Titel »Gourmand«. Und während das Buch von der »Gourmet«-Seite her die Restaurants vorstellte und mit Austern bewertete, die der Redaktion eine Empfehlung wert waren, konnte man, wenn man das Buch wendete und von der »Gourmand«-Seite her las, bitterböse Verrisse von Lokalen lesen, vor denen die Redaktion inbrünstig warnte.

»Ich lese die ›Auster‹ sehr gerne. Aber Walther Neuneck … Der Name sagt mir nichts.«

»Als Kritiker nennt sich Neuneck nur Olivo, aber in der Szene wissen die meisten natürlich, wer dahintersteckt.«

»Olivo? Er ist Olivo?«

Das Pseudonym kannte Froelich: Dieser Olivo, dessen Artikel immer mit einem Schattenriss als Autorenbild illustriert waren, schrieb die flammendsten Verrisse und die schwärmerischsten Lobeshymnen. Froelich konnte sich gut vorstellen, dass Olivo alias Neuneck in der Branche einen Ruf wie Donnerhall genoss.

»Und warum ist Neuneck ausgerechnet hier auf dem Schiff? Ist unser ›Schwimmendes Buffet‹ denn eine solche Attraktion? Die Redaktion der ›Auster‹ sitzt doch in Hamburg, oder?« Butterweck lachte kurz auf und winkte dem daraufhin erneut tadelnd herüberschauenden Muhrmann entschuldigend zu.

»Das schon, aber Neuneck kommt von hier.«

»Ach?«

»Ja, in den Achtzigern hat er bei einer Stadtzeitung als Reporter und Gourmetkritiker angefangen – die hieß übrigens ›Ketchup‹ …«

»…und deshalb derf ich Ihne jetzt den Satz saga, den wahrscheins scho älle, ich moin, alle herbeisehnen: Das fünfundzwanzigschte ›Schwimmende Büffee‹ ischt hiermit ereffnet!«

»Oh, wie passend.«

»Ja, nicht wahr? Dort machte er schon mit bösen Verrissen auf sich aufmerksam. Ich erinnere mich noch besonders gut an eine Tirade, mit der er ein kleines Szenerestaurant fast in den Ruin schrieb. Sinngemäß meinte er damals: ›Irgendjemand sollte dem Koch endlich verraten, dass man einen Backofen nicht nur zum Aufbewahren alter Brötchen verwenden kann.‹ Oder so ähnlich.«

»Dass ihm damals kein Anwalt auf die Finger geklopft hat …«

»Es war wohl knapp, aber Neuneck hatte Glück – und mit seinen Frechheiten machte er sich in den folgenden Jahren einen Namen unter Gourmets in und um Stuttgart. Tja, und irgendwann legt man sich mit so einem am besten nicht mehr an.«

»Ach«, seufzte Froelich und sah ein wenig neidisch zu Neuneck hinüber. »Das würde mir auch gefallen: Einfach mal so alles sagen dürfen …«

»Das ist bei Ihnen eher nicht gefragt, was?«

»Nein«, grinste Froelich. »Erst, wenn die Kundschaft dann im Kühlraum liegt. Aber dann ist es ja auch keine Kunst mehr …«

Ein Aufatmen schien durch den Raum zu gehen, und als wollte das Schiff es bestätigen, gab der Dieselmotor wieder lautstark Schub; während Muhrmanns ausufernder Rede hatte die »Anna Schäufele« mit der Schleuse nahe des Cannstatter Wasens die ersten Höhenmeter in Richtung Plochingen genommen. Nun waren die Tore der Schleuse flussaufwärts geöffnet, und das Schiff arbeitete sich voran auf den freien Neckar hinaus.

Butterweck hatte recht behalten: Walther Neuneck alias Olivo war mit Muhrmanns letzten Worten als erster Gast die Treppe hinunter ins Hauptdeck gehuscht und stand, als auch Froelich und Inge die schön inszenierten Speisen erreichten, bereits kauend vor einer Schale mit kleinen Vorspeisenhäppchen.

Die Vereinsmitglieder hatten sich gut mit den Gegebenheiten an Bord des Neckarschiffs arrangiert. Im Oberdeck, das gewissermaßen das erste und einzige Obergeschoss des Schiffes darstellte, waren die fest montieren Tische hübsch mit weißen Tischdecken und kleinen Blumenarrangements geschmückt, und unten, im Hauptdeck genannten »Erdgeschoss« der »Anna Schäufele«, waren die Tische zu beiden Seiten des Mittelgangs so aneinandergeschoben worden, dass sich nun links und rechts jeweils eine ebenfalls mit weißen Tüchern eingedeckte Tafel mit einer beeindruckend großen Auswahl an ganz unterschiedlichen Leckereien über die gesamte Länge des Innenraums erstreckte.

Zum Heck hin hingen einige Tischtücher als Sichtblenden von der Decke herunter, die den Gästen den Blick auf die dort inszenierten Gerichte verwehrten und nur einen Durchgang zu den dahinter liegenden Toiletten freiließen. Der neben den Sichtblenden postierte Serviceleiter an Bord der »Anna Schäufele«, Herbert Meier, ließ mit verschränkten Armen und eisigem Blick keinen Zweifel daran, dass er auch niemanden von den noch verborgenen Speisen naschen lassen würde. Er beobachtete aufmerksam die beiden Bedienungen und gab ihnen manchmal einen Wink – offenbar war er ihr Vorgesetzter.

»Dort hinten könnten die Desserts stehen«, sagte Inge zu Froelich, als habe sie seine Gedanken gelesen.

»Dann muss das halt noch ein wenig warten«, sagte Froelich leichthin und wandte sich selig lächelnd der beeindruckenden Auswahl am vorderen Teil der Tafel zu.

* * *

Die Sichtblenden schützten auch die Gestalt, die sich im Vorraum der Toiletten verbarg, vor dem Blick des Kellners, der niemanden zu den Desserts durchließ. Zum Glück musste im Moment niemand auf die Toilette, denn die Gestalt hatte mehr Mühe mit der verschlossenen Tür zum Maschinenraum als erwartet.

Dann endlich war das Schloss geöffnet, und die Gestalt schlüpfte in den halbdunklen Raum dahinter, den Rucksack fest an sich gepresst.

* * *

Vor den Tischen mit den schön angerichteten Speisen drängten sich schon bald die Gäste. Allerdings ging es weniger ruppig zu als an manch anderem Büfett.

»Sehen Sie das?«, raunte Jonas Brenz dem neben ihm stehenden Froelich zu und deutete auf eine silberne Platte, auf der Lachsscheiben schön auf crushed ice mit Limetten und Dill angerichtet waren. »Der Teller mit dem Lachs ist noch nicht ganz leer. Sie sind hier also unter kultivierten Feinschmeckern.«

Pfarrer Brenz lachte aus voller Brust, was bei ihm einiges hieß und eine beachtliche Lautstärke erreichte. Einige andere Gäste sahen überrascht zu ihnen hin.

»Stimmt«, pflichtete ihm Froelich grinsend bei. »Lachs ist sonst immer zuerst weg.«

Vor dem Lachs stand wie vor allen anderen Tellern, Schüsseln und Platten ein Kärtchen. Brenz hatte ihm erklärt, dass dort die Spender der jeweiligen Speisen ihren Namen vermerkten – und sich für ihre Kreationen mal mehr, mal weniger blumige Bezeichnungen ausdachten.

Der Lachsteller zum Beispiel war mit »Sanft gebeizter Lachs aus Aquakultur« und »Waltraud Müller« bezeichnet. Daneben waren dünne Fleischscheiben aufgerollt, in einer Auflaufform nebeneinander platziert und mit halben Feigen garniert. Auf dem Kärtchen stand: »Kalbfleisch in einer Feigen-Limettensoße / M. Alt«.

Auf einer marmorierten Steinplatte lagen Spiegeleier, die offenbar auf beiden Seiten angebraten worden waren, die Beschreibung pries »Sunnyside up« an. Eine rustikal aussehende gusseiserne Pfanne war randvoll mit Rührei, das aber offensichtlich mit ungewohnten Zutaten vermengt war, daneben lag ein aufgeschnittenes Baguette. Froelich las: »Rührei mit Bananen und Käse«.

Flädlesuppe dampfte in einer großen Schüssel, drum herum waren kleine Teller angerichtet, auf denen Nuss-, Kümmel- und Weißbrotscheiben lagen, bestrichen mit den unterschiedlichsten Butter-, Frischkäse- und Schmalzvariationen. Griebenschmalz erkannte Froelich mit bloßem Auge, für eine zwischen bräunlichen und grünlichen Farbtönen pendelnde Masse brauchte er das erklärende Kärtchen (»Gemüseaufstrich *down under*«), und Brenz griff sich an Froelich vorbei eine Scheibe, deren Auflage als »Rehmousse mit Wacholder, Sherry und Kräutern« beschrieben war.

Während Brenz genussvoll kaute und dabei immer wieder kurz die Augen schloss, schöpfte sich Froelich einen Teller mit einer würzig riechenden Kuttelsuppe voll – die daneben aufgeschichteten Bratkartoffeln ließ er weg.

Auf dem Weg nach oben stellte Froelich fest, dass er sich den Suppenteller wohl etwas zu voll geschöpft hatte. Er aß ein paar Löffel ab, um den Teller nicht mehr ganz so vorsichtig ausbalancieren zu müssen. Danach erreichte er unbeschadet seinen Platz, hatte sich aber kaum gesetzt, als es auf dem Teller schon wieder Platz für Nachschub gab.

Inge kam ihm entgegen. Sie hatte sich eine kleine Glasschüssel mit einem sehr bunt und knackig aussehenden Salat gefüllt, der mit Blüten bestreut war. Sie nickte ihm nur kurz lächelnd zu und redet dann weiter mit der Frau neben ihr, einer schlanken, großgewachsenen Blondine, die auf einem großen Teller kleine Kleckse von unterschiedlicher Farbe verteilt hatte. Froelich sah kurz irritiert auf ihre rechte Hand: Damit hielt sie den Teller ganz locker und fand noch Platz für ein gut gefülltes Kelchglas, das irgendwie zwischen Ring- und kleinem Finger zu hängen schien. In der linken Hand hatte sie deshalb genug Platz für zwei Baguettescheiben.

Als Froelich mit seinem zweiten Teller zurückkehrte, sah Inge amüsiert auf die beiden Berge Rührei, die er sich aufgehäuft hatte – er wollte in aller Ruhe das normale Rührei mit ordentlich Speck und Schnittlauch mit dem »Bananen-Rührei« vergleichen, das mit reichlich Käse überbacken war.

»Das ist Frau Frohe-Mertens«, stellte sie ihm die blonde Frau vor, die noch immer neben ihr stand. »Sie ist Sommeliere in Stuttgart, und ich habe sie vor zwei Jahren interviewt, als sie wieder einmal einen renommierten Preis bekam.«

»Na ja, Frau Coordes, das muss man alles nicht so wahnsinnig hoch hängen«, sagte die Sommeliere, nickte Froelich freundlich zu und nahm einen kleinen Schluck aus ihrem Glas.

»Ist das Wein?«, fragte Froelich – in der hellen Flüssigkeit schwammen kleine Fruchtstücke.

»Nein, Bowle«, lachte Karin Frohe-Mertens. »Aber verraten Sie mich bitte nicht! Als Sommeliere, die Bowle trinkt, ist man bei den ganz verbissenen ›Kennern‹ schnell unten durch. Aber ich hatte einfach Lust, mal wieder eine Bowle zu trinken. Schmeckt übrigens lecker – leicht und fruchtig, schön moussierend …« Sie unterbrach sich und lächelte entschuldigend. »Tut mir leid, das ist mir wohl schon so sehr in Fleisch und Blut übergegangen, dass ich gar nicht mehr anders kann. Ich fürchte, für ein einfaches Urteil wie ›schmeckt lecker‹ muss ich mich inzwischen richtig anstrengen.«

Alle drei lachten, und die Sommeliere verabschiedete sich und ging zu ihrem Platz zurück.

Inge und Froelich probierten gegenseitig von ihren Tellern, und Butterweck kam vom Büffet mit einem Teller, auf dem sich einige Röllchen in einer roten Tunke direkt an eine Scheibe Fleisch mit einer spannend aussehenden »Panade« drängten.

Butterweck hatte Froelichs interessierten Blick bemerkt.

»Das sind Zanderrouladen auf Tomatensugo und dazu Roastbeef in Olivenkruste mit einer Essigsoße – Balsamico, glaube ich.« Er grinste und zuckte mit den Schultern: »Ich habe wirklich versucht, mir beide Kärtchentexte komplett einzuprägen, aber da muss ich noch üben.«

»Wenn's schmeckt, pfeife ich auf die Kärtchen«, sagte Froelich und stopfte sich eine übervolle Gabel Rührei in den Mund.«

Abwechselnd aßen und fachsimpelten Inge, Froelich und Butterweck. Die drei verstanden sich prächtig, und nun, da die Rede zur Eröffnung der Veranstaltung gehalten war, störten sich auch Muhrmann und Päble nicht mehr an ihrer Unterhaltung und ihrem Lachen. Nur ab und zu sahen die beiden Funktionäre zu ihnen herüber – sie schienen ihnen die Störungen von vorhin noch nicht ganz verziehen zu haben.

* * *

Als die Gestalt alle Vorbereitungen im Maschinenraum abgeschlossen hatte, näherten sich Schritte. Sie drückte sich hinter die Tür zum Maschinenraum, zog einen großen Schraubenschlüssel aus dem nun ansonsten leeren Rucksack und hob die Hand – bereit zum Zuschlagen, sobald jemand den Maschinenraum betreten würde.

* * *

»So, mein Herr«, sagte Serviceleiter Meier und deutete eine kleine Verbeugung an. »Gehen Sie ruhig rein, ich warte hier so lange und bringe Sie dann wieder nach vorn.«

Der ältere Herr bedankte sich überschwänglich und stützte sich für die zwei Schritte bis zur Toilettentür schwer auf seinen Gehstock.

»Soll ich lieber mit reinkommen?«, fragte Meier schließlich. Der Gast schien allein doch nur gerade so klar zu kommen.

Mit gequältem Lächeln nickte der alte Mann.

»Wenn es Ihnen keine Mühe macht …«

Und damit verschwanden die beiden in der Herrentoilette.

* * *

Die Gestalt wartete noch kurz und lauschte, aber es waren nur die üblichen Geräusche aus der Herrentoilette zu hören. Kurz hielt sie den Atem an, als die beiden Männer feststellten, dass die Toilettenkabine besetzt war. Dann sagte eine ältere Stimme: »Ach, das macht nichts, ich kann auch im Stehen – alte Schule, wissen Sie?« Die beiden lachten, und die Gestalt atmete tief durch.

Sie öffnete die Tür einen Spalt breit und lugte hinaus auf das Hauptdeck. Der Kellner, der bis dahin die Desserts »bewacht« hatte, war nicht zu sehen – vermutlich war er einer der beiden Männer, die vorhin vor und jetzt auf der Toilette zu hören waren.

Bis zur Sichtblende, die den vorderen Teil des Hauptdecks von den Desserttischen und vom Toilettenbereich und dessen Vorraum abtrennte, hatte es die Gestalt schnell geschafft. Dahinter war im Moment nur noch der dicke Bestatter zu sehen, der sich den Teller ebenso vollgeladen hatte wie zuvor und nun schwerfällig zur Treppe ging und dann hinauf ins Oberdeck.

Die Gestalt schob sich den Schraubenschlüssel unter die Kleidung und steckte ihn im Gürtel fest, nutzte die günstige Gelegenheit und huschte bis zum unteren Ende der Treppe. Dort öffnete sie die Tür, sah sich kurz noch einmal um, beugte sich hinaus an die Reling und ließ den leeren Rucksack in den Neckar gleiten, der hier im Schatten des Schiffsrumpfs lag.

* * *

»Das ist die clevere Claudia«, sagte Butterweck grinsend zu Froelich und deutete auf eine Frau, die sich eine Nummer zu klein eingekleidet hatte. Die Knöpfe der Bluse hatten Schwerstarbeit zu leisten, und in dieser Größe musste der Rock fürchterlich kneifen. Dafür wirkte ihre rotblonde Turmfrisur umso ausladender. »Sie ist die Frau von Karl Müller, dem Kassierer unseres Genussvereins, und sie führt Ehe und Betrieb an der kurzen Leine.«

»Kein Wunder«, merkte Froelich an und grinste ebenfalls breit, »dass sich Müller so sehr für den Verein engagiert – wenn er daheim nicht viel zu melden hat.«

»Das wird wohl der Hauptgrund sein«, nickte Butterweck. »Claudia Müller jedenfalls hat von allen Aspekten ihres Geschäftslebens ganz klare Vorstellungen.« Er beugte sich noch ein wenig näher zu Froelich hinüber und fügte in gedämpftem Tonfall hinzu: »Übrigens auch von ihrem Privatleben, und da habe ich das mit der Leine auch beinahe wörtlich gemeint.«

Froelich verstand nicht gleich, aber Butterweck plauderte schon weiter drauflos.

»Claudia Müller hat den Weinbaubetrieb ihrer Schwiegereltern auf Vordermann gebracht, und ihr Mann, der als Wengerter durchaus Ahnung von seinem Metier hat, ist nicht schlecht damit gefahren, dass er ihren Vermarktungsideen gefolgt ist. Vor zwei Jahren erst haben sie ein neues Weingut bezogen – wunderschön gelegen auf einem sanften Abhang mit Blick auf den Neckar und die Felsengärten. Vielleicht sehen wir das Anwesen kurz vor unserer Ankunft in Besigheim: im toskanischen Stil, wirklich geschmackvoll.«

Butterweck machte eine kleine Pause und schob sich eine Dauphinkartoffel in den Mund. Er war mit Froelich zum Büffet gegangen und hatte sich ein wenig Beilagen, etwas Hähnchenbrust und einen Löffel von einer sämigen, kräftig gelben Soße aufgetan. Danach hatte er Froelich amüsiert dabei beobachtet, wie der sich gar nicht satt lesen konnte an den teils sehr originell beschrifteten Schildchen vor den einzelnen Speisen – und wie er sich schließlich »Blutwurst-Involtini an Cidreschaum« und »Schwäbische Pizza Vierjahreszeiten« auflud. Was auf dem letzten freien Fleck auf Froelichs Teller Platz fand, ließ die beiden Männer noch im Hinaufgehen herzhaft lachen: »Carpaccio von Weinbergschnecken aus der Hessigheimer Steillage« hatte auf dem Kärtchen gestanden – zwei offenbar mit Selbstironie gesegnete Vereinsmitglieder, die auf dem Kärtchen als »S & J Rommovski« signierten, hatten auf einem golden schimmernden Platzteller aus Oblaten, Frischkäse, hauchdünnen Fleischstreifen, etwas Senf, einem Fetzen Kopfsalat und einer Weintraube einen lecker aussehenden Snack aufgetürmt.

»Allerdings«, fuhr Butterweck fort, nachdem er die Dauphinkartoffel vertilgt hatte, »haben sie sich mit dem Neubau möglicherweise ein wenig verhoben. Karl Müller hat nach ein paar Viertele am Stammtisch mal eine entsprechende Bemerkung fallen lassen – sie scheinen finanziell im Moment ein wenig auf Kante genäht.«

Butterweck blickte bedeutungsschwer drein. Claudia Müller, die sich gerade angeregt mit dem Vereinsvorsitzenden Päble unterhielt, lachte laut auf – es klang ein wenig schrill, etwas überspannt. Karl Müller saß daneben und schien die lockere, vielleicht auch bemüht lockere Konversation nicht so richtig zu genießen.

»Die Bank macht wohl noch keine Zicken«, sagte Butterweck. »Aber das kann ja noch kommen. Und zuletzt hat es den Müllers eine Steillage komplett verhagelt.«

»Sind die denn nicht versichert?«

»Das schon, aber das macht den möglichen Gewinn nicht ganz wett – die Müllers sind inzwischen ganz gut im Direktvermarkten und erzielen richtig gute Preise für ihre Weine. Gute Tropfen übrigens, das muss man ihnen lassen.«

Butterweck plauderte lässig dahin, aber irgendwie klang er nicht so, als gönne er es dem Ehepaar Müller, für seine Weine hohe Preise verlangen zu können.

»Sie mögen die Müllers nicht so besonders, oder?«

Butterweck sah Froelich verblüfft an, dann hellte sich seine Miene schon wieder auf.

»Ach, geht so – früher bestückte ich alle meine Events mit Müller-Weinen. Aber seit sie die Nase und vor allem die Preise so hoch tragen, ergibt das für mich wirtschaftlich keinen Sinn mehr. Und davon, dass sie mir als altem Kunden einen Sonderrabatt einräumen würden, sollten Sie lieber nicht ausgehen.«

»Da schau an«, dachte sich Froelich. »Der gute Herr Butterweck hat auch so seine Rechnungen offen ...«

* * *

Muhrmann erhob sich wieder, und einige Gäste verdrehten schon die Augen. Aber diesmal machte es der stellvertretende Vereinsvorsitzende gnädig. Er sah kurz in die Runde, erzählte einen gar nicht mal so schlechten Witz und wies dann darauf hin, dass nun Rezepte zu allen im Rahmen des »Schwimmenden Büfetts« angebotenen Speisen auslagen, die man sich gerne als Anregung mit nach Hause nehmen durfte.

* * *

Inge ging nach dem Hauptgericht auf das hintere Sonnendeck, um eine Zigarette zu rauchen. Froelich holte sich von dem Stapel neben dem Treppenabgang eines der dicken Bündel, zu denen die Rezepte der heutigen Büfettbeiträge geschnürt worden waren. Unterhalb der Rezeptbündel stand eine Schachtel etwa von der Größe eines Schuhkartons auf dem Boden, auf der Bilder einer Auflaufform aus weißem Porzellan zu sehen waren.

Kurz packte ihn die Neugier, und er wollte nachsehen, ob hier vielleicht einer der Spender seinen Nachtisch vergessen hatte – aber dann kamen drei Gäste angeregt plaudernd auf ihn zu, und er ließ die Finger von dem Karton. Auf die paar Minuten, bis das Dessertbüfett eröffnet wurde, kam es nun auch nicht mehr an.

Mit einem Espresso ging er zurück an den Tisch und blätterte langsam durch die Rezeptesammlung. Die Blutwurst-Involtini hatten ihm nicht gut genug geschmeckt, als dass er nun auch noch wissen musste, wie dieses Attentat auf einen durchschnittlich empfindsamen Gaumen herzustellen war. Auch das Rezept für den Räucherlachs mit Limetten – der mit viel mehr Aufwand vorbereitet worden war, als der leicht fade Geschmack hätte vermuten lassen – überblätterte er desinteressiert.

Die Zutaten für die »Schwäbische Pizza« dagegen las er aufmerksam durch, und auch das Rührei mit Banane studierte er kurz – es war originell und lecker gewesen, hatte ihn aber, was das weitere Fassungsvermögen seines Magens anging, sehr zurückgeworfen.

Und so schmökerte er entspannt weiter, lernte etwas über die Feigen-Limettensoße, mit der das Kalbfleisch angerichtet worden war, erfuhr Tricks für das Zubereiten der Zanderrouladen und der Olivenkruste für das Roastbeef – und musste kurz auflachen, als er die Juxrezeptur zum Schnecken-Carpaccio entdeckte. Darunter hatten die witzigen Köche eine »Variante für die Erbtante« aufgeschrieben: »Ersetzen Sie den Bärlauch durch Lilie oder Herbstzeitlose.« Und schließlich gab es auf diesem Blatt als Zugabe das (ernstgemeinte und sehr lecker klingende) Rezept für »Weinbergschnecken im Trollingersößle« – Froelich lief schon wieder das Wasser im Mund zusammen.

Um Platz auf dem Tisch zu schaffen, stopfte er die dicke Rezeptsammlung in Inges sehr große Umhängetasche, die sie über ihrer Stuhllehne zurückgelassen hatte. Dann ging er ebenfalls zur hinteren Freiterrasse.

* * *

Einige Zeit später – Inge stand wieder auf dem Freideck – wollte sich Froelich mit einem weiteren Espresso versorgen und noch ein wenig in den Rezepten schmökern. Auf dem Weg nach vorn kam er an Claudia Müller und Karin Frohe-Mertens vorbei, die sich angeregt unterhielten, aber fast augenblicklich verstummten, als sie den sich nähernden Froelich bemerkten.

»Hallo, die Damen«, begann Froelich, der sehr wohl die abrupte Unterbrechung bemerkt hatte. »Ich hoffe, ich habe Sie nicht erschreckt. Ich möchte mir nur kurz einen Kaffee holen.«

»Nein, nein«, sagte die Frau des Wengerters Müller. »Wir waren ohnehin gerade durch mit unserem Thema, nicht wahr, Karin?«

»Ach, Sie beide kennen sich näher?«

Froelich war sich nicht ganz sicher, ob er seine Neugier mit ausreichend Beiläufigkeit verdeckt hatte.

»Aber sicher«, sagte nun Karin Frohe-Mertens. »Wir stammen beide aus Ottmarsheim, und so groß ist unser Heimatflecken nun wirklich nicht.«

Sie lachte perlend, recht angenehm, während Claudia Müller etwas angestrengt mitkicherte. Vielleicht machte ihr ja doch die allzu enge Kleidung zu schaffen. Und sie schüttelte sich dabei ein wenig, so dass ihre aufgetürmte Frisur in einige Wallung geriet. Claudia Müller war nicht dick, sie war nur eben nicht mager, hatte Kurven an den richtigen Stellen – aber offenbar kein Gespür dafür, wie viel Stoff eine Bluse oder ein Rock brauchte, um gut drumherum zu kommen.

»Wie schön«, plauderte Froelich drauflos. »Und nun können Sie hier auch noch über die Genüsse des Lebens reden.«

Froelich hatte sich nichts Böses dabei gedacht, eigentlich fand er die Formulierung sogar etwas zu schwülstig für gutes Essen und guten Wein. Aber Claudia Müller sah wie ertappt auf ihre Arme und schob schnell die Ärmel ihrer Bluse ein wenig nach vorn. Ihm war, als habe er zuvor noch dunkelrote Streifen an ihren Handgelenken gesehen, wie Druckstellen oder Haut, an der gerieben wurde. Er sah ihr kurz in die Augen und streifte dabei mit seinem Blick den Hals – auch hier waren einige Verfärbungen auf der Haut zu sehen, die das Make-up nicht ganz verdecken konnte.

Claudia Müller errötete ein wenig. Froelich bekam eine leise Ahnung, was Butterweck vorhin mit dem Privatleben und der Leine gemeint haben könnte.

Er räusperte sich.

»Ich meine«, fügte Froelich hinzu, um sich auf ein weniger verfängliches Terrain zu retten, »weil Sie doch beide beruflich mit Wein zu tun haben.«

»Ja«, schaltete sich Karin Frohe-Mertens ein, der die plötzliche Verlegenheit ihrer Jugendfreundin aufgefallen war. »Und Sie sollten wirklich mal einen von Claudias Weinen versuchen – sehr lecker, kann ich Ihnen sagen.«

Damit ließ es Froelich fürs Erste gut sein, und er ging weiter. Hinter ihm nahmen die beiden Frauen ihre Unterhaltung tuschelnd wieder auf, aber so sehr sich Froelich auch auf die Stimmen der beiden konzentrierte: Er konnte nicht verstehen, worüber sie sich so intensiv unterhielten.

* * *

Durch die Fenster der »Anna Schäufele« waren nun ganz gegensätzliche Wegmarken zu sehen. Erst lag am rechten Ufer hinter einer Flussinsel das Kraftwerk, das hier einen nicht geschleusten Seitenarm des Neckars zur Stromerzeugung nutzte. Dann konnte man links in der Höhe das Schloss Kleiningersheim bewundern. Nach einer Weile gingen die Blicke wieder nach rechts: Dort lag ein schöner Biergarten direkt am Ufer, dahinter ein Restaurant.

Gelangweilt und gesättigt saßen viele der Gäste auf ihren Plätzen, sahen mal links, mal nach rechts aus den Fenstern, und nippten an ihren Getränken.

* * *

Wolfgang Päble hatte sich kurz erhoben und mit ein, zwei Sätzen alles gesagt, was seine Gäste im Moment interessierte: Die Desserts warteten nun unten im Hauptdeck darauf, verspeist zu werden.

»Eigentlich kann ich gar nicht mehr«, seufzte Inge, als Froelich sie fragte, ob sie mit ihm hinunter zum Dessertbüfett gehen wolle. »Aber egal: Wir sind ja nicht nur zum Vergnügen hier«, lachte sie und folgte ihm, der schon ganz erwartungsfroh der Treppe hinunter ins Hauptdeck entgegenstrebte.

Servicechef Meier hatte den Weg zum letzten Drittel des Büffets inzwischen freigegeben. Der Sichtschutz war abmontiert, die dafür benutzten Laken lagen zusammengelegt unter einem Tisch ganz hinten im Raum.

Natürlich stand Walther Neuneck längst vor den Desserts und war in das Lesen der Kärtchen vertieft. Die anderen Gäste schienen ihn ebenfalls zu kennen und hielten respektvoll Abstand, einige tuschelten auch hinter seinem Rücken über ihn und lachten dann halblaut.

Froelich rückte auf einen frei werdenden Platz am Büfett nach und ließ seinen Blick über das Angebot schweifen. Mandelbutter sah er, auch lecker aussehende Grießschnitten mit Kirschkompott, vor einer besonders interessant gefüllten Auflaufform aus weißem Porzellan stand ein Kärtchen mit der Aufschrift »Geeistes Schokoladenmus mit einem Aprikosen-Orangenspiegel«.

»Ein Jammer«, dachte Froelich, »dass ich keinen Hunger mehr habe.« Mehr als zwei Dessertteller, das war ihm klar, würde er im Kampf gegen das starke Völlegefühl auf keinen Fall mehr hineinbringen. Da hieß es, sorgfältig auszuwählen.

»Ha!«, machte neben ihm eine triumphierende Stimme – es war Neuneck: Der Kritiker beugte sich über die Mandelbutter, wedelte sich etwas Luft zu und schnupperte, wohl um einen ersten Eindruck vom Aroma der Butter zu bekommen. Dann griff er sich einen bröckligen Keks, der wie eine sehr rustikale Zwieback-Variante aussah, und zog ihn quer durch die Buttermasse.

Dann hielt er den Keks prüfend in die Höhe und musterte die üppig aufgewischte Butter mit hämischem Grinsen. Dass die übrige Mandelbutter auf dem Teller nun über und über mit abgebrochenen Keksbröseln bestreut und dadurch ziemlich unansehnlich geworden war, schien Neuneck nicht weiter zu kümmern.

Froelich ging ein paar Schritte und versuchte seinen Ärger über diesen egozentrischen Ignoranten zu unterdrücken, indem er sich auf einen Dessertbereich konzentrierte, in dem die unterschiedlichsten Käsesorten versammelt waren. Er säbelte schließlich ein Stück von einem kleinen Laib geräuchtem Ziegenkäse, der wie Käse aussah und tatsächlich wie Rauchfleisch roch. Dann pickte er sich mit einem Zahnstocher einige Weintrauben von einer großen Obstplatte, löffelte etwas »Birnenmus mit hausgemachtem Williams« auf den Teller und stapelte noch zwei kleine herzförmige Stückchen Schokoladenkuchen daneben.

Inge war schon wieder fertig und ging mit einem Teller die Treppe hinauf, auf dem einige Obststücke ein kleines Gläschen mit einer weißen Masse einrahmten.

Als auch er sich wieder zum Gehen wandte, stand Neuneck noch immer vor der Mandelbutter, suchte nun aber an der Tischkante Halt. Froelich hatte keine Lust, sich von diesem unangenehmen Zeitgenossen womöglich eine theatralische Darbietung über eine völlig missratene Mandelbutter auftischen zu lassen. Also drängte er an dem Kritiker vorbei und tappte die Treppe hinauf ins Oberdeck.

Das Birnenmus war lecker, hätte allerdings mit etwas weniger Schnaps noch besser geschmeckt – es bot auf jeden Fall einen schön fruchtigen Kontrast zu dem sehr intensiven Ziegenkäse. Zu dem Schokoladenkuchen konnte er sich keine Meinung mehr bilden: Vom Hauptdeck herauf waren erschreckte Rufe und ein aufbrandendes Gemurmel zu hören, die nichts Gutes verhießen.

Inge und Froelich sahen sich kurz fragend an, dann stand schon beide auf und gingen zur Treppe hin.

* * *

Auf der Treppe standen einige Gäste und sahen zum Hauptdeck hinunter. Manche waren nur verblüfft, auf den Gesichtern einiger anderer breitete sich Entsetzen aus. Das eine

Augenpaar, das ruhig und beinahe zufrieden zum Büfett hinsah, fiel den beiden in der Eile nicht auf.

Auf halber Höhe der Treppe mussten Froelich und Inge eine Stufe auslassen, um unbeschadet über eine große Lache aus Eis und Kompott hinweg nach unten zu kommen. Eine junge Frau mit kurzgeschnittenen schwarzen Haaren hielt ihren Dessertteller schräg vor sich, auf dem noch die Spuren des heruntergerutschten Kompotts zu sehen war, und sah mit aufgesperrtem Mund zum Büfett hin.

Dort hatte sich ein Halbkreis gebildet, der sich allmählich etwas erweiterte, als wollte keiner der Gäste zu nahe an dem stehen bleiben, das sich dort befand. Froelich und Inge drängten weiter, und schließlich hatten sie die zweite Reihe im Halbkreis erreicht. Froelich streckte sich ein wenig, um über die Schulter des vor ihm stehenden Mannes blicken zu können – und hielt erschreckt die Luft an.

Inge, die zu klein war, um durch die vor ihr stehenden Gäste hindurch etwas erkennen zu können, sah Froelich fragend an.

»Neuneck«, murmelte Froelich knapp zu ihr hin. »Der liegt da und sieht tot aus.«

In die unheimliche Stille, die sich nach den ersten Schreckensrufen und dem anschließenden Gemurmel im Hauptdeck ausgebreitet hatte, kommandierte eine kräftige Männerstimme in einem Ton, dem professionelle Erfahrung einen Hauch von Frage verlieh: »Lassen Sie mich bitte mal durch?«

Der Kapitän der »Anna Schäufele« war gekommen und bahnte sich seinen Weg zu dem leblos am Boden liegenden Gourmetkritiker. Die Menge teilte sich, und Paulsen kniete sich vor Walther Neuneck nieder. Aufmerksam musterte er den auf dem Rücken liegenden Mann, fühlte dann kurz seinen Puls, stand auf und sah in die Runde, als suche er jemanden.

Alle Gäste hatten sich inzwischen die Treppe hinunter- oder gleich ganz ins Hauptdeck hineingedrängt und sahen gebannt zum Kapitän hinüber. Nur eine Gestalt schlich sich im Rücken der Gäste zum Steuerhaus, drückte die Tür nach innen auf und huschte hindurch.

* * *

»Um Gottes willen, was ist mit Herrn Neuneck?«

Wolfgang Päble, der Vorsitzende der Besigheimer Genussfreunde, drängte sich bis zum Kapitän durch und sah ihn mit bleichem und zugleich rotfleckigem Gesicht an.

»Herr Päble«, sagte der Kapitän ruhig und fasste den Vorsitzenden am Arm. »Wenn Sie bitte kurz mit mir nach hinten kommen könnten.«

Er führte Päble an einigen entsetzt dreinblickenden Gästen vorbei in einen kleinen Vorraum im Heck des Schiffes, von dem die Türen zu den Toiletten abgingen. Dort sprach er ruhig auf ihn ein, aber der Tonfall verfehlte seine Wirkung: Nach kurzer Zeit sah Päble noch einmal fassungslos zu den anderen Gästen hin, dann sank er dem Kapitän, der ihn gerade noch auffangen konnte, in die Arme.

Froelich konnte sich schon denken, was der Kapitän dem Vorsitzenden mitgeteilt hatte – der Bestatter hatte schon oft genug Tote gesehen, um zu wissen, dass auch Olivo nun zu ihnen zählte.

Inge sah fragend zu dem bewusstlosen Päble hin, den der Kapitän nun behutsam so zu Boden sinken ließ, dass er mit dem Rücken zur Wand halbwegs aufrecht zum Sitzen kam. Der Serviceleiter, der zu Beginn des Abends noch den Zugang zu den Desserts verwehrt hatte, kam herbeigeeilt und stützte Päble ab. Paulsen dankte ihm mit einem knappen Kopfnicken und kam zurück in den Hauptraum. Er raunte einer der Bedienungen ein paar kurze Anweisungen zu und schien sich dann für eine kleine Ansprache zu wappnen, doch er kam nicht mehr zu Wort. Ein spitzer Frauenschrei gellte von der anderen Seite her durchs Schiff.

Sofort schob sich der Kapitän wieder durch die Menge, und die Aufmerksamkeit der Gäste folgte ihm. Olivo lag nun weitgehend unbeachtet vor dem Büffet, und auch um Päble kümmerte sich außer dem Serviceleiter niemand mehr. Nur die Bedienung, mit der Kapitän Paulsen kurz gesprochen hatte, machte sich nun an den Tischen zu schaffen, die der Leiche gegenüber an der Wand standen.

Froelich folgte dem Kapitän, Inge blieb stehen und sah ihm nach. Paulsen war schnell, ohne in Laufschritt zu verfallen – und Froelich hatte Mühe, sich ebenfalls durch die Gasse zu zwängen, die sich für den deutlich schlankeren Kapitän geöffnet hatte.

Als sie vor der Tür ankamen, die zum Steuerhaus führte, sahen sie den Grund für den Schrei der Frau: Auf dem Boden lag ein Mann, der ähnlich gekleidet war wie der Kapitän und auf dessen Hinterkopf etwas Blut durch die schütteren Haare schimmerte.

Paulsen fühlte auch ihm den Puls, dann rief er schnell nach Wasser und einem Lappen und drehte den Mann vorsichtig so um, dass er ebenfalls auf dem Boden zu sitzen kam. Die Lider des Mannes zuckten, aber ansonsten lehnte er nun schlaff an der Wand.

Eine der Bedienungen kam mit einem kleinen Eimerchen, einer Wasserflasche und einem kleinen Gästehandtuch und hielt alles dem Kapitän hin. Der dankte kurz, dann erst schien ihm aufzufallen, dass die Frau von vorhin noch immer gellend schrie, völlig panisch neben dem Kapitän stand und zwischen ihren Schreien zunehmend Schwierigkeiten hatte, noch genügend Luft zu holen.

Er stand auf, fasste sie an den Schultern, redete kurz beruhigend auf sie ein. Dann, als das alles nichts half, gab er ihr zwei Ohrfeigen, recht kräftig, eine links, eine rechts. Das Schreien brach abrupt ab. Die Frau hielt sich die linke Wange, als würde sie sich um die Opferrolle in einem alten Hollywood-Film bewerben, und sah den Kapitän verblüfft an.

»Geht's wieder?«, fragte der, und er klang, als habe er der Frau gerade eben in den Mantel geholfen oder sie im Stolpern aufgefangen.

»Äh ... ja, es geht wieder, danke.«

Kurz sah sie den Kapitän noch fragend an, dann ging sie ohne ein weiteres Wort davon.

»So«, sagte der Kapitän, »jetzt wollen wir mal meinen Kollegen verarzten.«

Er kniete sich wieder vor den bewusstlosen Mann hin, nahm der Bedienung Eimerchen und Handtuch ab, tunkte das Tuch ins Wasser, reichte den Eimer weiter nach rechts, wo ihn der dort stehende Froelich wortlos nahm. Dann tupfte der Kapitän vorsichtig die blutige Stelle am Kopf des Kollegen ab.

Die Wunde schien nicht allzu sehr zu bluten, und kurz darauf begann der Bewusstlose wieder zu sich zu kommen.

»Luck!«, sagte der Kapitän und rüttelte den Mann vor sich ein wenig. »Herr Luck, wachen Sie auf!«

»Hmm?«

Der Kapitän feuchtete den Lappen noch einmal an und wischte damit über das Gesicht des anderen. Der schlug nun die Augen auf.

»Käpt'n?«

»Mensch, Luck, was ist denn mit Ihnen?«

»Ich ...«

Er fasste sich an den Hinterkopf und sah dann ungläubig auf die blutverschmierte Handfläche.

»Ich ...«

»Jetzt trinken Sie mal einen Schluck«, sagte der Kapitän und nickte der Bedienung zu, die dem Verletzten sofort die Wasserflasche hinhielt.

»Danke.«

Mit jedem Schluck schien der Mann ein wenig klarer zu sehen, und schließlich versuchte er sich zu erheben.

»Bleiben Sie ruhig sitzen, Luck«, sagte der Kapitän und drückte ihn zurück. »Was ist denn passiert?«

»Nicht viel, und es ging auch ziemlich schnell. Sie waren ins Hauptdeck gegangen, um nach diesem Mann zu sehen, der dort zusammengebrochen ist. Ich habe das Schiff aus der Fahrrinne gebracht und den Anker geworfen. Gleich danach wollte ich kurz ins Hauptdeck runter ... ich wollte schon auch wissen, was da los war. Was ist denn mit dem Mann?«

»Sage ich Ihnen gleich, aber jetzt erzählen Sie erst einmal zu Ende.«

»Gut. Ich war also fertig mit dem Nötigsten, da kamen Sie wieder ins Steuerhaus zurück.«

Paulsen sah ihn fragend an und zog die Stirn kraus.

»Nein«, fuhr Luck fort, »natürlich nicht Sie – aber ich dachte, Sie seien es. Die Tür ging auf und wieder zu, jemand kam rein, und ich erledigte währenddessen noch die letzten Handgriffe. Als ich mich gerade umdrehte, hat mir jemand mit irgendetwas Hartem auf den Schädel gehauen. Mehr weiß ich nicht.«

»Schöner Mist«, entfuhr es dem Kapitän.

»Ja, tut mir ja auch leid, Käpt'n.«

»Das muss Ihnen nicht leid tun. Dass Sie jemand ausgerechnet an Bord des ›Schwimmenden Büfetts‹ niederschlägt, damit war ja nun wirklich nicht zu rechnen. War übrigens genau richtig, gleich vor Anker zu gehen, danke, Herr Luck.«

Der Kapitän sah sich um. Einige Gäste standen am Fuß der Treppe, aber niemand wagte sich auch nur eine Stufe näher. Der Kapitän grinste kurz: Wahrscheinlich hatte die Dame ihren Bekannten von ihrer handfesten Begegnung mit ihm berichtet.

»Irgendwann hat Sie also der oder die Unbekannte aus dem Steuerhaus rausgeschafft und hier vor die Tür gelegt«, sagte Paulsen wie zu sich selbst. Dann sah er Luck nachdenklich an: »Komisch – im Steuerhaus hätte Sie doch zunächst einmal niemand bemerkt, das wäre doch eigentlich besser für ihn. Haben Sie mitbekommen, dass Sie herausgeschleift wurden?«

Luck schüttelte den Kopf und bereute es sofort.

»Nein«, sagte er dann und hielt beide Hände an die Schläfen.

Neben ihm stand noch die Bedienung, die aufmerksam auf Anweisungen wartete, sich dabei aber offensichtlich nicht allzu wohl fühlte. Auf der anderen Seite stand Froelich, das Eimerchen in der Hand.

»Warum wurden Sie nur herausgeschleift?«, fragte Paulsen erneut und sah sich um.

Die Tür zum Steuerhaus war verschlossen, und als der Kapitän die Klinke sah, wurde er bleich. Ein Gewirr aus bunten Drähten war an der Klinke angebracht und führte ein Stück die Wand entlang bis zu einem kleinen Beistelltischchen, das komplett von einer weißen Tischdecke verhüllt war. Unter der Decke verschwanden die Kabel aus dem Blickfeld.

Ein dumpfes Geräusch verriet, dass die Bedienung dem Blick des Kapitäns gefolgt war und dass sie offensichtlich seine schlimmste Befürchtung teilte. Der Kapitän hatte die auf den Boden gesunkene Frau kaum aus dem Augenwinkel bemerkt, als er auch schon Froelich routiniert eine Anweisung erteilte: »Können Sie Frau Weber bitte aufs Oberdeck bringen und dafür sorgen, dass sich jemand um sie kümmert?«

Inzwischen war auch Serviceleiter Meier zu den Versammelten gestoßen. Päble, so berichtete er, war dabei, sich zu erholen, deshalb hatte er ihn zurückgelassen. Auf Anweisung des Kapitäns führte Meier nun auch Luck nach hinten zu seinem anderen Schützling.

Froelich hob die bewusstlose junge Frau mühelos auf und trug sie in den großen Raum hinauf, in dem sie alle vorhin noch ausgiebig getafelt hatten. Eine Kollegin, die mit sorgenvollem Blick am Durchgang zum hinteren Freideck gestanden hatte, kam eilig auf Froelich zu. Gemeinsam setzten sie die ohnmächtige Frau auf eine Bank, und Froelich ging zurück zum Kapitän.

Der hatte vor der Tür zum Steuerhaus gekniet, stand nun wieder auf, sah noch einmal sorgenvoll auf die Drähte an der Klinke und wandte sich dann an Froelich.

»Geht es Frau Weber wieder besser?«

»Eine Kollegin kümmert sich um sie.«

»Gut, danke, Herr …«

»Froelich, Gottfried Froelich.«

»Danke, Herr Froelich. Mein Name ist Klaus Paulsen, Kapitän dieses stolzen Ozeandampfers.«

Die beiden Männer gaben sich die Hand.

»Hab ich gerne gemacht«, sagte Froelich. »Ich habe leider viel zu wenig Gelegenheit, mich um Lebende zu kümmern.«

Verblüfft sah Paulsen seinen dicken Gesprächspartner an.

»Ich bin Bestatter«, erklärte Froelich und zuckte mit den Schultern.

»Nicht schlecht, Herr Froelich«, lachte Paulsen auf. »Nicht schlecht.« Dann schien ihm die Vorrichtung an der Türklinke wieder einzufallen. »Aber jetzt machen Sie lieber, dass Sie nach hinten kommen – nicht, dass Sie noch Ihr eigener Kunde werden.«

»Glauben Sie, dass das eine Bombe ist?«

»Sieht ganz danach aus.«

Froelich zog sein Handy hervor. »Dann rufen wir mal lieber Hilfe, was?«

»Ja«, nickte Paulsen. »Gute Idee, machen Sie das bitte. Ich schau mir währenddessen mal diese Kabel etwas genauer an.«

Damit wandte er sich dem Beistelltischchen zu.

Froelich ging zurück ins Hauptdeck, wo er Inge mit so leiser Stimme aufs Laufende brachte, dass keiner der Umstehenden etwas mitbekam. Gerade überlegte Froelich, wen er nun am besten anrufen sollte, als es in den Lautsprechern, die überall im Schiff für die Durchsagen des Kapitäns angebracht waren, knackte und rauschte.

Alle Anwesenden unterbrachen ihr Gemurmel und lauschten gespannt, was sie nun erfahren würden.

»Bitte bewahren Sie Ruhe!«, forderte eine burschikos wirkende Frauenstimme mit einem leichten ostdeutschen Akzent. »Bewahren Sie Ruhe und bleiben Sie, wo Sie im Moment sind.«

Die Frau sprach mit einer seltsamen Satzmelodie, manche Silben wirkten abgehackt oder so, als würden sie nicht an diese Stelle gehören. Die Stimme war etwas verzerrt, aber sie kam Froelich sofort bekannt vor.

»Bitte bewahren Sie Ruhe!«

Froelich fand, dass dieser Satz wie die exakte Kopie des ersten klang – in den Worten natürlich, aber auch in Betonung und Sprachmelodie.

»Bitte bewahren Sie Ruhe!«, wiederholte die Frauenstimme nach einer kurzen Pause erneut. »Wir sitzen alle im selben Boot. Und so lange niemand von Bord geht und niemand neu zu uns stößt, wird uns allen, Ihnen allen nichts geschehen.«

Leises Gemurmel kam auf, unsicher sahen sich die Gäste um, die meisten konnten sich aber keinen richtigen Reim auf die Situation machen. Dass die Frauenstimme vorwiegend in Floskeln sprach, fiel niemandem auf. Alle waren zu sehr mit ihren Gedanken beschäftigt – angesichts des Toten vor dem Büfett und des noch immer etwas benommenen Steuermanns war das ja auch kein Wunder.

Froelich dagegen ging allmählich ein Licht auf.

»Bitte bewahren Sie Ruhe!«, begann die Frauenstimme nach einer kurzen Pause wieder. »Bleiben Sie, wo Sie im Moment sind. Wir sitzen alle im selben Boot. Der Kapitän wird Ihnen die Situation erklären. Gehen Sie nicht von Bord. Rufen Sie keine Hilfe. Geben Sie Ihre Handys dem Kapitän. Niemand ruft Hilfe, niemand telefoniert. Bleiben Sie, wo Sie im Moment sind. Befolgen Sie das alles, dann wird uns allen, Ihnen allen nichts geschehen.«

Ein leises Knacken, dann schwiegen die Lautsprecher.

Wolfgang Päble, der Vorsitzende, hatte sich inzwischen wieder so weit berappelt, dass er mit bleichem Gesicht ein kleines Stück auf den toten Gourmetkritiker zuwankte, neben Froelich und Inge stehen blieb und dem Kapitän, als der langsam die Treppe zum Hauptdeck herunterkam, zurief: »Herr Paulsen, was ist denn hier eigentlich los?«

Kapitän Paulsen hob beschwichtigend die Hände und atmete tief durch. Froelich sah ihn an, prüfend, ob er vielleicht ängstlich oder ratlos war – aber Paulsen wirkte vor allem konzentriert.

»Es ist genau so, wie es Ihnen die Frau über die Lautsprecheranlage gesagt hat: Wenn wir alle ruhig bleiben, wird uns nichts geschehen.«

Er machte eine kleine Pause. Keiner der bang auf den Kapitän blickenden Gäste wagte auch nur, laut zu atmen.

»Wir haben eine Bombe an Bord«, sagte Paulsen schließlich.

Nach einer kurzen Schrecksekunde wurde es laut auf dem Hauptdeck, aber Paulsen hob sofort wieder die Hände.

»Bitte, meine Damen und Herren«, rief er in den aufkeimenden Tumult, »bitte: bewahren Sie die Ruhe!«

»Die Ruhe? Mit einer Bombe an Bord?«

»Ich will raus hier! Jetzt! Sofort!«

»Wir werden alle jämmerlich ertrinken!«

»Lassen Sie mich hier raus! Ich muss nach Hause zu meinen Kindern!«

Die Rufe gingen wild durcheinander und wurden lauter. Ein Mann zückte sein Handy, doch ein anderer fiel ihm in den Arm: »Sind Sie wahnsinnig? Haben Sie nicht gehört, was die Frau gesagt hat? Wir sollen keine Hilfe rufen!«

Neben einer großen Obstschale kam es zu einem Handgemenge, weil sich ein Paar mittleren Alters in Richtung der Treppe an einigen anderen Gästen vorbeidrängen wollte.

Die Frau, die vorhin den bewusstlosen Luck entdeckt hatte, begann wieder zu kreischen. Kapitän Paulsen streifte sie kurz mit einem strengen Blick – ihr Schrei brach abrupt ab, und in die darauf folgende Stille rief Paulsen: »Jetzt beruhigen Sie sich doch bitte! Wir haben alles im Griff – aber Sie müssen sich jetzt bitte wieder beherrschen!«

Froelich sah Paulsen fragend an, dessen kurzer Blick zum Bestatter hin verriet: Niemand hatte im Moment irgendetwas wirklich im Griff.

»Beruhigen Sie sich bitte!«, rief nun auch Froelich in die Menge, und die volle Stimme des Bestatters und der Umstand, dass ein zweiter Mann scheinbar alles unter Kontrolle hatte, beruhigte die Gäste nun doch zusehends.

Dankbar sah Paulsen noch einmal zu Froelich hin. Dann übernahm er vollends das Kommando.

»So, meine Damen, meine Herren, wir gehen nun alle nach oben, und Sie nehmen bitte Ihre gewohnten Plätze ein. Wir lassen Ihnen Getränke und Speisen bringen, wenn Sie möchten. Wir haben auch Beruhigungsmittel und ein Schnäpschen an Bord. Sie können auch auf die Freidecks hinaus, wenn Ihnen danach ist, eine Zigarette zu rauchen oder etwas frische Luft zu bekommen – ich glaube nicht, dass dagegen jemand etwas haben kann. Aber bitte: keine Anrufe, und keiner verlässt das Schiff. Wenn wir uns alle an diese beiden einfachen Regeln halten, wird niemandem etwas geschehen, vertrauen Sie mir. Unsere Mitarbeiterinnen werden sich um Sie kümmern. Gehen Sie also bitte nach oben und nehmen Sie Ihre Plätze wieder ein oder machen Sie es sich auf den Freidecks bequem.«

Einige murrten.

»Natürlich geht das alles aufs Haus, Sie sind herzlich eingeladen«, sagte Paulsen noch und lächelte entschuldigend.

Immer mehr Gäste setzten sich in Bewegung. Schließlich standen nur noch Paulsen, Froelich, Inge und Päble im Hauptdeck, hinten im kleinen Raum vor den Toiletten reichte gerade der Serviceleiter dem Steuermann ein Glas Wasser.

»Was ist hier eigentlich los?«, fragte Päble erneut und sah den Kapitän mit fiebrigem Blick an. Ganz offensichtlich war der Vorsitzende mit seinen Nerven am Ende.

»Wie ich schon sagte: Wir haben eine Bombe an Bord«, wiederholte Paulsen mit ruhiger Stimme. Der Kapitän wirkte nun tatsächlich so, als sei ein Sprengsatz an Bord der »Anna Schäufele« kein Problem, mit dem er nicht täglich umzugehen hätte.

»Wieso haben wir eine Bombe an Bord?«

Paulsen zuckte mit den Schultern, und Päble wollte schon aufbrausen, aber Froelich legte ihm die Hand auf die Schulter.

»Das wissen wir natürlich nicht, Herr Päble«, sagte er. »Aber wir werden es herausfinden.«

Päble sah Froelich irritiert an.

»Froelich«, sagte der Bestatter. »Gottfried Froelich.«

»Ach, der Bestatter?«

Froelich nickte.

»Na, wie beruhigend, wenn man schon einen Bestatter an Bord hat.«

»Sie haben mich eingeladen, Herr Päble. Ich bin privat hier.«

»Ja, ich weiß – tut mir leid. Ich wollte ein Witzle machen. Das sollte ich im Moment, glaube ich, lieber lassen.«

Er lächelte matt. Froelich grinste ihn an. Der Vorsitzende schien sich wieder halbwegs gefangen zu haben.

»Gehen Sie dann am besten auch nach oben zu den anderen«, schlug Paulsen vor.

»Nein, nein, mein Platz ist hier! Ich muss zusehen, dass diese … diese …«

Er begann zu zittern und sah sich unsicher nach allen Seiten um. Lange hatte Päbles Beherrschung nicht gehalten.

»Gehen Sie bitte nach oben.«

Froelich redete auf den Vorsitzenden ein wie auf ein kleines Kind und schob ihn sanft voran.

»Lassen Sie mich!«, fuhr Päble ihn an. Seine Stimme hatte einen panischen Unterton bekommen. »Und überhaupt: Warum geht eigentlich niemand auf die Brücke oder wie das hier heißt und nimmt diese Frau fest?«

»Es heißt Steuerhaus, und wir können nicht rein«, sagte Paulsen und blieb dabei ganz ruhig. »Die Tür zum Steuerhaus ist blockiert.«

»Wieso blockiert?«

»An der Klinke ist die Bombe angeschlossen. Und vielleicht geht sie hoch, wenn wir die Tür öffnen.«

»Oh, mein Gott!«

Päble lehnte sich ans Büffet und stützte sich mit einer Hand zwischen einigen Dessertschalen ab. Als er sah, wo er sich da gerade abstützte, zog er die Hand schnell zurück und trat einen Schritt zur Seite. Wenn der Gourmetkritiker, der doch eigentlich sehr gesund gewirkt hatte, nicht zufällig heute Abend einen Herzinfarkt erlitten hatte, musste sich in irgendeiner dieser Dessertschalen das Gift befinden, das Olivo das Leben gekostet hatte.

Dann schien Päble eine Idee zu kommen.

»Sagen Sie mal: Diese Frau ist doch auf der Brücke – heißt das Brücke bei Ihnen?«

»Steuerhaus«, sagte Paulsen knapp und sah darüber hinweg, dass er das eben schon einmal erklärt hatte. Offensichtlich war Päble noch immer etwas durcheinander.

»Sie ist also im Steuerhaus. Sie wissen schon ... die Frau, die wir über die Lautsprecher gehört haben.«

Paulsen und Froelich sahen sich an. Offenbar, bemerkte Froelich an Paulsens Blick, hatte der Kapitän die Stimme der Frau ebenso erkannt wie er. Und wäre die Situation nicht so eigenartig gewesen, hätten nicht alle Anwesenden so sehr mit ihrer aufkommenden Panik zu kämpfen gehabt – vermutlich hätte jeder an Bord die Stimme erkannt.

»Wenn die dort auf der Brücke ... ich meine: im Steuerhaus ist, wird sie doch nicht riskieren, dass sie selbst durch die Explosion ums Leben kommt. Oder, Herr Paulsen? Herr Froelich? Leuchtet Ihnen das denn nicht ein?«

Päble deutete die mitleidigen Blicke der beiden Männer falsch.

»Aber sehen Sie das nicht? Hier ist doch sehr wahrscheinlich Gift im Spiel – und es ist allgemein bekannt, dass vor allem Frauen mit Gift töten!«

Froelich und Paulsen sahen Päble schweigend an.

»Da können Sie jeden fragen! Ich habe Freunde bei der Kripo, die bestätigen Ihnen das sofort! Ehrlich!«

»Ist gut, Herr Päble«, begann Paulsen, aber der Vorsitzende war nun nicht mehr zu bremsen.

»Wir müssen sofort ins Steuerhaus. Wir treten die Tür ein und ...«

Kapitän Paulsen lächelte bedauernd auf den nicht sehr kräftig gebauten Päble hinunter.

»Okay«, sagte Päble, als er den Blick bemerkte, »das müssen Sie machen – Sie sind größer und stärker als ich. Aber wir müssen los, wir haben keine Zeit zu verlieren!«

Keiner der beiden anderen machte Anstalten, seinen Platz zu verlassen.

»Sind Sie denn von allen guten Geistern verlassen? Da oben sitzen unsere Gäste, sie schweben in Lebensgefahr – und Sie unternehmen nichts, um die Frau zu überwältigen?«

»Wir …«, begann Froelich, aber Päble schnitt ihm das Wort ab.

»Schluss jetzt! Wir gehen jetzt zum Steuerhaus und knöpfen uns diese Frau vor! Und wenn Sie nicht mitgehen, dann mach ich es eben allein!«

Paulsen hielt ihn zurück.

»Lassen Sie mich!«, wand sich Päble, aber er hatte keine Chance gegen den eisernen Griff des Kapitäns.

»Herr Päble«, sagte Paulsen mit ruhiger Stimme – offenbar machte es ihm wenig Mühe, den Vorsitzenden festzuhalten. »Herr Päble, im Steuerhaus ist niemand.«

»Wieso ist dort niemand? Wir haben die Frau doch gehört.«

»Ja, wissen Sie …«

»Gibt es noch ein zweites Mikrofon irgendwo anders an Bord?«

»Nein«, schüttelte Paulsen den Kopf. »Aber es ist wirklich niemand im Steuerhaus, glauben Sie mir. Und wenn wir die Tür aufbrechen, riskieren wir tatsächlich, dass uns das ganze Schiff um die Ohren fliegt.«

»Aber das ist doch Blödsinn, Herr Paulsen! Wenn es nur das eine Mikrofon für Ihre Lautsprecheranlage gibt und wenn dieses Mikrofon im Steuerhaus ist, wo sonst sollte die Frau denn dann sein, die uns die Anweisungen gegeben hat?«

»Die kann überall sein: Berlin, Washington, was weiß ich.«

»Hä?«

Päble verstand kein Wort von dem, was Paulsen ihm schonend beizubringen versuchte.

»Haben Sie die Stimme der Frau denn nicht erkannt? Wirklich nicht?«

Päble schüttelte den Kopf. »Aber … Herr Paulsen, wenn Sie die Frau sogar kennen, dann ist es ja noch besser. Dann wissen wir schon, wer Ihren Kollegen niedergeschlagen hat, wer uns hier gefangen hält – und wer wahrscheinlich auch Herrn Neuneck auf dem Gewissen hat!«

Für Päble schien es keinen Zweifel mehr daran zu geben, dass Neuneck ermordet wurde.

Paulsen seufzte.

»Dann nichts wie los«, drängte Päble, »schnappen wir sie uns. Dann rufen wir die Polizei und die Sache ist ausgestanden. Worauf warten wir denn noch?«

»Diese Frau«, sagte Froelich und versuchte, dabei nicht zu grinsen, »hat Ihren Kritiker ziemlich sicher nicht auf dem Gewissen. Und sie ist sehr wahrscheinlich auch nicht hier an Bord.«

»Woher wollen Sie das denn wissen?«, schnappte Päble, der immer wütender wurde.

»Weil ich nicht glaube, dass unsere Bundeskanzlerin die ›Anna Schäufele‹ sprengen und die Gäste des ›Schwimmenden Büfetts‹ vergiften will.«

»Unsere Bundeskanzlerin? Wieso unsere …«

Dann schien auch Päble endlich zu dämmern, wessen Stimme er über die Lautsprecher gehört hatte.

* * *

»Komisch«, sagte der Beamte und legte den Hörer wieder auf.

»Was ist denn, Fritz?«

»Ich hatte gerade die Zentrale dran. Irgendjemand hat gemeldet, dass ein Neckarschiff neben der Fahrrinne vor Anker liegt. Die ›Anna Schäufele‹, wie es heißt. Voll beleuchtet und voller Leute – und vom Schiff selbst kam bisher keine Meldung. Dort wird auch nicht auf die Fragen aus der Zentrale geantwortet. So, als wäre niemand im Steuerhaus.«

»Ach? Und wo liegt die ›Anna Schäufele‹ genau?«

»Bei Mundelsheim, direkt gegenüber des Schreyerhofs.«

»Dann schauen wir mal, was da los ist, oder?«

»Ja, habe ich so auch schon der Zentrale gesagt.«

Herbert Nehringer gab Schub und steuerte das Schiff der Wasserpolizei auf die Neckarschleuse vor Marbach zu. Sie hatten bis zum Ankerplatz der »Anna Schäufele« noch ein gutes Stück Weg und zwei Schleusen vor sich.

* * *

Froelich hatte solche Zusammenschnitte schon mehrfach im Radio gehört, und er erklärte Päble, wie so etwas seiner Meinung nach zustandekam: Da hatte wohl jemand am Computer aus dem wöchentlichen Podcast der im Internet veröffentlichten Videoansprache der deutschen Bundeskanzlerin Sätze und Wörter geschnitten und daraus die Ansprache kombiniert, die auf dem Schiff zu hören war.

»Das ist inzwischen keine große Sache mehr«, schloss Froelich seine Erklärung ab. »Für alles gibt es PC-Programme, und das Ergebnis war auch nicht ganz so perfekt wie im Radio – aber das ist in der allgemeinen Aufregung natürlich kaum jemandem aufgefallen.«

»Also hat irgendjemand die gebastelte Ansage mit einem Kassettenrecorder abgespielt und das Mikrofon direkt vor das Gerät montiert?«

»So ähnlich«, nickte Froelich. »Es wird wohl eher ein MP3-Player sein, den wir im Steuerhaus finden werden, und an den wurden vermutlich kleine PC-Lautsprecher angeschlossen – aber vom Prinzip her liegen Sie wahrscheinlich richtig.«

»Und was bedeutet das nun für uns?«

»Nichts Gutes, fürchte ich. Wenn wir also annehmen, dass wirklich niemand im Steuerhaus ist, dann riskiert auch niemand dort sein Leben. Also kann es sich bei der Vorrichtung an der Tür zur Brücke durchaus um eine sehr gefährliche Bombe handeln.«

»Und das ist noch nicht alles«, schaltete sich Paulsen ein.

Froelich und Päble sahen ihn überrascht an. Der Kapitän hatte sich eine Schachtel in der Größe eines Schuhkartons unter den Arm geklemmt – Froelich erkannte die Abbildung der weißen Auflaufform sofort, die ihm vor Neunecks Tod hier in der Nähe aufgefallen war.

»Mein Gott«, schoss es Froelich durch den Kopf, »da war also der Sprengsatz drin! Und wenn ich den Karton geöffnet hätte, wäre er mir aufgefallen, ich hätte den Kapitän informieren und diese ganze Bombengeschichte verhindern können.«

Der Kapitän stellte den Karton an der Wand ab und hielt danach noch einen Zettel in der Hand, etwa in A5-Größe, der ganz zerknittert aussah und an einem Rand eine ausgerissene Lochreihe aufwies – so als sei das Blatt aus einem Ringblock gerissen worden.

»Was ist das für ein Zettel?«, fragte Froelich.

»Den habe ich unter dem Beistelltischchen gefunden, zu dem die Kabel von der Klinke her hinführen.«

»Sind Sie irre?«, platzte es aus Päble heraus. »Sie bringen uns noch alle um mit Ihrer Neugier!«

»Jetzt reißen Sie sich mal zusammen, Mann!«, herrschte ihn Paulsen an.

Päble murmelte eine Entschuldigung, und der Kapitän fuhr fort.

»Also ... Ich habe mir diese Bombe, oder was immer es auch sein mag, mal ganz vorsichtig genauer angesehen. Das Tischtuch ist schon mal nicht verkabelt. Ich habe es hochgeschlagen, darunter war ein ziemlich wildes Knäuel an verschiedenfarbigen Drähten versteckt. Während meiner Zeit bei der Bundeswehr hatte ich ein paar Mal mit Sprengsätzen zu tun, mir wurden auch ein paar Grundkenntnisse beigebracht – aber das ist lange her und ich habe keine Ahnung, was von den damaligen Infos heute überhaupt noch gilt. Für mich sieht das nicht zwingend nach einer funktionsfähigen Bombe aus, aber ich bin eben auch kein Profi. Deshalb schlage ich vor, wir gehen weiterhin mal vom Schlimmsten aus.«

»Also davon, dass das Ding an der Tür zum Steuerhaus eine scharfe Bombe ist«, stellte Päble fest.

»Nein«, sagte Paulsen. »Davon.«

Damit reichte er ihm den Zettel. Päble las kurz, wurde blass und reichte den Zettel an Froelich weiter.

»Wenn Sie diesen Zettel finden«, stand dort, »sind Sie zu mutig gewesen. Was immer Sie mit der Bombe an der Tür anfangen: Es ist eine zweite Bombe an Bord. Sie ist größer. Sie ist nicht so leicht zu finden. Sie ist so eingerichtet, alle auf dem Schiff in den Tod zu reißen. Deshalb: keine Polizei, keiner verlässt das Schiff, keiner geht an Bord. Keiner telefoniert mit einem Handy. Sobald jemand telefoniert oder sobald jemand das Schiff verlässt oder betritt, werden die Bomben gezündet.«

Der Text war ein Computerausdruck, vermutlich mit einem Laserdrucker erstellt. Froelich fiel auf, dass an den Knicken im Papier einzelne schwarze Tonerpigmente abgebröselt waren.

»Der Zettel war ganz klein zusammengefaltet und steckte unterhalb der Platte des Beistelltischchens zwischen einigen Kabeln«, sagte Paulsen.

»Noch eine Bombe, mein Gott …«

Päble war weiß wie eine Wand.

»Glauben Sie, dass der Bombenleger noch an Bord ist?«, fragte Froelich schließlich.

Paulsen zuckte mit den Schultern.

»Zumindest die Bombe an der Tür kann ja erst angebracht worden sein, nachdem Sie als Kapitän bei uns hinten nach dem Rechten gesehen haben.«

»Stimmt«, nickte Paulsen. »Oder vielleicht war die Bombe auch schon unter dem Beistelltischchen platziert, aber die Kabel wurden auf jeden Fall erst danach gelegt.«

»Hat seither jemand das Schiff verlassen?«

»Kann ich mir nicht vorstellen. Mein Steuermann hat das Schiff aus der Fahrrinne gelenkt, da beobachtet er alles um das Schiff herum sehr aufmerksam. Und wir liegen ja jetzt noch nicht so vor Anker, dass ohne Weiteres jemand an Land gehen könnte. Das können wir, glaube ich, ausschließen. Wir hätten das trotz des Durcheinanders an Bord bemerkt.«

»Aber Sie waren bei uns im Hauptdeck, Herr Luck lag bewusstlos vor der Tür zum Steuerhaus ...«, gab Froelich zu bedenken. »Wir sollten uns lieber etwas an Bord umhören.«

»Ist auch wieder wahr ...«

Paulsen dachte nach.

»Ich glaube es trotzdem nicht«, befand er schließlich. »Die Bedienungen, der Serviceleiter oder der Koch in der Kombüse – irgendjemand hätte sicher etwas bemerkt. Aber Sie haben recht, Herr Froelich, wir müssen auf jeden Fall alle befragen.«

»Soll ich ein wenig unter den Gästen herumfragen?«

»Na ja, eigentlich wäre das eher meine Aufgabe, oder?«

»Schon, aber Ihnen könnte dafür die Zeit knapp werden, Herr Paulsen. Wir wissen ja nicht, was der oder die große Unbekannte noch alles vorhat.«

»Ja, das stimmt leider.«

Paulsen dachte kurz nach.

»Wir müssen ohnehin zusehen, dass möglichst wenige Gäste mitbekommen, was hier alles vor sich geht. Wenn Sie beide also, Herr Päble und Herr Froelich, mir für die Recherchen ein wenig zur Hand gehen könnten, wäre das sicher das Beste.«

»Und wie sieht es mit Ihren Leuten aus?«, fragte Froelich.

»Für einige kann ich die Hand ins Feuer legen. Herr Luck natürlich, auch Ines Weber, die Bedienung, die uns vorhin zusammengeklappt ist. Der Koch wird in der Kombüse sein und zu tun haben, und unser Motorwart Johann Lederer, also der Maschinist, wenn Sie so wollen, werkelt vermutlich im Maschinenraum. Wenn der seinen Schiffsdiesel um sich hat, braucht er sonst nichts mehr.«

»Und der Serviceleiter? Und die andere Bedienung?«

»Herbert Meier und Ronja Reeber sind auch in Ordnung. Meines Erachtens fallen sie als Verdächtige auf jeden Fall aus – aber beide sind nicht allzu geschickt, wenn es darum geht, jemanden zu befragen. Mir wäre es wohler, wenn sich die beiden um unsere Gäste kümmern würden, und Frau Weber sollte ihnen dabei helfen – nicht, dass uns noch jemand an Bord durchdreht.«

»Dann könnte noch Herr Luck helfen?«

Paulsen nickte.

»Ja, sobald er wieder auf dem Damm ist.«

»Gut«, sagte Froelich, »dann machen wir das so. Herr Päble, wir gehen nach oben und horchen uns mal ein wenig um. Meine Freundin Inge ist Journalistin – ich würde sie gerne ebenfalls dabei haben. Okay, Herr Paulsen?«

Der Kapitän nickte.

»Und sobald einer von uns etwas Wichtiges herausgefunden hat, gibt er den anderen ein Zeichen und wir besprechen uns, ja?«

»Gute Idee.«

Damit nickten sich die Männer kurz zu, und Froelich und Päble gingen hinauf zu den anderen Gästen, während Paulsen nach Luck sah.

* * *

Inge fröstelte, als Froelich mit seinem Bericht fertig war. Und das lag nicht nur an der kühlen Brise, die über das hintere Freideck strich.

»Das ist ja wie bei Agatha Christie«, sagte sie schließlich. »Statt ›Tod auf dem Nil‹ heißt es ›Tod auf dem Neckar‹ oder so ähnlich. Und wahrscheinlich ist der Mörder oder der Bombenleger noch unter uns.«

»Ja, das kann gut sein. Nur befinden wir uns leider nicht in einem Kriminalroman, sondern ganz real mitten auf dem Neckar.«

»Und was machen wir jetzt?«

»Na ja, du hast es mit deinem Hinweis auf Agatha Christie ja schon ganz gut getroffen: Wir hören uns um, verwickeln die Gäste in Gespräche, und dann schauen wir mal, was wir auf diese Weise an Informationen zusammentragen können.«

* * *

Die Gestalt schlenderte gemächlich das Oberdeck entlang, stellte sich auf dem vorderen Freideck zu einer Gruppe mehrerer Gäste und plauderte zwanglos ein wenig mit.

Olivos Tod und der Bombenleger waren natürlich die beherrschenden Themen, doch allmählich machte die anfangs aufkeimende Panik eher einer pragmatischen Sicht der Dinge Platz. Der Kapitän, so der Tenor, werde schon alles unter Kontrolle haben. Und man müsse sich ja nur an die beiden zentralen Regeln halten: Keine Anrufe und niemand geht von Bord.

Offenbar hatte Kapitän Paulsen den richtigen Ton getroffen, als er sich in Sorge um die Stimmung an Bord mit den Gästen unterhalten und sie dabei immer wieder eindringlich gebeten hatte, Ruhe zu bewahren. Er hatte sich bei einigen Vertretern der lokalen Prominenz schon im Voraus so geschickt für deren vorbildliche Besonnenheit bedankt, dass sich nun keiner von ihnen mehr traute, als Erster die Nerven zu verlieren. Und erstaunlich viele Gäste waren dem Anschein nach damit zufrieden, dass sich der Kapitän um alles kümmerte – und dass sie zu Kaffee, Limonade, Bier und Wein, Cognac und Likör eingeladen waren.

»Was meinen Sie? Das geht doch sicher gut, oder?«, fragte eine Frau und sah die Gestalt hoffnungsvoll an.

»Der Kapitän hat sicher recht, das glaube ich auch«, sagte die Gestalt. »Wenn keiner von uns Blödsinn macht, wird uns auch nichts geschehen.«

Mit einem dankbaren Lächeln wandte sie sich den anderen in ihrer Gruppe zu und bemerkte nicht, wie die Gestalt hinter ihrem Rücken einen zugeknoteten Gummihandschuh über die Reling ins Neckarwasser gleiten ließ. Darin steckte ein zweiter Handschuh, eine Zange und ein Schraubenschlüssel, und das Werkzeug verlieh ihm genug Gewicht, damit er schon im Neckar versunken war, bevor er noch flussabwärts ins Blickfeld der Passagiere hätte geraten können.

Mit einem zufriedenen Lächeln ging die Gestalt zurück aufs Oberdeck und beschloss, sich unauffällig in die Gespräche einzumischen und einfach abzuwarten, wie sich alles von selbst erledigte. Es hatte ja eben schon einmal geklappt.

* * *

Inge war ihm ins Innere des Neckarschiffs vorausgegangen, und als Froelich ebenfalls in den Gastraum wollte, trat ihm ein älterer Mann in den Weg, der der Statur des Bestatters in nichts nachstand.

Froelich dachte kurz nach, dann fiel ihm ein, dass ihm Butterweck diesen Mann als Dr. Farner vorgestellt hatte. Fast hatten sich die beiden aneinander vorbeigedrängt, als Froelich den Mann ansprach.

»Herr Dr. Farner?«, fragte er.

»Ja, bitte?«

»Mein Name ist Froelich, Gottfried Froelich. Herr Butterweck vom Genussverein hat mir gesagt, Sie seien Arzt.«

»Ach, der gute Butterweck … Der weiß immer viel über alle zu erzählen, aber nicht immer ist alles richtig, wissen Sie?«

»Sind Sie denn kein Arzt?«

»Na, doch, irgendwie schon …«

»Irgendwie?«, dachte Froelich. »Na, egal, das klären wir später.«

Laut sagte er: »Haben Sie sich Herrn Neuneck schon angesehen?«

»Herrn Neuneck? Den Toten?«

Farner lachte, wobei ihm die hart gespannte Weste über den Bauch nach oben rutschte und den Blick auf die zerknitterte Knopfleiste eines weißen Hemds freigab.

»Ja, das habe ich allerdings.«

Farner lachte noch immer und ging hinaus auf das hintere Freideck. Froelich folgte ihm. Froelich verstand nicht ganz, was es da zu lachen gab.

»Haben Sie etwas dagegen, wenn ich mich zu Ihnen stelle?«

»Nein, warum sollte ich?«, fragte Farner zurück. »Aber ich dachte, Sie seien gerade von draußen reingekommen.«

»Ja, schon, aber ich wollte kurz mit Ihnen reden.«

»So? Und warum?«

»Na ja, mit Ihnen als Arzt … Ruft man nicht, wenn irgendwo etwas passiert, gleich nach einem Arzt? Oder meldet man sich dann nicht gleich selbst als Helfer?«

»Das schon, aber das gilt eher nicht für einen Tierarzt, würde ich sagen. Und schon gar nicht für einen, der seit Jahren pensioniert ist. Und dem armen Neuneck könnte ich jetzt ohnehin nicht mehr helfen.«

Froelich zog eine Augenbraue hoch.

»Natürlich bin ich gleich zu ihm hin«, sagte Farner und zog eine dicke Zigarre aus seiner Westentasche. »Die Bedienung hat schon angefangen, Tische an die Leiche zu schieben und Sichtblenden aufzuhängen – aber ich konnte gerade noch kurz neben ihn hinknien, bevor sie mich weggescheucht hat. Neuneck wurde vergiftet. Mit Blausäure, meiner Meinung nach.«

Er rollte die Zigarre zwischen seinen klobigen Fingern, biss dann die Spitze ab und spuckte den Tabak im hohen Bogen über die Reling. Dann klopfte er die angebissene Seite gegen seine Weste und steckte sich den Stumpen in den Mund. Umständlich fingerte er aus einer Hosentasche ein Päckchen überlanger Streichhölzer hervor, riss eines der Hölzer an der Packung in Brand und hantierte mit der Flamme so lange an der Zigarre herum, bis er eine ausreichende Glut zusammengepafft hatte.

Dann sah er kurz den Wölkchen nach, die er über dem Schiff aufsteigen ließ. Und schließlich schnippte er das Streichholz im hohen Bogen über die Reling.

»Warum Blausäure?«, fragte Froelich, der bis dahin die Prozedur geduldig beobachtet hatte.

»Mandelgeruch, wissen Sie?«

»Mandelgeruch?«

»Na, die Blausäure! Das Gift wirkt sehr schnell, und Sie bekommen es als farblose Flüssigkeit – und die riecht nach Bittermandel. Das passt ja auch prima.«

Farner machte eine Pause und paffte wieder vor sich hin. Ihm schien es Spaß zu machen, Froelich zappeln zu lassen.

Doch Froelich schwieg und wartete. Schließlich sah ihn der Tierarzt überrascht an, weil er keine Fragen stellte, und fuhr von sich aus fort: »Neuneck lag vor einer Schale mit Mandelbutter – sehr lecker, normalerweise. Wenn Sie den Toten untersuchen und sich die Butterschale ansehen, werden Sie feststellen, dass er davon genascht hat.«

Das wusste Froelich, er hatte den Kritiker ja beobachtet, wie er mit dem krümeligen Keks in der Mandelbutter herumhantiert hatte.

»Und zum Glück hat nur er davon gegessen«, fuhr Dr. Farner fort, »wobei …«

»Ja?«

»So viel Glück mussten die anderen da gar nicht haben: Neuneck ist berühmt dafür … war berühmt dafür, dass er gern als Erster am Büfett war.«

Froelich nickte, so hatte ihm das schon Butterweck erzählt, als er ihm den Kritiker vorstellte. Und auch das hatte Froelich ja selbst ebenfalls beobachtet.

»Und Blausäure wirkt sehr schnell«, sagte Dr. Farner nun. »Da konnte man vermutlich schon davon ausgehen, dass es nur den einen treffen würde. Neuneck hat mir mal vorgeschwärmt, dass er am ›jungfräulichen Büfett‹, wie er es nannte, die besten Eindrücke vom Können eines Kochs sammeln könne – was für ein Schwätzer!«

»Sie mochten ihn nicht?«

»Nein, ganz sicher nicht.«

»Und warum nicht?«

»Tja, mein Lieber, mit dieser Frage verraten Sie mir schon, dass Sie unseren großen Olivo nicht kannten ...«

Er sah Froelich böse grinsend an. »Unseren großen Olivo« hatte er mit auffälliger Häme ausgesprochen. Dann schüttelte er den Kopf und blies wieder eine Rauchwolke über den Neckar hinaus.

»Erzählen Sie mir ein bisschen über Herrn Neuneck?«

»Spielen Sie hier den Detektiv? Sind Sie Polizist oder so was?«

»Nein, Bestatter.«

Farner war kurz sprachlos, dann lachte er schallend und klopfte Froelich mit einer kräftigen Pranke auf die Schulter.

»Bestatter, klasse! Und schon hier, was?«

Er lachte noch ein wenig weiter. Froelich beherrschte sich, so gut er konnte.

»Na, meinetwegen. Also: Neuneck war ein eingebildeter Idiot. Hatte immer die Klappe offen, schrieb frech über alle möglichen Leute und machte auf Kosten ehrlicher Gastronomen eine steile Karriere. Das, würde ich sagen, ist die Bilanz von Neunecks Leben in kurzen Stichworten.«

»Und warum sind Sie so sauer auf ihn? Als Tierarzt kann er Ihnen ja wohl kaum geschadet haben.«

»Das nicht, aber einem Freund von mir. Der hatte ein Ausflugslokal am Neckar, gar nicht weit von hier – wir sind erst vorhin dran vorbeigekommen, vielleicht fünf oder zehn Minuten vor Neunecks Tod. Er hatte es von seinen Eltern übernommen, und nach ein paar Jahren hatte er das Restaurant so umgemodelt und modernisiert, dass er Gäste von weither anlockte. Irgendwann sprach sich herum, dass mein Freund gut kochte, und Neuneck meldete sich an.«

»Testen diese Gourmetkritiker denn nicht heimlich und inkognito?«

»Neuneck nicht, dieser Aufschneider. Der hat sich immer großspurig angekündigt, und er hat es vermutlich auch genossen, wie sie sich alle für ihn, den großen Olivo, ins Zeug gelegt haben. Und hinterher hielt er in seinen Artikeln den Daumen rauf oder runter – und die Urteile, zu denen er kam, waren nicht immer nachvollziehbar.«

»Meinen Sie, dass sich Neuneck schmieren ließ?«

»Keine Ahnung.«

»Und für Ihren Freund zeigte der Daumen nach unten?«

»Ja, und wie! Der hat ihn in Grund und Boden geschrieben mit seinem Verriss. Dann blieb erst mal die Schickeria weg, dann traten noch ein paar weniger prominente Kritiker nach – und dann hatte mein Freund keine Lust mehr.«

»Was ist passiert?«

»Er hat den Betrieb aufgegeben und hat sich einen Job gesucht, in dem er seine Ruhe hatte.«

»Kocht er noch? Beruflich, meine ich.«

»Ja, ja – hier auf dem Schiff.«

»Hier?«

»Mein Freund Heinz Vorwege, von dem ich Ihnen gerade erzählt habe, kümmert sich um die Organisation für das ›Schwimmende Büfett‹ und schwingt auch sonst den Kochlöffel, wenn es auf einem der Neckarschiffe oder auf dem Partyfloß etwas Vernünftiges zu essen geben soll.«

Froelich war sprachlos.

»Bevor Sie allerdings voreilige Schlüsse ziehen: Heute hat Heinz nicht gekocht – alle Speisen stammen von Mitgliedern des Genussvereins, Heinz hat sie nur angerichtet.«

»Trotzdem«, dachte Froelich, »wäre es für ihn ein Klacks gewesen, Blausäure in die Mandelbutter oder in ein anderes Dessert zu mischen.«

Nachdenklich ging Froelich ins Schiffsinnere. Farner sah ihm paffend nach und grinste zufrieden.

* * *

Als Froelich an seinem Tisch vorbeikam, war Inge gerade in ein Gespräch mit Roland Butterweck vertieft. Er nickte ihr nur kurz zu und ging weiter hinunter ins Hauptdeck.

Unten war der Fundort der Leiche nun komplett vor den Blicken der Passagiere geschützt. Die Tische, die zuvor an der gegenüberliegenden Wand gestanden hatten, waren so in die Mitte des Raumes geschoben worden, dass die Leiche bis auf einen kleinen Durchlass von Tischen umgeben war. Die Tischtücher, die zuvor von der Decke herabhingen und die Desserts verdeckt hatten, waren so umgehängt worden, dass sie nun den toten Neuneck verbargen.

Serviceleiter Meier stand etwas abseits von den Sichtblenden, um Schaulustige abzuhalten – aber offenbar war er von seinem Kapitän auch darüber informiert worden, wer an Bord mitermittelte. Jedenfalls nickte er Froelich nur knapp zu und machte keine Anstalten, ihn daran zu hindern, sich Neuneck aus der Nähe anzusehen.

Froelich zwängte sich durch den Einlass und schob sich zwischen zwei der aufgehängten Tischtücher hindurch. Neuneck lag am Boden, die Beine waren eingeknickt, der Oberkörper war nach hinten gekippt, und der Mann war auf dem Rücken liegen geblieben. Sein Mund stand weit offen, die Zunge war zu sehen, eine Hand lag auf dem Brustkorb.

Froelich ging neben dem Toten in die Hocke, beugte sich über sein Gesicht und schnupperte aufmerksam. Tatsächlich konnte er zwischen allen möglichen Aromen noch einen leichten Mandelgeruch ausmachen. War das nun schon die Blausäurevergiftung oder roch er hier einfach nur die Mandelbutter, von der Neuneck gekostet hatte? Der Tisch mit den Desserts stand nach wie vor neben der Leiche und wurde ebenfalls von den Tischtüchern verdeckt. Der tote Neuneck lag nun da wie in einem großen Zelt.

Noch immer steckten Brösel von Neunecks Keks in der Mandelbutter.

»Wirklich nicht sehr hygienisch«, dachte Froelich und konnte die Abneigung, die einige an Bord der »Anna Schäufele« dem Kritiker gegenüber empfanden, gut verstehen. Wer sich einfach direkt aus den Schüsseln bediente und wer dabei obendrein so deutliche Spuren hinterließ, kümmerte sich nicht darum, ob es andere stören würde – Menschen, für die nur sie selber wichtig waren, hatte Froelich noch nie leiden können.

Eine Bewegung ließ Froelich herumfahren: Der Kapitän und sein Steuermann hatten die Tischtücher auseinandergeschoben und traten neben Froelich in Neunecks »Zelt«.

»Und, haben Sie etwas herausgefunden?«, fragte Paulsen.

»Ja, Herr Neuneck könnte mit Blausäure vergiftet worden sein. Ich habe mich gerade noch einmal vergewissert – man kann tatsächlich noch einen leichten Geruch nach Bittermandel feststellen. Wobei ich mich da nicht auskenne – vielleicht riecht Mandelbutter immer so.«

»Blausäure? Hm …«

»Ja, der Tierarzt hat mich draufgebracht«, erzählte Froelich weiter. »Herr Dr. Farner, ein älterer Herr aus Mundelsheim.«

»Den kenn ich«, sagte Felix Luck. »Ich wohne in Mundelsheim, und wir waren früher ab und zu mit unserem Hund dort. Praktiziert er denn noch?«

»Nein, wohl schon seit ein paar Jahren nicht mehr.«

»Dachte ich mir. Er ist ja auch schon älter – ich habe ihn noch gar nicht an Bord entdeckt, aber ich war ja auch fast die ganze Zeit über im Steuerhaus. Sein Wohnhaus könnten wir ohne die Bäume am Ufer von hier aus übrigens beinahe sehen – die Straße rauf, gegenüber der Kirche, da hat er seine Wohnung und seine Praxis. Ich nehme an, dort wohnt er noch immer.«

»Und wie kam der Tierarzt auf die Idee mit der Blausäure?«, fragte Paulsen.

»Er hat gesehen, dass Neuneck vor einer Schale mit Mandelbutter lag.«

»Ach, und das hat ihm schon gereicht für seine Vermutung? Respekt! Unser lieber Viehdoktor muss ja ein cleveres Kerlchen sein.«

»Na ja«, sagte Froelich lahm, »vielleicht sind Vergiftungen so eine Art Steckenpferd von ihm, wer weiß.«

»Das nun nicht gerade«, warf Luck ein. »Seine Frau hat sich vor Jahren das Leben genommen. Ich glaube, sie hat Gift geschluckt.«

»Auch Blausäure?«, fragte Paulsen.

»Keine Ahnung, aber wenn es so gewesen wäre, würde es auf jeden Fall erklären, warum Dr. Farner in Neunecks Fall sofort auf Blausäure getippt hat.«

»Er ist wohl auch gleich hin und hat sich den Toten genauer angesehen«, sagte Froelich. »Und er muss auch an Neuneck gerochen haben, um das Bittermandel-Aroma feststellen zu können.«

»Da stellt sich die Frage, warum ihn das so im Detail interessiert hat«, sagte Paulsen nachdenklich, und der Klang seiner Stimme ließ auch Froelich aufhorchen.

»Sie glauben doch nicht, dass es Dr. Farner gewesen sein könnte?«

»Keine Ahnung. Jedenfalls haben Herr Luck und ich mit den anderen von der Crew geredet. Und wir haben auch unseren Maschinisten gefunden: Er saß auf der verschlossenen Toilette und stöhnte, da hat unser Serviceleiter die Tür mit einer Zange geöffnet und ist gleich rein.«

»Er stöhnte?« Froelich hob fragend die Augenbrauen.

»Ja, dem hat wohl einer eins von hinten übergezogen, als er kurz zum Pinkeln musste. Dann muss ihn der Unbekannte in die Kabine geschleift und auf die Schüssel gesetzt haben. Er ist noch ganz benommen, sitzt in der Kombüse und trinkt Kaffee.«

»Aber die Toilette, in der er saß, war doch verschlossen – das macht man doch von innen, oder?«

»Ja, oder mit einer Zange von außen.«

Froelich dachte kurz nach.

»Und Sie vermuten jetzt, dass die zweite Bombe im Maschinenraum sein könnte?«

»Genau. Dafür musste Johann, der Maschinist, aus dem Weg geräumt werden. Und wenn der Sprengsatz – diesmal eben von innen – ebenso mit der Türklinke verkabelt ist wie die Bombe neben dem Steuerhaus, sollten wir da sicherheitshalber erst einmal lieber nicht reingehen.«

Froelich nickte.

»Wie auch immer«, fuhr Paulsen fort. »Niemand hat jemanden von Bord gehen oder an Bord kommen sehen, seitdem wir in Cannstatt abgelegt haben. Draußen ist es ja inzwischen dunkel, aber mit unserer Festbeleuchtung decken wir einen ganz schönen Teil des Flusses ab. Wenn also niemand mit einer kompletten Taucherausrüstung zu Werke geht, kommt er hier nicht unbemerkt von Bord. Und eine solche Ausrüstung wäre uns auf dem Schiff doch ziemlich sicher aufgefallen.«

»Das heißt: Unser Bombenfreund ist noch an Bord.«

»Ja, und damit möglicherweise auch der Mörder von Neuneck.«

* * *

Die beiden Frauen saßen allein am Tisch und hatten dem Bestatter nachgesehen, bis er über die Treppe zum Hauptdeck hinunter aus ihrem Blickfeld verschwunden war.

»So, Karin«, begann Claudia Müller, als sie sich mit einem kurzen Blick rundum versichert hatte, dass niemand sie belauschen konnte. »Nun ist der Idiot also tot, und ich frage mich, mit wem ich nun am besten reden sollte, damit diese Geschichte wieder aus der Welt kommt.«

Karin Frohe-Mertens sah ihre Freundin verblüfft an.

»Du klingst ja nicht sehr pietätvoll. Findest du es nicht makaber, dass du gleich ans Geschäft denkst, kaum, dass Neuneck unten tot vor den Desserts liegt?«

»Pietät kann ich mir derzeit nicht leisten. Uns steht das Wasser bis zum Hals, und ich brauche dringend Kunden – ich muss unbedingt wieder in den wichtigen Restaurants und Hotels gelistet werden, sonst dreht mir die Bank den Hahn zu.«

»Ach, mal doch den Teufel nicht an die Wand.«

»Es ist so: Wir sind so gut wie pleite, und wenn nun die Bank nervös wird, können wir den Laden dicht machen. Apropos Teufel: Den male ich nicht an die Wand, der Teufel liegt unten vor der Mandelbutter, Gott sei Dank.«

»Wieso vor der Mandelbutter?«

»Ich ... als unten alle zusammenkamen, um die Leiche zu begaffen, habe ich mal ein Auge auf die Schüsseln und Teller in Neunecks Nähe geworfen – und direkt neben ihm stand ein Teller, dessen Info-Kärtchen mit ›Mandelbutter‹ beschriftet war. Mir ist aber eigentlich auch egal, wo Neuneck liegt. Sein Tod kann unsere Rettung sein.«

»Mensch, Claudia«, sagte Karin Frohe-Mertens und schüttelte langsam den Kopf, »manchmal wirst du mir ein bisschen unheimlich.«

»Warum denn? Hat er es etwa nicht verdient?«

»Du bist so nachtragend, ehrlich! Pass lieber mal auf, dass Karl das nicht zu hören bekommt.«

»Mein Göttergatte, diese Träne? Als hätte der schon mal irgendetwas mitbekommen. Wenn der draußen im Wengert stehen kann und seine Ästchen zusammenbinden oder seine selbstgebraute Spezialbrühe verteilen, dann ist der doch glücklich. Das reicht dem.«

»Ja«, sagte Kartin Frohe-Mertens und grinste anzüglich, »tagsüber ...«

»Ach, lass das jetzt«, wehrte Claudia Müller unwillig ab. »Wir haben unseren Spaß, und es tut uns beiden gut – aber letztlich ist und bleibt Karl ein Waschlappen. Wenigstens macht er, was ich sage.«

»Und was hast du jetzt vor, nachdem Neuneck tot ist?«

»Ich muss nun dort die Runde machen, wo Neuneck den größten Schaden angerichtet hat.«

»Die Ochsentour? Klingelputzen, euren guten Wein anbieten wie Sauerbier?«

»Tja, wir werden wohl nicht drum herum kommen. Schließlich hat der feine Herr Olivo ja oft und nachdrücklich genug darauf bestanden, zu Testessen nur bloß keinen von unseren Weinen serviert zu bekommen.«

Karin Frohe-Mertens verdrehte genervt die Augen.

»Das hast du mir doch selbst erzählt, Karin! Und für mich steht es fest, dass er das nicht nur bei euch im Restaurant so gemacht hat, sondern überall, wo wir gelistet waren. Warum sonst sollten uns so viele Spitzenrestaurants in so kurzer Zeit aus dem Sortiment werfen?«

»Mag sein«, sagte Karin. »Ich verstehe nur nicht, was Neuneck dazu getrieben hat, euch so unbedingt mit aller Macht schaden zu wollen.«

»Tja, meine Liebe«, dachte Claudia. »Alles musst du auch nicht wissen. Du nicht, und Karl nicht.«

* * *

Froelich hatte Paulsen und Luck davon erzählt, dass der pensionierte Tierarzt Dr. Farner den Koch der »Anna Schäufele« als einen jener Gastronomen beschrieben hatte, die nicht gut auf den Gourmetkritiker Neuneck zu sprechen waren. Paulsen hörte sich alles kommentarlos an, dann führte er Froelich zu dem Raum, in dem Vorwege zu Gange war.

»Herr Vorwege? Haben Sie einen Moment?«

Ein stämmiger Mann in einer weißen Küchentracht, über der er eine fleckige Kochschürze trug, sah von einem Schneidebrett auf und kam auf ihn und Froelich zu. Im Hintergrund saß ein hagerer Mann, der nur noch ein paar graue Haarsträhnen auf dem Kopf hatte, und schlürfte geräuschvoll Kaffee.

Vorwege war knapp eins achtzig, über dem Bauchansatz spannte die Schürze, aus den hochgeschobenen Ärmeln des Oberteils ragten kräftige, stark behaarte Unterarme.

»Ja, Käpt'n, was gibt's?«

Vorweges Stimme war rau, als habe er schon zu lange und zu laut Küchenmannschaften kommandiert. Aber sein Blick war freundlich, irgendwie sah der Mann gemütlich aus.

»Das ist Herr Froelich«, stellte Paulsen seinen Begleiter dem Koch vor. »Er hilft mir ein wenig, mehr Licht in unsere derzeitige Situation zu bringen.«

»Ja, ich weiß: Bombe an Bord, Kritiker tot.«

Er lachte kurz auf, dann sah er Froelich entschuldigend an: »Ich mochte den nicht. Aber entschuldigen Sie bitte trotzdem – man soll ja über Tote nichts Schlechtes sagen.«

»Herr Froelich ist Bestatter«, erklärte Paulsen. »Ich nehme an, er hat schon alle Reaktionen erlebt, die man auf eine Todesnachricht hin erleben kann.«

»Ach, Sie sind Bestatter? Das ist ja praktisch.«

Vorwege grinste.

»Ich bin privat hier«, sagte Froelich. Es nervte ihn immer mehr, dass er sich seit Neunecks Tod ständig Sprüche wegen seines Berufs anhören musste.

»Ich geh dann mal wieder los und höre mich noch ein bisschen um«, sagte Paulsen in die peinliche Stille hinein und ging zurück aufs obere Deck.

»Warum mochten Sie Walther Neuneck denn nicht?«, fragte Froelich schließlich.

»Er war Gourmetkritiker, und ich war Koch. Das passt nicht immer so gut zusammen, wissen Sie?«

»Wieso *waren* Sie Koch? Sie sind es doch noch immer.«

»Das hier? Ach, das kann man doch kaum kochen nennen. Heute sowieso nicht: Da habe ich nur aufgewärmt und angerichtet, was die Vereinsmitglieder herangeschleift haben. Übrigens gar nicht so übel, die Amateurkollegen. Haben Sie probiert?«

»Oh ja, hat mir gut geschmeckt. Nur die Desserts habe ich ausgelassen, wegen des toten Neuneck.«

»Lag er dort? Bei den Desserts?«

Froelich nickte und beobachtete den Koch aufmerksam.

»Wo denn genau?«

»Er lag in der Nähe einer Schale mit Mandelbutter. Und vermutlich ist er an einer Blausäurevergiftung gestorben. Und Blausäure riecht ja …«

»… wie Bittermandel, ich weiß.«

»Woher wissen Sie das? Ich nehme an, Blausäure sollte nicht unbedingt zum Repertoire eines Kochs gehören.«

Vorwege sah Froelich kurz an und lächelte dann wehmütig.

»Da liegen Sie nicht ganz richtig, Herr Froelich.«

Froelich schaute irritiert.

»Für die Herstellung von Amaretto oder auch Marzipan wird Bittermandelöl eingesetzt. Und dieses Öl, das normalerweise eine durchaus gefährliche Dosis an Blausäure enthält, wird dafür eigens behandelt – das heißt ›entbittern‹. Auf jeden Fall ist die Blausäure hinterher nicht mehr im Öl und der Genuss ist unbedenklich.«

»Sie meinen also, es könnte auch Bittermandelöl verwendet worden sein, das noch nicht … wie sagten Sie? … ›entbittert‹ …?«

Vorwege nickte.

»… das also noch nicht ›entbittert‹ wurde – dann wäre es kein Mord, sondern Versehen.«

»Dann schon«, sagte Vorwege. »Aber ich glaube nicht, dass es solches Bittermandelöl überhaupt zu kaufen gibt. Das ist sicher umständlicher, als sich einfach direkt Blausäure zu besorgen und sie zum Beispiel in diese Mandelbutter zu geben.«

Eine kleine Pause entstand. Vorwege sah durch eines der Fenster hinaus auf den Neckar, auf dem sich die Schiffslichter spiegelten. Um seinen Mund spielte ein Zug, den Froelich nicht so recht einschätzen konnte – aber allzu traurig sah Vorwege nicht aus.

»Sie sagten vorhin, dass Sie Walther Neuneck nicht mochten. Warum denn?«

»Das habe ich Ihnen doch schon erklärt: Er war Gourmetkritiker, ich war Koch.«

Fast trotzig klang Vorwege nun und seine Kiefern mahlten, während er noch immer zum Fenster hinaussah.

»Gab es keinen konkreten Anlass?«

Vorwege schwieg und schaute hinaus.

»Ist es wegen des Restaurants, das Sie von Ihren Eltern übernommen hatten?«

Vorweges Kopf fuhr herum, und er fixierte Froelich mit eiskaltem Blick.

»Woher wissen Sie das?«

»Dr. Farner hat es mir erzählt, der frühere Tierarzt aus Mundelsheim.«

Vorweges Blick flackerte ein wenig, dann sah er wieder zum Fenster hinaus.

»Ach, stimmt ja, der ist auch hier an Bord.«

Mehr sagte er nicht, und es dauerte eine ganze Weile, bis Froelich nachfasste.

»Und? War es wegen des Restaurants?«

»Ach, lassen Sie mich doch endlich in Ruhe.«

Er stand noch kurz am Fenster, dann wandte er sich ab und ging zu dem Schneidebrett hinüber, an dem er vorhin gearbeitet hatte.

»Außerdem habe ich zu tun.«

Vorwege schnappte sich eine Zwiebel und hackte sie mit unglaublicher Geschwindigkeit in gleichmäßige winzige Würfel. Froelich trat etwas näher und sah staunend zu: Wenn er da an seinen ersten Versuch im Kochkurs der Merklinger Landfrauen im vergangenen Jahr dachte …

Der hagere Mann saß völlig unbeteiligt auf seinem Platz am Fenster, schlürfte Kaffee und betastete ab und zu seinen Hinterkopf.

Mit dem Messerrücken streifte Vorwege die gewürfelten Zwiebeln in eine Schüssel. Dann nahm er sich einige längliche Büschel von der Arbeitsplatte und hackte sie ebenfalls klein.

»Was ist das da auf Ihrem Schneidebrett?«

Kurz verharrte Vorweges Messer in der Luft, als sei der Koch überrascht, dass Froelich noch immer da war, dann hämmerte die Schneide wieder auf das Grünzeug ein.

»Koriander.«

»Koriander*blätter*? Ich kenne eher das Pulver.«

»Das wird aus dem Samen hergestellt. Aber das Kraut ist viel interessanter. Hier, riechen Sie mal.«

Vorwege hielt Froelich einen angeschnittenen Büschel hin.

»Erinnert mich irgendwie an thailändische Suppe.«

»Richtig. Da gehört das rein.«

»Und Sie machen hier eine Suppe? Draußen sind doch schon alle fertig mit dem Essen.«

»Das Essen war ja auch nicht von mir. Ich habe mit der Reederei der ›Anna Schäufele‹ einen Deal. Ich mache hier den Anrichthelfer und koche Kleinigkeiten, dafür darf ich, wenn alle satt und zufrieden sind, hier noch ein bisschen herumexperimentieren.«

»Ach, das kenne ich.«

»Wieso – sind Sie auch Koch?«

»Nein, nein, das wäre nun wirklich frech gelogen. Ich esse sehr gerne, was man mir ja auch ansieht. Und inzwischen stelle ich mich auch ab und zu an den Herd – aber ich bin blutiger Anfänger auf diesem Gebiet. Nein, meinen Deal, wie Sie es nennen, hatte ich mit dem katholischen Pfarrer in Weil der Stadt. Dort habe ich bis vergangenes Jahr gelebt. Und weil ich gerne in der Freizeit auf der Orgel in der Stadtkirche spielen wollte, habe ich dafür angeboten, während der Gottesdienste den Organisten zu geben.«

»Na, dann wissen Sie ja Bescheid. Meine Küche daheim ist zu klein. Und mir fällt daheim einfach manchmal die Decke auf den Kopf, da bin ich ganz froh, wenn ich noch eine Weile hier an Bord sein kann. Hier oder auf einem der anderen Schiffe oder auf dem Partyfloß.«

»Dr. Farner hat mir erzählt, dass Sie für diese ganze Neckarflotte als Koch arbeiten.«

»So, so, hat er das.«

Vorwege verfiel wieder in brütendes Schweigen. Er schob die gehackten Korianderblätter in eine kleine Schüssel und machte sich an einigen Knoblauchzehen zu schaffen.

»Und er hat mir erzählt, dass Sie das machen, seit eine Kritik von Walther Neuneck ihnen das Geschäft mit dem Restaurant verdorben hat.«

Vorwege hatte die Knoblauchzehen im Handumdrehen geschält und schnitt sie ebenfalls in kleine Würfel. Froelich kam es vor, als sei Vorwege nun nicht mehr so schnell wie zuvor.

»Wie lange ist das her, Herr Vorwege?«

Der Koch ließ die Knoblauchwürfel in eine weitere Schale rutschen und nahm sich ein Büschel Zitronengras. Er legte sein großes Kochmesser weg, nahm ein kleineres Messer und begann, die Zitronengrasstängel damit der Länge nach aufzuschlitzen.

»Wie lange, Herr Vorwege?«

Der Koch hantierte weiter mit dem kleinen Messer und zuckte beiläufig mit den Schultern.

»Das ist doch Quatsch, Herr Vorwege! Sie übernehmen das Lokal Ihrer Eltern, Sie modeln es um, bringen es voran und machen daraus ein Restaurant der Extraklasse. Dann kommt Neuneck, zerreißt Sie in der Luft, verdirbt Ihnen das Geschäft, und Sie werfen alles hin. Da weiß man doch, wie lange das her ist!«

»Aua!«, rief Vorwege gepresst und saugte am Mittelfinger seiner linken Hand.

»Haben Sie sich geschnitten?«, fragte Froelich und ging einen Schritt auf den Koch zu. Der drehte sich zu Froelich um und deutete mit dem Messer auf ihn. Es war zwar deutlich kleiner als das Kochmesser von vorhin, aber mit etwas

Schwung konnte ein geübter und kräftiger Mann auch damit viel Schaden anrichten.

Froelich wich einen Schritt zurück. Der hagere Mann am Fenster sah ungerührt zu und schlürfte weiter von seinem Kaffee.

»Sie verziehen sich jetzt, und zwar sofort!«, zischte Vorwege und ging einen Schritt auf Froelich zu, das Messer noch immer angriffslustig erhoben.

Froelich wich noch einen Schritt zurück.

»Und Sie reden jetzt auch nicht mehr von dem Restaurant, das ich mal hatte!«

Froelich wich einen weiteren Schritt zurück, Vorwege folgte ihm.

»Ich …«, machte Froelich einen letzten Versuch, »Ich wiederhole ja nur, was mir Ihr Freund gesagt hat.«

»Welcher Freund?«

»Na, Dr. Farner.«

»Farner? Mein Freund?«

Vorwege ließ das Messer sinken und lächelte Froelich traurig an.

»Farner war mal mein Freund, das stimmt, aber das ist lange her. Übrigens ungefähr so lange wie die Sache mit dem Restaurant. Dann können Sie also auch ebenso gut ihn fragen. Der lässt wahrscheinlich ohnehin keine Gelegenheit aus, mich anzuschwärzen. Da passt es ja, dass er Sie gleich darauf hingewiesen hat, dass ich den großen Olivo nicht leiden konnte.«

Er sah Froelich noch kurz an, dann kehrte er zu seinem Schneidbrett zurück, legte das kleine Messer hin und nahm sich mit dem großen eine dicke Scheibe Sellerie vor.

»Blausäure«, murmelte Vorwege. »Ausgerechnet Blausäure …«

Froelich stand mit etwas weichen Knien in der Nähe der Tür, aber eine letzte Frage wollte er noch loswerden.

»Welches Essen hat Herrn Neuneck denn damals nicht geschmeckt bei Ihnen? Ich meine: Weswegen hat er denn einen Verriss über Ihr Restaurant geschrieben?«

»Flan«, sagte Vorwege und zerkleinerte den Sellerie mit wütend wirkenden Bewegungen. »Auch da ist ihm das Dessert schon nicht bekommen.«

Froelich dachte kurz nach: Flan war, wenn er sich richtig erinnerte, ein spanisches Dessert. Und vor allem: Flan wurde unter anderem aus Eiern, Milch und Zucker gemacht, nicht aus Mandeln.

Fast war Froelich erleichtert deswegen. Irgendwie widerstrebte es ihm, wenn Menschen unter Mordverdacht standen, denen das Mordopfer übel mitgespielt hatte und die letztendlich selbst Opfer waren. Er nickte dem Mann am Fenster zum Abschied zu, da fiel ihm noch etwas ein.

»Und was hat Neuneck nicht geschmeckt an Ihrem Flan?«, fragte Froelich.

»Ich hatte ein wenig mit dem karamellisierten Zucker experimentiert. Das hat er rausgeschmeckt, und das hat ihm nicht gepasst.«

»Ist Ihnen der Zucker angebrannt?«

»Nein«, sagte Vorwege. »Ich hatte gemahlene Mandeln mitverarbeitet.«

* * *

Das Tor der Schleuse Pleidelsheim schob sich noch die letzten Zentimeter ihrer Ruheposition entgegen, da gab Herbert Nehringer schon wieder Schub und brachte das Schiff der Wasserpolizei unter dem tropfenden Tor hindurch auf das letzte Stück der Fahrt hin zum derzeitigen Liegeplatz der »Anna Schäufele«.

Sein Kollege Fritz Voss hatte versucht, im Gespräch mit der Zentrale weitere Details zu erfahren, aber es blieb dabei: Niemand wusste, warum das Ausflugsschiff nahe Mundelsheim vor Anker gegangen war.

Noch gut drei Kilometer, dann würden sie mehr wissen.

* * *

Als Froelich zurück aufs Oberdeck kam, saß Inge gerade allein am Tisch, rührte in ihrem Kaffee und sah zum Fenster hinaus.

»Na«, sagte Froelich und schob sich auf die Bank neben sie, »hast du etwas Interessantes herausgefunden?«

»Geht so«, brummte Inge und lehnte sich gegen Froelich.

Er nahm ihre Tasse und trank einen Schluck. Dann griff er in Inges Umhängetasche und zog den dicken Packen Rezepte heraus.

»He!«, machte Inge, »Wieso kramst du einfach in meiner Tasche herum? Und was ist das überhaupt für ein Packen Papier?«

»Das sind die Rezepte der Speisen, die für das heutige Büffet gespendet wurden. Und jetzt will ich nachsehen, wer die Mandelbutter beisteuerte, an der Neuneck vermutlich gestorben ist.«

Gespannt sah ihm Inge beim Blättern zu. Die Rezepte waren nach Vor-, Haupt- und Nachspeise sortiert und innerhalb der drei Gruppen alphabetisch. Aber: Egal wo Froelich suchte, ein Rezept für Mandelbutter war nirgendwo zu finden.

»Schade«, brummte Froelich und stopfte die Rezepte wieder in Inges Tasche zurück, was ihm prompt einen tadelnden Blick seiner Freundin einbrachte. »Das Rezept für die Mandelbutter, und darunter der Name des Spenders – das wäre doch mal ein Ansatz gewesen ...«

Inge schob ihm ihre Tasse hin, Froelich nahm noch einen Schluck.

»Butterweck scheint hier wirklich jeden zu kennen«, sagte sie dann.

»Ja, den Eindruck hatte ich vorhin auch. Er war schon während Muhrmanns elend langer Rede ganz versessen darauf, mir alle an Bord vorzustellen. Ich konnte mir gar nicht alles merken.«

»Und er hat zu jedem eine Meinung – selten eine gute, übrigens.«

»Eigentlich sind mir solche Typen eher unangenehm, aber im Moment kann uns jedes noch so hanebüchene Gerücht eine Hilfe sein.«

Inge nickte und kramte einen kleinen Notizblock aus ihrer Hosentasche.

»Wart mal, ich hab mir ein paar Sachen aufgeschrieben.«

Sie blätterte ein wenig. Froelich versuchte mitzulesen, aber er hatte keine Chance: Inges Klaue war schlimmer als Steno und Chinesisch in einem.

»Hier zum Beispiel«, sagte sie schließlich und tippte auf ein vollgekritzeltes Blatt. »Der aktuelle Vorsitzende Päble und sein Vorgänger Schieber mögen sich nicht gerade. Die beiden sind fast so etwas wie Todfeinde.«

»Ja, aber beide leben noch.«

»Was manchen wundert, sagt Butterweck. Vor einigen Jahren war Schieber eine große Nummer in der Besigheimer Gegend. Ihm gehört ein Lokal direkt an der Enz, etwa in der Mitte zwischen Besigheim und der Kammgarnspinnerei.«

»Sieht man das Gasthaus von der B 27 aus?«

Inge nickte. Froelich erinnerte sich an ein großes, etwas älteres Gebäude direkt am Enzufer, von der B 27 aus auf einem kleinen Asphaltweg zu erreichen. Am Haus war in einem altmodisch wirkenden Schriftzug der Name »Enztaler Hof« angebracht.

»Das sieht aber nicht sehr einladend aus. Oben an der Straße steht, glaube ich, auch ein Hinweisschild – aber das ist auch schon ziemlich verschandelt. Haben die denn noch geöffnet?«

»Derzeit nicht«, sagte Inge. »Das Lokal hat seine besten Zeiten wohl schon hinter sich. Und Schieber auch, wenn man Butterweck glauben kann.«

»Was hat er denn so alles erzählt über Herrn Schieber, unser lieber Butterweck?«

»Die Familie Schieber hat das Restaurant wohl schon seit zwei, drei Generationen.«

»Wie Vorweges Familie auch«, merkte Froelich an und sagte dann, als Inge ihn fragend ansah: »Erzähl ich dir nachher. Jetzt bist erst einmal du dran.«

»Gut. Der ›Enztaler Hof‹ wurde nach dem Zweiten Weltkrieg von den Schiebers übernommen. Butterweck meinte, sie seien als Flüchtlinge in Besigheim gestrandet, hätten sich aber schnell hochgearbeitet und schließlich mit dem eigenen Restaurant einen großen Schritt gewagt. Das hat auch alles ganz gut geklappt: Die Oma von Manfred Schieber führte in der Küche das Kommando, und Manfred Schiebers Opa kümmerte sich zusammen mit seinem ältesten Sohn Herrmann um das Fleisch – beide waren gelernte Metzger.«

Froelich erinnerte sich daran, dass seine Eltern früher am liebsten in Gasthäuser mit eigener Metzgerei gegangen waren. »Da wird wenigstens nicht am Fleisch gespart«, hatte Gottfrieds Vater Gotthold Froelich immer gesagt. Und oft hatte er auch recht.

»So kamen sie gut durch die Fünfziger, auch nach dem Tod der jahrelang unermüdlich kochenden Oma lief es gut weiter. Die Schiebers übergaben irgendwann Ende der Sechziger-, Anfang der Siebzigerjahre ihrem ältesten Sohn Herrmann und dessen Frau, den Eltern von Manfred Schieber, das Restaurant, und Herrmann baute das Geschäft noch aus. Er richtete Fremdenzimmer ein und baute einen kleinen Schuppen, in dem Gäste ihre Fahrräder abstellen konnten. Ein größerer Parkplatz wurde angelegt, es gab einen Anbau mit Veranda – und der ›Enztaler Hof‹ wurde mit der Zeit zu einem sehr beliebten Ausflugslokal. Da müssen die Gäste aus der ganzen Gegend, von Heilbronn, von Ludwigsburg, an den Sonntagen auch von Stuttgart herausgekommen sein.«

»Schön, und warum brummt der Laden heute nicht mehr?«

»Das Lokal ist irgendwann schlicht und einfach aus der Mode gekommen. Manfred Schieber hat es 1990 oder 1991 übernommen, und eine Zeitlang lief der Betrieb noch ganz gut. Aber dann hat es nachgelassen, die Ausflügler sind weggeblieben, Biergärten in den Städten und neue Restaurants haben die Kundschaft abgezogen. Um 2000 herum hat Manfred Schieber dann noch einmal alles auf eine Karte gesetzt. Er hat einen neuen Koch eingestellt, der zuvor in renommierten Häusern gearbeitet hatte und laut Butterweck überall immer kurz vor dem ersten Stern stand. Er hat die Gasträume renovieren lassen, hat den Service auf Vordermann gebracht und dann das neu gestylte Gasthaus mit großem Tamtam eröffnet.«

»Und was ging schief?«

»Zunächst gar nichts. Der neue Koch muss ziemlich klasse gewesen sein, die Speisekarte hatte jeden Tag vier, fünf Hauptgerichte, die je nach Saison wechselten. Überall standen große Tafeln herum, auf die mit Kreide das jeweilige Tagesangebot geschrieben wurde. Die Inneneinrichtung hat mir Butterweck als sehr schick und mediterran beschrieben – und er meinte, das alles kam auch gut an in der Gegend. Und obwohl der ›Enztaler Hof‹ nun insgesamt etwas schicker daherkam, waren nach wie vor Radler sehr willkommen, sogar der Schuppen für die Fahrräder war erneuert worden – damals lief auch die Vermarktung des Enztalradwegs so richtig an. Die Brücke über die Enz, die Manfred Schiebers Vater hatte bauen lassen, um das Gasthaus vom östlichen Flussufer aus erreichbar zu machen, wurde ausgebaut und verschönert. Es gab sogar ein preisgünstiges ›Radler-Menü‹, und radelnde Gäste durften Duschen im Kellergeschoss nutzen, die eigens dafür eingebaut worden waren.«

»Schön.«

»Ja, schön. Obwohl Butterweck eher vermutete, dass Schieber einfach nur keine verschwitzten Gäste in seinem schönen Restaurant haben wollte. Aber egal: Die Botschaft kam rüber, die Gäste fühlten sich wohl, alles lief prima. Außerdem war Manfred Schieber gut vernetzt, wie man heute so sagt. Erst hatte er sich bei einer Köchevereinigung beworben, die damals bundesweit für Furore sorgte – da wurde er aber abgelehnt. Also machte er sein eigenes Ding: Er gründete mit ein paar anderen Genießern eine Besigheimer Ortsgruppe des damals bundesweit aufkommenden Vereins für Genusspflege e. V., und die anderen wählten ihn zum Vorsitzenden. Natürlich fanden die Versammlungen …«

»… im ›Enztaler Hof‹ statt, richtig?«

»Richtig.«

Inge grinste und blätterte ein wenig weiter in ihrem Notizblock. »Auch Butterweck war Gründungsmitglied, und er kümmerte sich um die Betreuung von Veranstaltungen, die der Verein auf den Weg brachte: Literaturabende mit Wein, Seminare zu Kräutern, Senf oder Salz – solche Dinge eben. Auch das lief gut, mal im ›Enztaler Hof‹, mal in Butterwecks Gewächshaus oder in seinem Garten, mal in dem Gewölbekeller im Dreigiebelhaus am Marktplatz.«

»Nun bin ich aber mal gespannt, wann Schieber seinen Karriereknick erleidet. Und warum.«

»Das kommt jetzt: Wolfgang Päble betritt die Szene.«

»Warte mal kurz«, unterbrach Froelich sie. Aus dem Augenwinkel hatte er den Vorsitzenden erspäht. Päble nickte den beiden grüßend zu, dann ging er weiter in Richtung hinteres Freideck. Inge wartete, bis er draußen stand und Tierarzt Farner in ein Gespräch verwickelte, dann fuhr sie fort.

»Also: Päble betritt die Szene. Er übernahm 2006 ein Restaurant am Stadtrand, er hatte bis dahin zwei Lokale in Bietigheim und Ingersheim betrieben. Wolfgang Päble muss ein Talent dafür haben, Leute für sich einzunehmen. Jedenfalls war Päble in kurzer Zeit recht gut eingeführt in Besigheim – wir haben ja selbst gemerkt: Wenn man die richtigen Leute kennenlernt, ist man ziemlich schnell ein fester Bestandteil der Innenstadtszene.«

Das stimmte allerdings. Für einen Kurzurlaub hatten sie sich kurz nach dem Umzug von Weil der Stadt nach Besigheim in dem Reisebüro am Marktplatz beraten lassen. Ihre Beraterin trafen sie später mit ihrem Mann in einem Restaurant in der Kirchstraße wieder, den Mann allein an einem Samstagmorgen in der Bäckerei. Na ja, und irgendwann verabredete man sich, wurde dieser und jenem vorgestellt – und inzwischen hatten Froelich und Inge fast schon das Gefühl, seit vielen Jahren in Besigheim zu wohnen.

»Päble machte sich wohl einige Mühe, in Besigheim schnell Fuß zu fassen. Er wurde Mitglied in diversen Vereinen, darunter auch bei den Genussfreunden. Dort kam es dann irgendwann zum Streit zwischen Päble und Schieber.«

»Warum das denn? Waren denn nicht genug Gäste für beide da?«

»Konkurrenten waren die beiden – aber, sagt Butterweck, nicht nur in beruflicher Hinsicht.«

»Wie sonst noch?«

»Päble hat wohl auch Schiebers Frau schöne Augen gemacht. Oder sie ihm, je nachdem.«

»Ach?«

»Ja, ja, die ›schöne Susanne‹, wie Butterweck sie nannte, ist wohl kein Kind von Traurigkeit. Die Fremdenzimmer im ›Enztaler Hof‹ sind schon seit Jahren nicht mehr der Renner, aber das eine oder andere Bett musste wohl dennoch immer wieder mal frisch bezogen werden.«

»Sagt Butterweck?«

»Ja, das sagt Butterweck.«

»Und woher weiß der das? Hat er selbst auch mal …?«

»Davon hat er zumindest nichts erzählt. Aber es scheint so, als sei die ›schöne Susanne‹ in Besigheim durchaus ein Gesprächsthema gewesen. Natürlich nur hinter vorgehaltener Hand.«

»Natürlich.«

»Und als sie sich auch noch mit Päble einließ, war das Maß wohl voll für Manfred Schieber. Die beiden müssen sich an die Gurgel gegangen sein – richtig spektakulär, abends vor der Kelter.«

»Dafür gab es dann wohl auch genügend Zeugen.«

»Ja. Butterweck natürlich auch – in der Kelter hockte der Genussverein zusammen und beriet über kommende Projekte.«

»Ach, nicht wie sonst im ›Enztaler Hof‹?«

»Nein, zum ersten Mal nicht. Und an diesem Abend fädelte es Päble auch vollends ein, dass er neuer Vereinsvorsitzender wurde. Schieber hatte Päble in der Kelter schon ein paar Mal angepampt – Butterweck vermutet, Schieber hatte ein, zwei Tage zuvor von dessen Techtelmechtel mit seiner Frau erfahren und ist deshalb entsprechend sauer gewesen. Die Affäre zwischen Päble und Frau Schieber wurde mit keinem Wort erwähnt, sagt Butterweck, aber sie war seiner Meinung nach auf jeden Fall der Grund dafür, dass Schieber jeden Vorschlag von Päble in dieser Sitzung ziemlich derb in der Luft zerriss. Irgendwann schlug Päble vor, man könne doch kurz miteinander raus vor die Tür, um sich …«

»… zu schlagen?«

»Nein, Päble hatte wohl eher ein Gespräch im Sinn. Aber letztlich haben sich die beiden Kampfhähne dann doch geprügelt. Schieber ging dann wütend heim, Päble ging blutend zurück zur Sitzung. Eine Stunde und drei Viertele später waren sich alle Anwesenden einig: Päble soll Schieber als Vorsitzenden ablösen.«

»Auch Butterweck war dafür?«

»Nein, er sagt, er habe dagegen gestimmt und sogar noch Partei für Schieber ergriffen, aber das habe niemand mehr hören wollen.«

»Und seither ging's mit Schieber bergab?«

»Ja, und zwar mit Karacho. Er wurde als Vorsitzender abgewählt – das Ergebnis muss eine derbe Klatsche gewesen sein. Nun traf sich der Genussverein natürlich gar nicht mehr im ›Enztaler Hof‹, sondern in Päbles Lokal. Schieber ging irgendwann nicht mehr hin.«

»Ist er aus dem Genussverein ausgetreten?«

»Davon hat Butterweck nichts gesagt, aber ich an seiner Stelle hätte die Mitgliedschaft gekündigt. Zumindest mit dem neuen Vorsitzenden Päble musste ihm ja klar sein, dass er im Verein keinen Fuß mehr auf den Boden bringt.«

»Und warum ist er dann trotzdem hier dabei und nimmt am ›Schwimmenden Büfett‹ des Vereins teil?«

»Gute Frage, Gottfried.«

»Die stelle ich dann jetzt am besten mal ihm direkt, was?«

»Mach das, aber zuvor solltest du noch das dicke Ende der Geschichte kennen – wenn man von den heutigen Ereignissen mal absieht.«

»Ein dickes Ende? Noch dicker?«

»Ja, noch dicker: Päble hat wohl auch außerhalb der Stadt gute Kontakte, und er hat es geschafft, dass Gourmetkritiker Walther Neuneck von seinem Magazin in den ›Enztaler Hof‹ geschickt wurde, um das Lokal für die ›Goldene Auster‹ zu testen.«

»Unser Toter? Oha! Und?«

»Na ja, der ›Enztaler Hof‹ kam auf Anhieb in den jährlichen Gourmetführer …«

»Das ist doch prima, oder …?«

Froelich sah, wie sich ein bedauerndes Grinsen auf Inges Gesicht ausbreitete.

»Oh, nein!«, entfuhr es ihm. »Schiebers Gasthaus kam in den hinteren Teil des Buchs?«

»Ja«, nickte Inge. »Der ›Enztaler Hof‹ war groß und breit im ›Gourmand‹-Teil beschrieben, mit dem der Restaurantführer alljährlich vor den seiner Meinung nach übelsten Kaschemmen warnt.«

»Das hat gesessen, vermute ich mal.«

»Und ob! Butterweck meinte, dass Päble da sicher auch für die Bewertung seine Finger im Spiel hatte.«

»Wie das?«

»Päble hatte früher eine Kneipe in Stuttgart, nicht weit von dem Haus entfernt, in dem die Redaktion des Stadtmagazins ›Ketchup‹ untergebracht war.«

»Und daher kannte er Neuneck, der damals für das Stadtmagazin geschrieben hat?«

»Genau.«

»Hm«, machte Froelich und sah Inge nachdenklich an. »Wenn wir nur lange genug nachfragen, hat vermutlich jeder an Bord hier ein Motiv, Walther Neuneck etwas anzutun.«

»Darauf scheint es tatsächlich hinauszulaufen.«

»Aber das bringt uns kein Stück weiter. Denn mal abgesehen von einem möglichen Mörder suchen wir ja vor allem den Bombenleger.«

»Oder die Bombenlegerin.«

»Meinetwegen. Nur sollten wir ihn oder sie bald finden, nicht dass noch jemand die Nerven verliert und uns der ganze Kahn um die Ohren fliegt.«

* * *

Vom hinteren Freideck kam Dr. Farner herein und mit ihm ein Schwung kühler Luft, durchsetzt von dem würzigen Tabakgeruch, der dem Tierarzt in den Kleidern hing.

»Hallo, Herr Dr. Farner«, sagte Froelich, stellte sich ihm in den Weg und deutete auf Inge. »Das ist meine Freundin, Inge Coordes. Inge, Herr Dr. Farner.«

»Angenehm.«

Die beiden gaben sich die Hand, und Froelich überredete den Tierarzt, sich zu ihnen an den Tisch zu setzen. Er schob ihm ein sauberes Kelchglas hin und schenkte ihm aus der Rotweinflasche ein, die halb voll auf ihrem Tisch stand. Farner sah ruhig zu, bedankte sich, hob das Glas, roch kurz und nahm dann einen ordentlichen Schluck.

»Feines Tröpfchen«, sagte er schließlich und schnalzte mit der Zunge. »Ich habe mich bisher nur um den Rosé gekümmert. Das war wohl ein Fehler.«

Sie plauderten eine Weile, dann fragte Froelich in einer kurzen Pause unvermittelt: »Warum hat es Sie denn so sehr interessiert, woran Herr Neuneck starb?«

Dr. Farner, der bis dahin die ganze Zeit geschmunzelt hatte, wurde schlagartig ernst. Er sah Froelich nachdenklich an, dann trank er noch einen Schluck.

»Wie kommen Sie darauf?«

»Na ja, Sie sind extra hin zu dem Toten und haben sich vermutlich auch über ihn gebeugt – sonst hätten Sie den Bittermandelgeruch vermutlich nicht wahrgenommen.«

»Da haben Sie recht«, sagte Dr. Farner und nahm noch einen Schluck. Er hielt Inge des leere Glas hin, weil sie näher an der Weinflasche saß. »Wären Sie so freundlich, Frau Coordes?«

Inge schenkte nach, und Froelich wartete darauf, dass der Tierarzt weiterredete. Doch der nahm stattdessen noch einen Schluck, stellte das Glas ab, sah Froelich seelenruhig an und blieb stumm.

»Warum also hat es Sie so sehr interessiert, woran Neuneck starb?«

»Eine berufliche Marotte, vermutlich.«

»Aber Sie sind Tierarzt.«

»Ja«, lachte Dr. Farner mit einem bitteren Unterton, »und unser großer Olivo war ein Schwein. Das passt doch.«

Froelich schnaubte. Unten lag ein Toter, irgendwo auf dem Schiff hatte jemand die Fernzündung für zwei Sprengsätze in der Tasche – da fehlte ihm der Sinn für plumpe Witze.

»Fanden Sie das nicht witzig?«, fragte Dr. Farner etwas scheinheilig und nahm noch einen Schluck. Möglicherweise musste sich Froelich beeilen, wenn er aus dem Tierarzt in noch nüchternem Zustand etwas herausbekommen wollte.

»Nein, kein bisschen.«

»Schade.«

Farner grinste.

»Ja, sehr schade. Warum weichen Sie mir eigentlich immer aus, wenn ich auf Blausäure zu sprechen komme?«

Farners Grinsen wurde etwas dünner.

»Ist es wegen Ihrer Frau?«

Farner kniff die Augen zusammen, seine Kiefer mahlten, und Inge sah Froelich ganz erschrocken an – war er jetzt zu weit gegangen?

»Lassen Sie meine Frau aus dem Spiel!«

»Starb sie auch an Blausäure?«, fasste Froelich nach. Ganz wohl war ihm nicht dabei. Er stellte sich vor, wie es in ihm wühlen würde, wenn Inge sich umbrächte – und jemand würde ihn so direkt damit konfrontieren.

Doch Farner, den Froelich vor dem geistigen Auge schon wütend aufspringen sah, blieb ganz ruhig. Er hielt das Weinglas hoch, betrachtete die Reflexionen der Deckenbeleuchtung in der rubinrot schimmernden Flüssigkeit, dann trank er das noch gut gefüllte Glas in einem Zug aus und stellte es mit Wucht auf dem Tisch ab. Das Glas zerbrach zwar nicht, aber der Aufprall war laut genug, um einige Gäste an den Nebentischen aufzuschrecken.

»Diese Geschichte, Herr Froelich, geht Sie einen Scheißdreck an!«, sagte Farner mit voller Stimme, der man aber auch anhörte, dass er an diesem Abend schon einige Weingläser geleert hatte. »Sie und alle hier an Bord dieses Scheißschiffs!«

Die Zischlaute verschliff er schon ein wenig, und er redete mit so viel Inbrunst, dass einige andere Gäste nun betreten wegsahen – und Froelich kurz den Atem anhielt, bis die Weinfahne des Tierarztes einigermaßen an ihm vorübergezogen war.

»Was hat Sie so an Neuneck interessiert? Warum wollten Sie unbedingt wissen, woran er starb?«

Farner schwieg.

»Sie haben ja recht, Herr Dr. Farner. Vielleicht sollte ich lieber Herrn Butterweck danach fragen, oder Ihren ehemaligen Freund Heinz Vorwege.«

Farner schluckte, dann sah er Froelich an. Der Blick war etwas wässrig, Trauer schwang mit, auch ärgerlich schien der Tierarzt zu sein. Aber dann sprach er ganz ruhig.

»Es ist zwar nicht besonders höflich von Ihnen, mich so direkt nach meiner toten Frau zu fragen, aber Sie kennen ja die Hintergründe nicht. Glauben Sie mir, da macht mir einiges zu schaffen.«

Er seufzte, griff nach dem Glas, sah dann aber, dass es leer war. Inge machte keine Anstalten, ihm nachzuschenken – offenbar fand sie auch, dass Dr. Farner für den Moment schon mehr als genug getrunken hatte.

»Sie erzählten mir vorhin wie beiläufig von Heinz Vorweges Motiv, den Gourmetkritiker Olivo umzubringen – und danach erfahre ich von Herrn Vorwege, dass sie beide schon lange nicht mehr befreundet sind und dass er sich nicht darüber wundert, dass Sie ihn mit Ihrer Andeutung gewissermaßen unter Mordverdacht stellen.«

Farner lächelte traurig.

»Hat er das so gesagt?«

»So ähnlich.«

»Ja, der Heinz ... Das ist ein guter Kerl, und wir waren wirklich gut befreundet. Es hat mir weh getan, dass wir uns zerstritten haben. Und es tut mir noch immer weh, dass wir nicht mehr befreundet sind. Einen Freund wie Heinz könnte ich gut brauchen, glauben Sie mir.«

»Worüber haben Sie sich denn zerstritten?«

Farner sah ihn wieder etwas weniger freundlich an.

»Ich sagte schon: Das geht Sie einen Scheißdreck an!«

Damit erhob er sich schwerfällig und ging mit etwas unsicherem Schritt zu seinem Tisch, wo er sich setzte und brütend zum Fenster hinaussah.

»Das erste Mal hat er mich so heftig abgebürstet, als ich ihn nach seiner Frau fragte«, ging es Froelich durch den Kopf. »Hatte Vorwege etwas mit Frau Farner? Das wird hier so langsam zur Gewohnheit.«

* * *

Immer wieder sah die Gestalt auf die Uhr und beobachtete möglichst unauffällig die anderen Gäste. In der Hosentasche erinnerte manchmal beim Sitzen oder Gehen der Druck des kleinen Kästchens an die Möglichkeit, dass jemand Mist baute und der ganze Kahn auf einen Knopfdruck in die Luft flog.

Die Gestalt begann ein wenig zu schwitzen.

* * *

Froelich entdeckte Manfred Schieber nach kurzer Suche im Hauptdeck. Er stand in sicherer Entfernung zu Neuneck und sah zu den Tischtüchern hinüber, die von der Decke herabhingen und den Leichnam verdeckten.

»Herr Schieber?«, fragte Froelich, als er die unterste Treppenstufe erreicht hatte.

Schieber fuhr herum und erstarrte vor Schreck. Dann wurde sein Blick fragender.

»Gottfried Froelich ist mein Name. Tut mir leid, wenn ich Sie gerade so erschreckt habe.«

»Schon gut«, murmelte Schieber und wandte sich zum Gehen.

»Ich würde gerne kurz mit Ihnen reden. Haben Sie noch einen Moment?«

Schieber lachte freudlos.

»Klar habe ich einen Moment. Wo soll ich auch hin? Das Boot ist mit Sprengstoff bestückt, und es darf keiner von Bord. Da kann ich mich genauso gut mit Ihnen unterhalten.«

»Sollen wir nach hinten gehen? Da können wir uns hinsetzen.«

Schieber zuckte mit den Schultern und ging Froelich voraus in den kleinen Vorraum vor den Toiletten. Er setzte sich auf eine der Holzbänke, Froelich ließ sich auf der Bank gegenüber nieder.

Manfred Schieber war ein leidlich schlanker Mann von Ende fünfzig. Er hatte tief eingekerbte Falten im Gesicht, vor allem um Mund und Augen bildeten sie markante Furchen. Er hatte buschige Augenbrauen, einen nachlässig ausrasierten Schnauzbart und schüttere dunkelbraune Haare.

In die fettig wirkende Frisur mischten sich einige graue Strähnen, und dazwischen schimmerte die Kopfhaut ebenso rot wie das Gesicht – Schieber schien unter Stress zu stehen. Aber war das ein Wunder, angesichts der Situation auf der »Anna Schäufele«?

»Was wollen Sie denn?«

Schieber musterte Froelich misstrauisch, und sein Ton war nicht übertrieben höflich.

»Ich helfe dem Kapitän ein wenig dabei, die Gäste hier an Bord zu befragen, ob sie etwas beobachtet haben, was uns weiterhelfen könnte.«

»Ich habe nichts beobachtet.«

»Jeder sieht irgendetwas, jedem fällt irgendetwas auf – uns helfen auch Kleinigkeiten.«

»Ich sehe schon von Berufs wegen nichts. Ich bin Wirt, da ist es oft wichtig, dass man wegsehen und weghören kann. Oder zumindest gleich wieder alles vergisst.«

»Sie sind Wirt?«, spielte Froelich den Überraschten. »Wo ist denn Ihr Lokal? Kann ich es kennen?«

»Ich habe Sie jedenfalls noch nie dort gesehen.«

»Können Sie mir Ihr Lokal empfehlen?«

Froelich versuchte ein freundliches Lächeln, aber Schieber ging nicht darauf ein.

»Im Moment nicht. Ich entwickle gerade ein neues Konzept, das kann noch etwas dauern.«

»Und solange bleibt Ihr Lokal geschlossen?«

»Ja.«

»Meine Güte, da hätte ich Angst wegen der laufenden Kosten. Koch, Bedienungen, was weiß ich – das muss sich doch summieren!«

»Das dürfen Sie gerne meine Sorge sein lassen. Personalkosten habe ich gerade nicht. Und man sollte für ein solches Konzept auch nichts übers Knie brechen.«

»Wie ist das eigentlich in der Gastronomie: Müssen Sie da auch für die Finanzierung einen Businessplan vorlegen?«

Schieber fixierte Froelich mit einem eisigen Blick.

»Wieso Finanzierung?«

»Ja, bezahlt man so einen Neustart denn aus der eigenen Tasche? Also, ich könnte mir das nicht leisten.«

»Wieso Neustart?«

Schieber stand auf und machte Anstalten, Froelich einfach sitzen zu lassen. Froelich erhob sich ebenfalls und stellte sich ihm in den Weg – was angesichts seiner Statur keine Kunst war.

»Gehen Sie zur Seite. Ich habe nichts gesehen, ich habe nichts gehört, und ich habe keine Lust, mich von einem Mann, den ich nicht kenne, über alles Mögliche ausfragen zu lassen.«

Froelich streckte Schieber die Hand entgegen.

»Gestatten: Gottfried Froelich, wie ich schon sagte. Ich bin Bestatter, habe ein Institut in Besigheim und wohne dort auch seit ein paar Monaten.«

»Bestatter? Dann können Sie sich ja gleich mal um den Toten da vorne kümmern.«

Schieber grinste ein wenig, und Froelich unterdrückte mit Mühe die scharfe Entgegnung, die ihm auf der Zunge lag. Die Anspielung auf seinen Beruf wurde durch die ständige Wiederholung wirklich nicht angenehmer.

»Nun machen Sie mal Platz!«, herrschte ihn Schieber an. »Und achten Sie darauf, dass Sie nicht zu weit auf eine Seite des Schiffes geraten. Nicht, dass wir noch Schlagseite bekommen …«

Schieber grinste noch breiter, und es schlich sich ein bösartiger Ausdruck in seine Miene. Froelich trat zur Seite, um den Mann vorbeizulassen. Als er gerade den toten Neuneck passierte, rief ihm Froelich nach: »Fällt Ihr ›Enztaler Hof‹ nach dem Neustart im nächsten Führer wieder aus dem Gourmand-Teil und schafft es stattdessen auf die vorderen Seiten?«

Schieber erstarrte mitten im Schritt.

»Oder wird Ihr Freund Wolfgang Päble dafür sorgen, dass Sie Ihren … nun ja: ›Ruhm‹ nicht so schnell verlieren?«

Schieber drehte sich langsam um und starrte Froelich zornig an.

»Vielleicht bitten Sie ja Ihre Frau Susanne, bei Päble ein gutes Wort für Sie einzulegen.«

Der zornbebende Schieber war schon mit großen Schritten auf dem Weg zu Froelich, als dem der Verdacht dämmerte, er könne es diesmal übertrieben haben. Aber Schiebers freche Anspielung auf seine Figur war dem fröhlich-beleibten Bestatter denn doch allzu sehr an die Nieren gegangen. Allerdings: Einem derart provozierten Gesprächspartner könnte er durchaus auch einiges Unbedachte entlocken.

»... vorausgesetzt, ich überlebe Schiebers Angriff«, dachte Froelich noch, als er die letzten Schritte zurückwich und mit dem Rücken an der hinteren Wand des Vorraums stehenblieb – nur zwei Handbreit von seinem Gesicht entfernt bebten Schiebers Falten und der Schnauzbart.

»Lassen Sie diese blöden Anspielungen!«, zischte Schieber ihn an.

Sein Atem roch nach Wein und Zwiebeln.

»Und fragen Sie mich nicht lauter Dinge, die Sie ohnehin schon wissen!«

Froelich dachte fieberhaft darüber nach, was er darauf sagen könnte, ohne jetzt tatsächlich Prügel zu beziehen. Seine Gedanken wurden jäh unterbrochen, als zwei muskulöse Hände die Schultern Manfred Schiebers packten und den Mann ohne viele Umstände zur Seite zogen.

Kapitän Paulsen stand vor ihnen.

»Auf meinem Schiff gibt es keine Prügeleien, haben wir uns verstanden?«

Paulsen war kein bisschen außer Atem, er schien gut in Form zu sein. Dann sah er Froelich an.

»Und Sie sollten besser kurz mit nach oben kommen. Wir haben Besuch.«

* * *

Auf dem vorderen Freideck stand Felix Luck an der Reling und rief zu dem Boot hinüber, das nur ein paar Meter von der »Anna Schäufele« entfernt Halt gemacht hatte.

»Um Gottes Willen«, sagte Froelich. »Wer hat denn die Polizei gerufen?«

»Von der Crew war es niemand, soviel ist sicher«, sagte Paulsen und trat neben Luck.

»Und warum sollen wir nicht an Bord kommen?«, rief einer der Beamten auf dem Polizeischiff, den Luck nun schon seit ein paar Minuten abwimmeln wollte.

»Paulsen mein Name, ich bin der Käpt'n hier«, übernahm Lucks Chef nun das Gespräch. »Wir dürfen Sie leider nicht an Bord lassen, und ich hoffe auf Ihr Verständnis.«

»Ach, Herr Paulsen, Sie haben hier das Kommando«, rief der zweite Beamte, der bis dahin das Schiff gesteuert hatte und den der Kapitän der »Anna Schäufele« offensichtlich kannte.

»Hallo, Herr Nehringer. Es tut mir leid, aber wir haben hier Schwierigkeiten – und wenn Sie an Bord kommen, wird es noch schlimmer. Augenblick bitte!«

Damit wandte er sich an Luck, flüsterte dem kurz etwas zu, und daraufhin verschwand der Steuermann im Oberdeck und hielt den Bereich, der zum vorderen Freideck führte, von Gästen frei. Offenbar wollte Paulsen vermeiden, dass allzu viele die letzten Details der Bedrohung mitbekamen und dadurch vielleicht doch noch Panik aufkommen würde. Denn bisher war es an Bord des Neckarschiffs erstaunlich ruhig geblieben. Allerdings hatten einige Gäste die Einladung vor allem zu Cognac und Likör so oft angenommen, dass sie nun mit leicht trübem Blick auf ihren Sitzplätzen kauerten.

»So, meine Herren, nun kann ich offener reden«, rief er zum Polizeiboot hinüber, nachdem er noch einmal prüfend zum hinteren Freideck und ins Schiffsinnere geblickt hatte.

»Wir haben hier zwei Bomben an Bord, aber die meisten unserer Gäste wissen nur von einer. Ein Sprengsatz blockiert den Zugang zum Steuerhaus, den anderen vermuten wir im Maschinenraum – das übrige Schiff haben wir schon durchsucht. Allerdings wissen wir nicht, ob die Bombe dort mit dem Türschloss verbunden ist und vielleicht hochgeht, sobald wir die Tür öffnen oder den Maschinenraum betreten.«

Nehringer und Voss, die beiden Beamten der Wasserpolizei, hörten Paulsen mit offenen Mündern zu und wurden bleich.

»In einer vorher aufgezeichneten Nachricht wurde uns angedroht, dass beide Bomben gezündet werden, wenn jemand das Schiff verlässt oder wenn jemand das Schiff betritt.«

Voss fasste sich als Erster.

»Gibt es Forderungen?«

»Nein, bisher nicht. Aber wir haben noch ein Problem.«

»Noch eins?«

»Ja, wir haben einen Toten an Bord. Wahrscheinlich kam er durch ein vergiftetes Dessert ums Leben.«

»Dann müssen wir und unsere Kollegen von der Kripo auf jeden Fall an Bord!«

»Wenn Sie damit das Leben aller Menschen hier auf dem Schiff riskieren wollen – bitteschön!«

Die beiden Beamten schwiegen. Schließlich ging Fritz Voss zum Funkgerät und hielt Rücksprache mit der Zentrale. Nach ein paar Minuten kam er zurück zur Reling.

»Okay, wir kommen also nicht an Bord. Aber wir bleiben in Ihrer Nähe, falls sich etwas tut oder falls Sie doch auf irgendeine Art Hilfe brauchen.«

»Gut«, sagte Paulsen knapp.

»Können wir uns per Handy verständigen? Ich nehme an, einige Ihrer Gäste haben ihre Telefone dabei.«

»Die habe ich eingesammelt und ausgeschaltet – es hieß in der Warnung ausdrücklich, dass wir auch keine Hilfe rufen sollten. Ich hoffe nicht, dass Ihre Anwesenheit nun falsch interpretiert wird.«

»Aber es hat uns doch niemand von Ihrem Schiff aus alarmiert!«, rief Voss zur »Anna Schäufele« herüber, und er hatte dabei seine Stimme etwas deutlicher erhoben als zuvor. »Jemand hat beobachtet, dass Sie hier vor Anker gegangen sind, und die Zentrale hat uns geschickt, damit wir klären, ob Sie Probleme haben.«

Dann beugte sich Voss zu seinem Kollegen und flüsterte ihm etwas ins Ohr. Der nickte knapp und verschwand hinter dem Steuerhaus des Polizeiboots aus dem Blickfeld.

»Kommen Sie allein klar? Brauchen Sie etwas?«

»Wir sollten mit dem auskommen, was wir hier an Bord haben. Nicht, dass noch etwas passiert, wenn Sie uns etwas über die Reling reichen. Das sollten wir nicht riskieren. Schließlich gehen wir davon aus, dass der oder die Bombenleger noch an Bord sind – also kann er oder sie auch jederzeit alles, was auf dem Schiff vor sich geht, genau beobachten.«

»Da haben Sie recht«, nickte Voss und ging zum Steuerhaus zurück.

Dahinter ging sein Kollege Nehringer nun mit einer eigenartig aussehenden Lampe in Richtung Bug und kam dann hinter dem Steuerhaus hervor, als habe er dort etwas in Ordnung bringen müssen. Er trat aus dem Schatten in das Licht, in das die ›Anna Schäufele‹ ihre Umgebung tauchte. Dann sah er gespannt zu Paulsen hin, der ihn ohne jede Regung beobachtet hatte.

Fast unmerklich nickte der Kapitän dem Beamten zu. Nehringer quittierte es mit einem erleichterten Blick. Dann rieb sich Paulsen wie zufällig am Hintern. Nehringer sah kurz verblüfft aus, dann hellte sich seine Miene auf und er grinste breit.

»Gut, Herr Paulsen«, rief Voss noch einmal herüber, »wir lassen Sie dann lieber wieder in Ruhe. Wir ankern auf der anderen Seite der Fahrrinne, da sollte niemand allzu sehr nervös werden, würde ich sagen. Man kann uns ja von Ihrem Schiff aus immer im Blick haben.«

Damit zog das Polizeiboot eine Kurve durch den Neckar und ging nahe des gegenüberliegenden Ufers vor Anker.

* * *

Nach dem Gespräch mit der Wasserpolizei hatte Froelich noch ganz weiche Knie. Er wusste nicht einzuschätzen, wie der Bombenleger auf den Kontakt reagieren würde. Und ob er glauben würde, dass niemand vom Schiff aus die Polizei zu Hilfe gerufen hatte.

Paulsen interpretierte seinen gequälten Blick richtig und ging mit ihm und Luck zur Theke im Oberdeck. Dort ließen sich die drei Männer Kaffee geben, und sie tranken ihn im Stehen, während sie die Gäste musterten.

Die meisten saßen an ihren Tischen, unterhielten sich oder sahen stumpf brütend zum Fenster hinaus. Manche hatten sich hinten auf dem hinteren Freideck in Gruppen zusammengefunden, diskutierten, rauchten oder fläzten einfach nur auf den Bänken, die entlang der Reling verliefen.

»Was war denn das zwischen Ihnen und Herrn Schieber?«, fragte Paulsen schließlich und sprach dabei mit etwas gedämpfter Stimme, damit die ihnen am nächsten Sitzenden nicht mithören konnten.

»Sie kennen Herrn Schieber?« Froelich antwortete ähnlich leise.

»Ich habe mir ein paar Leute vorstellen lassen. Dieser Herr Butterweck war so freundlich.«

»Ist ja nett – Herr Butterweck scheint ohnehin recht eifrig darin, Informationen zu verbreiten. Er hat meiner Freundin einiges erklärt, Ihnen auch, mir ebenfalls, und zwar schon während der Rede des Vorsitzenden.«

»Und schon haben wir noch einen, den wir im Auge behalten sollten, was?«

»Ja, da werden noch ein paar dazukommen, fürchte ich.«

Paulsen nickte. »Und was war nun zwischen Ihnen und Schieber?«

»Ich habe wohl einen wunden Punkt bei ihm getroffen«, sagte Froelich und wand sich ein wenig – weil ihm die Szene inzwischen ziemlich peinlich war.

»Ach, und der wäre?«

»Schiebers Frau ist wohl anderen Männern gegenüber ... sagen wir: aufgeschlossen. Und Päble hatte laut Butterweck eine Affäre mit ihr – zugleich sind Schieber und Päble beruflich Konkurrenten. Und als Schieber mich abblockte, wurde ich eben etwas direkter ...«

»So, so, Päble und Schieber ...«

»Mit Päble wollte ich nun als Nächstes reden, damit ich diese Infos nicht immer nur von Herrn Butterweck habe – denn konkret hat Schieber auf meine Anspielungen nicht geantwortet.«

Froelich grinste den Kapitän an: »Ich meine: zumindest nicht mit Worten ...«

* * *

Dr. Farner saß inzwischen allein an seinem Tisch. Er hatte für eine Weile den Kopf auf die Arme gelegt und schien zu schlafen. Das Paar, das neben ihm saß, bemerkte seine Weinfahne und verzog sich, leicht peinlich berührt, auf das vordere Freideck.

Als er hörte, wie sich die Schritte der beiden im vorderen Teil des Schiffes verloren, setzte er sich wieder gerade hin. Er hatte nicht geschlafen, und er war trotz einiger Gläser Wein noch ausreichend gut auf dem Damm. Seit dem Tod seiner Frau hatte er viel geübt mit Wein und Schnaps, so schnell haute ihn das jetzt nicht mehr um.

Er sah sich unauffällig um. Butterweck war nicht an seinem Platz, Vorwege tüftelte vermutlich in der Küche an irgendeinem neuen Rezept, Päble war auf dem Weg zum Freideck und sprach dabei mit Muhrmann und Müller – die drei sahen furchtbar wichtig aus. Inge Coordes machte sich Notizen. Gottfried Froelich unterhielt sich vorne an der Theke mit dem Kapitän und dem Steuermann, und sie schienen dabei Manfred Schieber zu beobachten – auf ihn achtete im Moment niemand.

So sanft, wie es seine dicken Finger erlaubten, ließ er seine Hand in seine Hosentasche gleiten. Kurz musste er im Innenfutter wühlen, dann hielt er das kleine Fläschchen in der Hand. Das Etikett hatte er selbst geschrieben, das Fläschchen selbst abgefüllt.

Vielleicht sollte er es lieber verschwinden lassen.

* * *

»Herr Päble?«

Päble stand mit Dr. Farner, der eben dazugestoßen war, und zwei seiner Vereinskollegen auf dem hinteren Freideck, über alle vier zogen Schwaden aus Farners aktuellem Stumpen.

Päble drehte sich um, Farner nickte zur Begrüßung, die beiden anderen musterten Froelich neugierig.

»Ach, Herr Froelich! Darf ich Ihnen vorstellen: Herr Dr. Farner, Horst Muhrmann, unser stellvertretender Vorsitzender, und Karl Müller, unser Kassierer.«

Froelich nickte allen zu, Muhrmann und Müller bedachten ihn mit einem finsteren Blick.

»Sie saßen vorhin während der kleinen Rede unseres stellvertretenden Vorsitzenden bei Herrn Butterweck, nicht wahr?«, fragte Müller schließlich mit einer unangenehmen Fistelstimme.

Froelich nickte, obwohl sich ihm bei der Formulierung »kleine Rede« die Nackenhaare sträubten.

»Sie scheinen noch etwas … nun ja, nach Ihrer inneren Ruhe zu suchen, was?«

Muhrmann musste sich an seinem Tisch sehr wegen der Störungen durch das Gespräch zwischen Froelich und Butterweck beklagt haben, wenn sein Kassierer sich nun berufen fühlte, ihm auf so pampige Art die Treue zu beweisen.

Dann wandte er sich wieder Farner, Päble und Muhrmann zu: »Herr Froelich plauderte während Horsts Rede angeregt mit unserem Freund Butterweck, dabei waren die beiden allerdings manchmal ein wenig laut und nahmen nicht so recht Rücksicht auf die anderen, die konzentriert zuhören wollten.«

Farner, den Muhrmann dabei gerade nicht im Blick hatte, sah grinsend zu Froelich hin und rollte spielerisch genervt die Augen.

»Das ist doch auch das Hauptproblem unserer heutigen Gesellschaft«, dozierte Müller weiter. »Niemand kann mehr zuhören, niemand kann mehr still sein, still sitzen und seine Zeit in einfacher Ruhe verbringen.«

»Meine Güte«, ging es Froelich durch den Kopf, »was für ein Schwätzer!«

»Nicht wahr, Herr Froelich?« Müller hatte sich wieder ihm zugewandt. »Sie empfinden es doch sicher auch als belastend, wenn Sie ständig von allen Seiten zugequatscht werden. Gerade im Beruf ist das ja heutzutage eine richtige Plage geworden!«

»Ach, bei mir geht's eigentlich«, antwortete Froelich ganz ruhig. Aus dem Augenwinkel bemerkte er, dass Dr. Farner fast platzte vor Vergnügen. Päble schien unangenehm berührt zu sein – er wusste ja, was gleich kommen würde.

»Ich bin Bestatter«, sagte Froelich nach einer kleinen Kunstpause. »Zumindest was meine unmittelbaren Kunden betrifft – da geht es insgesamt recht ruhig und friedlich zu.«

Farner prustete, dann platzte es aus ihm heraus und er hielt sich den Bauch vor Lachen. Muhrmann und Müller dagegen standen da wie zwei begossene Pudel, und Päble wusste nicht so recht wohin mit seinem Blick.

»Ach, Sie sen des«, sagte Muhrmann schließlich lahm. »I han die Sitzordnung g'macht, weil sich onser Wolfgang jo net om älles selber kümmra ka. Aber Nama ond G'sichter kann i mir seit a paar Johr oifach nemme so gut merka, wisset Se?«

Blick und Tonfall waren ein klares Friedensangebot, und Froelich hatte keine Veranlassung, diesen aufgeblasenen Funktionärsheini noch weiter zappeln zu lassen.

»Ich wollte ohnehin unter vier Augen mit Ihrem Vorsitzenden reden. Herr Päble, wäre es Ihnen jetzt gerade recht?«

»Ja, das geht schon. Die Herren entschuldigen mich kurz?«

Und im Handumdrehen marschierte Päble ins Schiffsinnere, dicht gefolgt von Froelich. Vom hinteren Freideck wehte noch leises Lachen herein, aber Farner bekam sich offenbar langsam wieder unter Kontrolle.

Auf dem vorderen Freideck blieb Päble schließlich stehen. Er sah über die Reling auf den Neckar hinaus und schien heilfroh, dieser peinlichen Szene entflohen zu sein.

»Entschuldigen Sie bitte Herrn Müller. Er geht ganz auf in seiner Position und kann es nicht gut vertragen, wenn jemand unseren Verein nicht so wichtig nimmt wie er.«

»Na ja, Herr Butterweck und ich hätten tatsächlich etwas leiser reden können.«

»Und Muhrmann etwas kürzer, was?«

Froelich grinste. Ein wenig Ironie schien Päble doch zuwege zu bringen.

»Haben Sie denn etwas Interessantes herausgefunden?«, fragte Päble.

»Ja, aber dazu muss ich Sie nun auch ein wenig befragen.«

»Ach?« Päble hob eine Augenbraue. »Na, meinetwegen, fragen Sie.«

»Ich habe vorhin mit Herrn Schieber gesprochen ...«

»Na, dann!«

Päble schnaubte. Schon der Name des Rivalen schien zu viel für seine Nerven. Dann sah er Froelich an und klatschte sich mit der flachen Hand gegen die Stirn.

»Natürlich!«, rief er triumphierend. »Der war's! Schieber ist unser Mörder und Bombenleger – alles klar!«

»Das kann natürlich sein, Herr Päble. Aber zuerst wollte ich Sie noch ein paar Dinge fragen.«

»Nur zu – über Schieber weiß ich einiges zu berichten.«

»Was haben Sie eigentlich gegen ihn?«

»Ich? Nichts, eigentlich. Aber irgendwann muss sich auch der Friedfertigste gegen die ständigen Angriffe wehren.«

»Erzählen Sie doch einfach mal.«

Päble dachte kurz nach, als müsse er sich besinnen. Dann sprudelte es nur so aus ihm heraus.

»Vor einigen Jahren übernahm ich die ›Rose‹ an der Löchgauer Straße in Besigheim. Ich ließ die Küche renovieren und die Einrichtung der Gasträume austauschen, setzte ganz auf regionale Küche zu familienfreundlichen Preisen – tja, und kurz darauf lief der Laden.«

»Schön. Aber was hat das mit Herrn Schieber zu tun?«

»Während ich in der ›Rose‹ ordentlich Gas gegeben habe, hat sich mein lieber Kollege auf den alten Lorbeeren ausgeruht. Das konnte natürlich nicht gutgehen.«

»Herr Schieber hat doch auch aufwendig renoviert.«

»Ja, ja – nennen Sie es so, wenn Sie mögen. Er hat zwar Geld in die Hand genommen, aber Geschmack ist halt so eine Sache.«

»Ich habe gehört, dass es im ›Enztaler Hof‹ ... Wie sagte Herr Butterweck: mediterran? Auf jeden Fall muss es dort nach dem Umbau sehr schick gewesen sein.«

»Mediterran, wenn ich das schon höre! Schieber hatte allerlei italienischen Schnickschnack auf der Karte, Vorspeisen, Desserts – von dem ist sicher auch die Mandelbutter, an der Walther Neuneck starb! Ist das nicht eine italienische Spezialität? Sehen Sie? Da haben wir's doch!«

»Also, bitte, Herr Päble – das sind zunächst mal einfach nur Anschuldigungen und Vermutungen. Damit kommen wir nicht weiter.«

»Ja, meinetwegen. Aber mediterran ... Wir sind hier schließlich in Württemberg und nicht am Mittelmeer. Und dann lockt er die Radfahrer mit kleinem Preis ins Gasthaus – also ich bitte Sie! Da ist doch kein Plan dahinter, das hat kein Konzept, das passt vorne und hinten nicht!«

Froelich merkte, wie sich Päble in Rage redete – die beiden schienen wirklich sehr große Probleme miteinander zu haben. Höchste Zeit, dass Susanne Schieber ins Spiel kam.

»Konnte Frau Schieber denn nicht Einfluss auf ihren Mann nehmen?«

Päble stutzte kurz und forschte in der Miene seines Gesprächspartners, aber Froelich hatte sein bestes Pokerface aufgesetzt und blickte betont unschuldig drein.

»Leider hat Herr Schieber schon immer zu wenig auf seine Frau gehört.«

Päble machte eine kurze Pause, dann bekam sein Blick etwas Schwärmerisches.

»Sie hat eigentlich alles, was Schieber fehlt: Geschmack, Verstand … und Temperament.«

»Schieber soll Ihnen nach einer Vereinssitzung in der Besigheimer Kelter an die Gurgel gegangen sein. Das klingt für mich schon so, als habe er Temperament gehabt.«

»Das ist, ehrlich gesagt, nicht ganz die Art von Temperament, die ich gemeint habe, Herr Froelich. Ich meine ein positiveres Temperament. Schwung trifft es vielleicht besser, Energie, Durchhaltevermögen, Verve …«

Offenbar war Päble noch immer so verzückt von der »schönen Susanne«, dass ihm nun die deutschen Lobhudeleien ausgingen.

»Sie kannten sich näher?«, fragte Froelich.

Päble zuckte zusammen. Man konnte förmlich sehen, wie er in Gedanken noch einmal die Begriffe durchging, mit denen er die Frau seines Konkurrenten gerade bedacht hatte. Eine zarte Röte überzog sein Gesicht.

»Sie beide hatten ein Verhältnis«, stellte Froelich fest. Er hatte keine Lust mehr auf Spielchen.

Päble hob abwehrend die Hände: »Wie kommen Sie denn auf so was?«

Froelich wartete.

»Hat das Schieber behauptet?«

Froelich schwieg.

»Ach, natürlich: Butterweck hat es Ihnen erzählt.«

»Er auch«, sagte Froelich. Er hatte sehr wohl herausgehört, dass Päble das Verhältnis zu Susanne Schieber nicht mehr leugnete.

»Wieso ›auch‹?«

»So, wie ich das verstanden habe, war das Stadtgespräch in Besigheim.«

Päble wurde blass.

»Sind Sie denn noch … befreundet?«

»Nein, das ist vorbei«, sagte Päble leise. »Leider.«

»Hat Frau Schieber mit Ihnen Schluss gemacht?«

»Tja … darüber habe ich lange nachgedacht. Eigentlich nicht ausdrücklich.«

Päble sah Froelich an, dass er nicht verstand, was er damit meinte.

»Vor gut zwei Wochen hörte es einfach auf.«

Päble dachte noch einmal nach.

»Ja, es hörte einfach auf – ich kann es nicht anders nennen. Wir hatten uns davor regelmäßig getroffen. Mal im ›Enztaler Hof‹, mal anderswo. Im Sommer war es besonders schön – da waren wir fast jeden zweiten Tag zusammen, meistens draußen …«

Päble lächelte wehmütig.

»Und dann?«

»Dann hat es einfach aufgehört«, wiederholte Päble. »Wir hatten uns am einen Tag noch getroffen, es war wunderschön. Ich hatte noch befürchtet, dass uns Schieber erwischen würde – wir waren in einem der Fremdenzimmer im ›Enztaler Hof‹. Aber Susanne hatte mich beruhigt: Ihr Mann sei den ganzen Tag unterwegs, um mit möglichen Lieferanten zu reden und mit potenziellen Partnern für irgendwelche Aktionen, mit denen er sein Lokal noch retten wollte.«

»Nachdem Sie ihm Herrn Neuneck auf den Hals gehetzt hatten.«

»Ich? Oh, da überschätzen Sie aber meinen Einfluss in der Gastroszene.«

»Sie kannten Neuneck von früher, aus Ihrer gemeinsamen Stuttgarter Zeit. Von einem Kumpel kann man sich schon mal überreden lassen …«

Päble schluckte.

»Sie müssen gar nicht nach Ausflüchten suchen«, setzte Froelich nach. »Erzählen Sie mir einfach, wie es war. Damit sparen wir beide jede Menge Zeit.«

Päble dachte fieberhaft nach.

»Außerdem können wir Herrn Schieber dann auch schneller das Handwerk legen.«

Überrascht schaute Päble auf.

»Na, Sie sind doch felsenfest davon überzeugt, dass Schieber der große Unbekannte ist, der Neuneck auf dem Gewissen und die Bomben angebracht hat«, schob Froelich nach.

»Da haben Sie recht. Also, was soll's … Außerdem: Eigentlich müsste Schieber mir noch dankbar sein – Olivo beehrt schließlich nicht jedes Restaurant. Ich kann ja auch nichts dafür, wenn er seine Chance so gründlich vermasselt.«

»Sie werden Herrn Neuneck schon ein paar Dinge mit auf den Weg gegeben haben, nehme ich an.«

»Unerhört!«, empörte sich Päble, aber er beruhigte sich gleich wieder, als er sah, dass sich Froelich von seinem dick aufgetragenen Protest völlig unbeeindruckt zeigte. »Ja, gut, wir haben uns vorher schon kurz unterhalten, der Walther und ich …«

Froelich nickte zufrieden.

»Aber versaut hat es der Schieber ganz allein!«, beharrte Päble. »Walther lässt da nicht mit sich spaßen – seine Kritiken sind immer frei von jeder Einflussnahme, da geht es immer ausschließlich um die Qualität der Küche und der Zutaten!«

»Ist ja gut, Herr Päble, das will ja auch niemand bestreiten.«

»Dann ist es ja gut.«

»Jedenfalls hat die Schmähkritik von Olivo Ihrem Rivalen in geschäftlicher Hinsicht das Genick gebrochen.«

»Das kann man so sehen – und jetzt ist Olivo tot. Ein klarer Fall, finde ich.«

»Darf ich Sie daran erinnern, dass Sie schon einmal jemanden als Täter, zumindest als Bombenleger identifiziert hatten?«

Päble dachte kurz nach.

»Nach der Bandansage hatten Sie unsere Bundeskanzlerin unter Verdacht …«, half Froelich etwas nach.

Päble räusperte sich. »Ja, gut, aber Schieber …«

»Herr Päble, Sie haben gesagt, dass die Affäre mit Frau Schieber …«

»Das war keine Affäre! Wir haben schon Pläne gemacht, Susanne hatte ihren Mann von Herzen satt und wollte mit mir noch einmal neu anfangen.«

»Gut, dann muss ich Sie das ja noch eher fragen: Wenn Ihre … Beziehung mit Frau Schieber so plötzlich beendet war – haben Sie denn nicht nachgefragt, warum es von einem Tag auf den anderen aus war?«

»Sie ging nicht mehr ans Telefon«, sagte Päble kleinlaut.

»Und hier an Bord? Ich meine: Schieber ist da, seine Frau, nehme ich an, begleitet ihn – da wird es doch eine Gelegenheit geben, sich mit Frau Schieber auszusprechen, oder?«

»Susi ist nicht an Bord.«

»Nicht?«

»Nein. Ich habe sie auch seit unserem letzten Treffen damals im ›Enztaler Hof‹ nicht mehr gesehen. Sie ist in Kur, wie ich hörte.«

»Und wo?«

»Das wüsste ich auch gern – aber ich kann Schieber ja wohl schlecht danach fragen, oder?«

»Und wann genau ging Frau Schieber zur Kur?«

»Keine Ahnung. Unser letztes Treffen …« Päble dachte nach. »Unser letztes Treffen war am 15. September, also am Mittwoch vor gut zwei Wochen. Am nächsten Tag habe ich versucht, Susi auf ihrem Handy zu erreichen, aber das Gerät war abgeschaltet. Und auf der Mailbox wollte ich nichts hinterlassen – kann ja sein, dass Schieber seiner Frau nachschnüffelt. Ich bin dann in den Tagen danach zwei-, dreimal mit dem Rad zum ›Enztaler Hof‹ rausgefahren, aber immer stand Schiebers Lieferwagen da, also bin ich ohne anzuhalten zur Kammgarnspinnerei weitergeradelt.«

»Warum sollte Frau Schieber denn zur Kur gehen?«

»Na ja, sie war schon ziemlich fertig mit den Nerven. Sie hat mir auch mal erzählt, dass sie eine Kur beantragt habe, aber das ist schon eine Weile her. Aber klar: So etwas dauert ja oft, bis es bewilligt wird.«

»Und was machte ihr so zu schaffen?«

»Ihr Mann und die Tatsache, dass Schieber das Ruder für den Betrieb nicht mehr herumreißen konnte.«

»Woran Sie ja nicht ganz unschuldig waren.«

Päble wollte schon aufbegehren, aber Froelich hob abwehrend die Hände.

»Wusste Frau Schieber, dass Sie an der vernichtenden Kritik … sagen wir, nicht ganz unbeteiligt waren?«

»Von mir nicht, aber ich nehme natürlich schon an, dass Schieber das ihr gegenüber entsprechend breitgetreten hat. Der sucht ja immer nach einem Schuldigen, wenn etwas nicht nach Wunsch läuft – nur er selbst kann nie etwas dafür.«

»Kennen Sie denn niemanden in der Stadt, der mit Susanne Schieber eng genug befreundet ist, um zu wissen, wohin sie zur Kur gegangen ist?«

»Na ja, das mit Susi und mir ist ein heikles Thema. Das möchte ich auf keinen Fall an die große Glocke hängen, solange sich Susi noch nicht von ihrem Mann getrennt hat. Obwohl, wenn Sie sagen, wir waren ohnehin schon Stadtgespräch …«

»Hatte sie wirklich vor, sich von Manfred Schieber zu trennen?«

»So hat sie das mir gegenüber zuletzt immer wieder gesagt, ja.«

»Ist denn vielleicht heute eine Freundin von Frau Schieber an Bord? Dann könnte ich ja mal ganz unverfänglich das Gespräch auf die Kur lenken.«

»Susi hatte in Besigheim meines Wissens keine richtige Freundin. Es gibt wohl ein paar Männer, die sich bei ihr … nun ja … Chancen ausgerechnet haben. Das hat sie bei deren

Ehefrauen nicht gerade beliebt gemacht. Und dann ist Besigheim halt auch ein kleines Städtchen, da können Sie wegen so etwas schnell einen schlechten Stand haben.«

Froelich sah Päble nachdenklich an. Susanne Schieber musste ihm ihre früheren Affären verschwiegen und recht geschickt an der Wahrheit gedreht haben. Ein wenig tat ihm der Vereinsvorsitzende leid, denn dieser hatte offenbar keinerlei Zweifel daran, dass er der neue Mann – und der einzige – in Susanne Schiebers Leben war.

»Warten Sie«, sagte Päble dann plötzlich, sah sich kurz um und holte seine Brieftasche aus dem Jackett. Er öffnete das Lederetui und zog ein Farbfoto hervor. »Das ist Susi, das Foto habe ich im Frühling selbst geschossen.«

Das Foto war an einigen Stellen etwas zerdrückt und hatte Eselsohren, als sei es schon oft aus der Brieftasche hervorgeholt worden. Auch die Qualität war nicht besonders gut. Es handelte sich um einen eher nicht gelungenen Schnappschuss, und das Foto sah nicht sehr hochwertig aus – vermutlich hatte es Päble selbst ausgedruckt.

»Und? Susi ist eine Wucht, oder?«

Päble sah Froelich erwartungsvoll an, und der musste ihm recht geben: Auch auf diesem sehr unvorteilhaften Foto machte Susanne Schieber eine glänzende Figur – im wörtlichen und im übertragenen Sinn.

Das Foto zeigte eine umwerfend schöne Frau: Ebenmäßige Gesichtszüge, faszinierende Augen, schmale Schultern, und die schlanken Arme hatte sie keck über den Kopf gehoben und spielte mit den Fingern in ihren langen blonden Haaren, auf denen das Sonnenlicht einen hellen rötlichen Schimmer erkennen ließ.

Susanne Schieber sah direkt in die Kamera, ihr Blick hatte etwas Liebevolles, auch etwas Laszives. Ihre ungeschminkten, vollen Lippen kräuselten sich zugleich aber zu einem leicht spöttischen Lächeln.

Froelich war völlig überwältigt.

»Das ist Susanne Schieber?«

»Ja, das ist meine Susi«, sagte Päble mit einem Unterton, der eine gehörige Portion Besitzerstolz offenbarte – er hatte Froelich wohl angesehen, wie gut ihm die Frau auf dem Foto gefiel.

»Eine sehr schöne Frau, Herr Päble, da haben Sie recht.«

»Auf jeden Fall«, pflichtete der ihm bei. »Wir passen prima zusammen, ich bin ja auch nicht gerade hässlich.«

Froelich kniff die Lippen zusammen, um sich kein Grinsen zu gestatten: Optisch lagen zwischen dem Vereinsvorsitzenden und seiner Geliebten nun doch Welten.

»Was ist denn?«, fragte Päble, dem Froelichs Miene nicht entgangen war.

»Nichts, nichts, Herr Päble«, beeilte sich Froelich zu sagen. »Und Frau Schieber ist nun also verschwunden?«

»Nein, nicht verschwunden. Sie ist in Kur – soweit ich gehört habe.«

»Gut, sie ist in Kur. Vielleicht kann ich nachher von Herrn Schieber dazu noch etwas mehr erfahren.«

* * *

Als er auf dem Oberdeck stand und sehen konnte, dass Siegfried Farner allein an seinem Tisch saß, wusste Heinz Vorwege gar nicht mehr, unter welchem Vorwand er hier heraufgekommen war. Farner hob den Blick und sah Vorwege mitten im Gang zwischen den Tischen stehen, die fleckige Kochschürze noch umgebunden und das Gesicht etwas verschwitzt von der Hitze, die über den Kochtöpfen bei jeder Witterung herrschte.

Die beiden früheren Freunde sahen sich stumm an. Vorwege fühlte sich fehl am Platz, aber Farner, der sich ein kurzes Grinsen gestattete, deutete auf den freien Stuhl ihm gegenüber. Und tatsächlich setzte sich Vorwege in Bewegung, eher als Reflex denn aus freien Stücken.

Vorwege setzte sich und rieb sich die feuchten Hände an der Schürze trocken.

»Und?«, brummte Farner.

Es war das erste Wort, das einer der beiden seit Jahren zum anderen sagte.

»Passt schon«, gab Vorwege zurück.

Dann schwiegen sie wieder beide.

»Was willst du?«, fragte Farner schließlich, als ihm das Schweigen zu lange wurde.

»Reden.«

»Wird Zeit.«

Farner nahm eine Serviette, wischte eines der Gläser sauber, schenkte etwas Wein ein und schob Vorwege das Glas hin. Sich selbst schenkte er auch nach – Sprudel. Das hier wollte er nicht vermasseln, nur weil ihm der Wein zu gut schmeckte.

»Du hast mitbekommen, woran dieser ... *Feinschmecker* gestorben ist?«

Vorwege hatte das Wort »Feinschmecker« geradezu ausgespuckt.

Farner nickte: »Blausäure.«

»Komisch irgendwie, oder?«

»Findest du?«

»Schon.«

Farner erinnerte sich an früher. Ganz so zäh waren ihre Gespräche damals nicht verlaufen. Nicht die zwischen ihm und Heinz, nicht die zwischen ihnen dreien. Er, seine Frau und sein bester Freund waren ein gutes Team gewesen, bis ...

»Hat dieser Dicke schon mit dir geredet?«

»Froelich, der Bestatter?«

Vorwege nickte.

»Ja«, sagte Farner, »hat er. Schon mehrfach.«

»Und warum hast du mich angeschwärzt?«

»Hab ich das?«

Vorwege wurde wütend, als er sah, wie sich Farner hämisch grinsend nach hinten lehnte.

»Reicht es nicht, was deiner Frau passiert ist?«, platzte es aus Vorwege heraus. »Musst du mich auch noch zerstören?«

»Mach dich nicht lächerlich!«

»Ich habe dich dem Bestatter gegenüber nicht belastet. Klar, ich habe ihm erklärt, dass wir längst nicht mehr befreundet sind. Aber ich habe ihm nichts von deiner Frau erzählt. Nichts von der Blausäure. Nichts von deinen … Interessen.«

»Erzähl's ihm doch. Nur mal angenommen, er glaubt es dir überhaupt: Was, wenn ich genau das Gegenteil behaupte?«

Farner hatte seine Stimme gesenkt, damit ihn am Nebentisch niemand mehr gut verstehen konnte. Froelich aber, der sich unbemerkt von den beiden aufeinander konzentrierten Männern angeschlichen hatte und nun direkt hinter ihm stand, hatte jedes Wort verstanden.

»Welche Interessen meint Herr Vorwege denn?«, fragte er.

Farner zuckte kurz zusammen, aber dann hatte er sich schon wieder im Griff und drehte sich langsam und breit lächelnd zu Froelich um.

»Sie kommen zu früh, Herr Bestatter. Ich fühle mich im Moment bestens. Vielleicht versuchen Sie es später noch einmal?«

»Welche Interessen?«, fragte Froelich scheinbar unbeeindruckt und setzte sich auf den Platz neben Farner – obwohl er innerlich so sehr kochte, wie der es sich vermutlich erhofft hatte. Aber er gönnte dem Tierarzt den Triumph nicht, ihn provoziert zu haben. Farner rückte ein Stück zur Seite, doch die Wand des Oberdecks ließ ihm nicht viel Platz zum Ausweichen.

»Der liebe Siegfried hat ein ganz besonderes Faible«, höhnte Vorwege nun. »Und ich finde, das ist besonders im Zusammenhang mit dem heutigen Abend sehr interessant.«

Farner bedachte seinen früheren Freund mit einem vernichtenden Blick.

»Na, sag's ihm schon!«

»Ja, Herr Farner«, gab Froelich dem Koch recht, »das wäre wirklich das Beste.«

»Meine Frau hat sich das Leben genommen«, begann Farner unvermittelt. »Sie hat Gift geschluckt. Blausäure. Jede Hilfe kam zu spät.«

»Das tut mir leid«, sagte Froelich.

»Das ist noch nicht alles«, merkte Vorwege an und nickte Farner aufmunternd zu.

Der sah zum Fenster hinaus, in seinen Augen schimmerte es feucht. Dann trank er sein halb mit Sprudel gefülltes Glas auf einen Zug leer.

»Die Blausäure hatte ich selbst abgefüllt«, murmelte er schließlich.

Froelich hatte den Satz klar und deutlich verstanden, aber er mochte ihn kaum glauben. Und er fühlte sich nicht in der Lage, daraus Schlüsse zu ziehen.

»Nun erzähl es ihm schon«, drängte Vorwege.

Farner sah ihn traurig an, dann gab er sich einen Ruck.

»Ich habe jahrzehntelang als Tierarzt praktiziert, und schon immer haben mich die Möglichkeiten fasziniert, mit selbstgemischten Arzneien punktgenau eine Verletzung oder eine Erkrankung zu behandeln. Das lässt sich mit Medikamenten von der Stange überhaupt nicht vergleichen.«

Froelich war gespannt, worauf das hinauslaufen würde.

»Also habe ich während des Studiums und später auch abends, wenn die Praxis geschlossen war, allerlei Wirkstoffe gemischt und mir die Zutaten dazu besorgt. Immer häufiger konnte ich meine Mischungen für meine tierischen Patienten einsetzen, und meistens hatte ich großen Erfolg damit. Meine Praxis bekam immer mehr Zulauf, und ich konnte ein immer breiteres Repertoire an selbst hergestellten Arzneien anbieten. Klar, das hat mir auch finanziell nicht geschadet – aber vor allem konnte ich meiner Neigung nachgehen.«

Nun schenkte sich Farner doch noch etwas Wein nach. Er nahm einen kleinen Schluck und stellte das Glas sachte wieder ab.

»Mit der Zeit haben mich vor allem Giftstoffe fasziniert. Wissen Sie: Arsen und vieles andere, was für uns in einer bestimmten Dosierung absolut tödlich ist, haben wir als natürlichen Stoff das ganze Leben über in uns. Ich habe dann irgendwann begonnen, Gifte zu sammeln. Arsen, Blausäure, aber auch Extrakte aus der Tollkirsche, Schlangengift – je exotischer, desto besser.«

Vorwege trank sein Glas leer und wischte sich über die Augen. Offenbar näherten sie sich nun einem Punkt, der mit dem alten Streit der beiden zu tun hatte.

»Meine Frau war krank. Seelisch. Oft war sie ganz normal, auch vergnügt, wir führten eine sehr glückliche Ehe. Dann aber war sie tagelang völlig durch den Wind, wollte sich etwas antun, irrte nachts orientierungslos durch unser Haus oder durch den Garten. Einmal kam sie bis zur Hauptstraße – ich konnte sie gerade noch auf den Gehweg zurückziehen, als ein Lastwagen vorbeifuhr.«

Farner rieb sich die Schläfen und stierte schwer atmend vor sich auf die Tischplatte.

»Und eines Tages habe ich sie dann gefunden. Morgens lag sie in der Praxis. In den Käfigen im Nebenraum schrien die Katzen, die am Abend zuvor für die Sterilisation abgegeben worden waren – und zwischen Katzenkäfig, Medikamentenschrank und Papierkorb lag sie auf dem Boden. Ich habe geschrien, habe sie geschüttelt, habe alles Mögliche versucht, obwohl ich gleich gesehen habe, dass da nichts mehr helfen konnte. Und dann roch ich die Bittermandel. Ich sah hoch zu dem Wandschrank, in dem ich meine Sammlung aufbewahrte. Dort hatte ich die Gifte vor ihr verstecken wollen, weil ich die ganze Zeit schon befürchtet hatte, dass sie sich etwas antun könnte. Aber die Blausäure war wohl nicht gut genug versteckt …«

»So etwas gehört weggeschlossen«, schimpfte Vorwege. »Du kannst nicht einfach tödliche Giftstoffe in einem frei zugänglichen Wandschrank lagern – damit hast du riskiert, dass sich Hanna so etwas antut. Du trägst die Mitschuld daran, dass Hanna nicht mehr lebt.«

Farner sackte regelrecht in sich zusammen. Es war offensichtlich, dass ihm Vorwege diese Vorwürfe nicht hätte machen müssen – die machte sich der Tierarzt vermutlich seit Jahren selbst.

»Darüber haben Sie sich also zerstritten«, stellte Froelich fest.

Vorwege nickte.

Farner verschränkte seine Arme auf dem Tisch, ließ seinen Kopf darauf sinken und weinte.

Das Fläschchen in seiner Hosentasche schien wie Feuer zu brennen.

* * *

Auf dem Hauptdeck musste Froelich kurz warten: Die Herrentoilette war besetzt. Es dauerte eine ganze Weile, bis drinnen endlich gespült wurde. Dann ging die Tür auf, und Kapitän Paulsen kam heraus, eine große Stofftasche in der linken Hand.

Froelich musste ziemlich verwirrt auf die Tasche geschaut haben, denn Paulsen gönnte sich ein breites Grinsen. Er sah kurz an Froelich vorbei, um sich zu vergewissern, dass außer ihnen niemand auf dem Hauptdeck war. Nur vorne in der Captain's Lounge saßen einige Gäste bei Kaffee und Kuchen, sahen aber nicht zu ihnen her.

Paulsen hielt die Tasche ein wenig auf und ließ Froelich hineinsehen.

»Das ist eine Signallampe«, erklärte Paulsen dem noch immer ratlosen Froelich. »Die haben wir aus alter Gewohnheit an Bord. Ich bin Kapitän auf großer Fahrt …« Paulsen bemerkte wohl, dass Froelich damit nicht viel anfangen konnte und erklärte: »Das bedeutet, dass ich jahrelang als Kapitän auf hoher See unterwegs war. Und da habe ich ganz gern auch heute noch ein paar Sachen mit auf dem Boot, die mich an früher erinnern – war schön damals. Nichts gegen den Neckar, wirklich nicht, aber Sumatra und die Kapverden sind für einen Seemann halt noch einmal ein anderes Kaliber.«

Ein wehmütiger Zug glitt kurz über das Gesicht des Kapitäns, dann hatte er sich wieder unter Kontrolle.

»Jahrelang haben meine Leute hinter meinem Rücken über meine alte Signallampe gewitzelt – tja, und jetzt leistet sie uns gute Dienste.«

»Auf dem Klo? Welche Dienste denn?«

»Sie sehen doch, wenn sie vom hinteren Freideck aus leicht seitlich nach achtern schauen, das Polizeiboot auf der anderen Seite des Neckars liegen, ja?«

Froelich nickte.

»Denen wollte ich mitteilen, was hier an Bord los ist. Aber wir dürfen ja mit niemandem Kontakt aufnehmen, sonst riskieren wir, dass es der Bombenleger bemerkt und den Kahn in die Luft jagt.«

»Aha …«, sagte Froelich, noch weit entfernt davon zu verstehen, worauf Paulsen hinauswollte.

Paulsen sah Froelich zunehmend amüsiert an, dann hob er die Tasche mit der Signallampe hoch.

»Lichtmorsen nennt sich das«, sagte Paulsen. »Und die Kollegen von der Wasserschutzpolizei können das natürlich auch.«

»Und warum ausgerechnet in der Toilette?«

»Da kann ich abschließen, ohne dass sich jemand darüber wundert. Und durchs Fenster kann ich meine Signale morsen, ohne dass es auf unserem Schiff jemand mitbekommt. Als ich vor der Tür Ihre Schritte gehört habe, habe ich zur Sicherheit auch noch gespült – man weiß ja nie.«

»Clever!«, sagte Froelich und nickte Paulsen anerkennend zu.

»Danke, danke – das Lob tut schon deshalb gut, weil mir wegen des kleinen Toilettenfensters fast der Arm eingeschlafen ist. Außerdem haben wir Glück, dass man vom Polizeiboot aus unsere Steuerbordseite sehen kann.«

»Warum?«

»Steuerbord ist rechts«, erklärte Paulsen.

»Das weiß ich. Und Schuld sind die Wikinger, habe ich mal gelesen, weil die das Steuer früher an der rechten Seite ihrer Schiffe angebracht hatten.«

»Bravo, Herr Froelich«, sagte Paulsen grinsend und legte seine rechte Hand für einen flapsigen Gruß an die Schläfe.

»Aber warum kommt es darauf an, dass die Polizisten von unserem Schiff die rechte und nicht die linke Seite sehen können?«

»Weil links die Damentoilette eingebaut ist – da müsste ich beim Herauskommen mit strengen Blicken unserer Damen rechnen. Und wir wollen doch das Image unseres Käpt'ns nicht beschädigen, was?«

Paulsen lachte, und Froelich stimmte kurz mit ein.

»Und nun wissen die Polizisten alles über unsere Lage?«, fragte er schließlich.

»Ja«, nickte Paulsen. »Auch die Zentrale ist informiert, und dort wird sich schon jemand das Passende einfallen lassen. Und wir sorgen hier an Bord dafür, dass niemand die Nerven verliert, bis uns geholfen wurde.«

»Deshalb lassen Sie vorne Kaffee und Kuchen servieren?«

»Ja, wir haben die Captain's Lounge jetzt geöffnet. Einige der Damen habe ich persönlich hingeführt, da schmeckt ihnen der Kuchen gleich noch einmal so gut. Unter den weniger jungen deutschen Frauen gilt ein Käpt'n noch was – da können wir den Fernsehkollegen vom ›Traumschiff‹ wirklich dankbar sein.«

Paulsen grinste.

»Und eigentlich müssen wir unserem Bombenleger sogar ebenfalls dankbar sein«, fügte er dann noch hinzu.

»Das wohl doch eher nicht, oder?«

»In einem Punkt schon: Seit Jahren möchte ich erreichen, dass meine Leute hier an Bord ihre Handys auslassen – keine Chance. Jetzt aber, wo sie befürchten müssen, dass nach einem Telefonat zwischendurch uns allen der Kahn hier um die Ohren fliegen könnte … jetzt funktioniert's.«

Damit ging er lachend nach vorn und verschwand in der Captain's Lounge, dem Raum unter dem vorderen Sonnendeck. Sofort drehten sich alle dort Sitzenden dem Kapitän zu und verwickelten ihn in Gespräche. Tatsächlich schienen vor allem die etwas älteren Damen ganz selig, wenn er sich ihnen mit einem charmanten Lächeln zuwandte.

Froelich grinste und ging nach oben.

* * *

Froelich stand gerade wieder mit Dr. Farner auf dem hinteren Freideck, als ihn der Tierarzt auf etwas aufmerksam machte, das sich offenbar hinter seinem Rücken abspielte.

»Sehen Sie mal, Herr Froelich, da drüben!«

Froelich drehte sich um und sah, wie auf dem nahen Neckarufer zwei Männer aus einem Transporter kletterten und in das Scheinwerferlicht traten, mit dem der Wagen zum Schiff herüber leuchtete. Der eine sah sich um, als wolle er sich einen ersten Eindruck von der Situation verschaffen – der andere zerrte eine Kamera aus dem Transporter, schulterte sie und machte einen langsamen Schwenk über den außerhalb der Reichweite der Schiffslichter dunklen Neckar und die dort vor Anker liegende »MS Anna Schäufele«.

»Die Wasserschutzpolizei meinte vorhin, jemand habe sie angerufen und darüber informiert, dass wir hier vor Anker liegen«, sagte Froelich. »Offenbar hat der oder die Unbekannte danach noch ein paar Telefonate geführt.«

Neben dem Transporter wurde nun eine Lampe installiert, die einige Quadratmeter recht hell ausleuchtete. Auf der Kamera war nun selbst aus dieser Entfernung ein Aufkleber mit dem Logo eines bekannten Fernsehsenders zu erkennen. Der Kameramann hatte sich nun so postiert, dass er seinen Kollegen im Bild hatte – und im Hintergrund das Neckarschiff.

Der andere Mann war jetzt nur noch seitlich von hinten zu sehen, er schien in ein Mikrofon zu sprechen.

»Hoffentlich machen die hier an Bord niemanden nervös«, sagte Froelich noch.

Farner kaute auf seinem Stumpen herum und rollte ihn von einem Mundwinkel in den anderen.

* * *

Knapp eine Stunde später hatte sich am Neckarufer ein ansehnlicher Pulk von Medienleuten eingefunden. Eine ganze Strecke entlang der Straße war in grelles Licht von Auto- und Standscheinwerfern getaucht. Einige hielten Fotoapparate mit sehr langen Objektiven auf das Schiff gerichtet, andere schwenkten mit ihren Kameras hin und her und schienen ständig die Fenster der »Anna Schäufele« nach interessanten Details abzusuchen.

»Wahrscheinlich wäre es denen am liebsten, wenn hier alles in die Luft fliegt – schön laut und schön spektakulär, damit es die Bilder auch wirklich in die Nachrichten schaffen.«

Kapitän Paulsen sah missmutig zu den Journalisten hinüber. Froelich konnte ihn verstehen, auch ihm ging die Sensationsgier auf die Nerven – und im Gegensatz zu Paulsen war ihm auch anzusehen, dass er sich zunehmend Sorgen um das Nervenkostüm des unbekannten Bombenlegers machte. Froelich schwitzte trotz der abendlichen Kühle, er tupfte sich ständig die Stirn ab, und immer stärker wurde in ihm der Drang, an Bord auf und ab zu gehen.

»Kommen Sie mal, Käpt'n?«, rief Steuermann Luck von der anderen Seite des vorderen Freidecks.

Paulsen und Froelich stellten sich neben Luck an die Reling und sahen das erste Boot, das sich ihnen seit der Ankunft der Wasserschutzpolizei näherte. Die ganze Zeit über war der Neckar leer geblieben, kein Schiff fuhr den Fluss hinauf oder hinunter – vermutlich hatte die Polizei alles abgesperrt.

Das Boot, das jetzt auf die »MS Anna Schäufele« zufuhr, war ein knallrotes Schlauchboot mit einem Außenbordmotor, und es war unbeleuchtet. Das Boot zog eine schaumige Linie Kielwasser hinter sich her, die eine leichte Kurve beschrieb und außerhalb der Reichweite der Schiffslichter im Dunkel verschwand, als sei das Schlauchboot eben erst zwischen den Büschen am Neckarufer losgefahren.

Im Boot saßen zwei Männer. Einer hielt den Steuerhebel des Außenborders und hielt auf das Passagierschiff zu, der andere kniete auf dem Bootsboden und knipste in einem fort Bilder von der »Anna Schäufele«.

»Drehen Sie sofort bei!«, donnerte der Lautsprecher an Bord des Polizeiboots.

Der Suchscheinwerfer des Polizeischiffs wurde auf das Schlauchboot gerichtet, schlagartig war das kleine Boot in grelles, hartes Licht getaucht. Der Mann am Außenborder hielt die Hand über die Augen, um sie abzuschirmen, reagierte aber sonst nicht und hielt Kurs.

»Drehen Sie bei! Sofort!«

Der Außenborder hielt weiter auf die »Anna Schäufele« zu. Der Motor des Polizeiboots wurde gestartet, ließ aufröhrend seine Muskeln spielen und brachte das Schiff nach einem raschen Manöver erstaunlich schnell auf den Weg in die Flussmitte.

Etwa zwanzig Meter von der »Anna Schäufele« entfernt kreuzte das Polizeischiff den Kurs des Schlauchboots. Man hörte einige Geräusche, ein lautes Kratzen und einen dumpfen Aufprall – offenbar hatte der Mann, der das Schlauchboot steuerte, sein Gefährt nicht mehr rechtzeitig von der Bordwand des Polizeischiffs wegsteuern können.

Paulsen, Luck und Froelich sahen gebannt zu, auch anderswo auf dem Schiff kam Unruhe auf, und man hörte, wie immer mehr Passagiere auf die Freidecks und an die Fenster drängten.

Die beiden Polizisten standen nun mit gezogener Waffe an der Reling auf der dem Passagierschiff abgewandten Seite und ließen mit scharfen Kommandos hinunter ins Schlauchboot keinen Zweifel daran aufkommen, dass sie stinksauer waren wegen der unerwünschten Störung.

Dann kletterten zwei Männer an Bord. Einer hielt ein Seil in der Hand und vertäute es an der Reling des Polizeiboots. Der andere protestierte lautstark gegen das Eingreifen der Polizei und hielt dem Polizisten Fritz Voss einen Ausweis unter die Nase.

Froelich glaubte den Namen Ferry Hasselmann zu verstehen und versteifte sich etwas. Der Reporter hatte ihm in Weil der Stadt mit seiner reißerischen Geschichte über eine Mordserie in Seniorenheimen viel Ärger eingebrockt. Vielleicht hatte Froelich den Namen ja auch nicht richtig verstanden. Er konnte den Journalisten wegen Voss, der ihn teilweise verdeckte, und wegen der etwas schwierigen Lichtverhältnisse auch nicht mit Sicherheit erkennen. Immerhin: Größe und Frisur konnten stimmen – sein freches Auftreten auch.

Das Polizeischiff fuhr wieder zurück in seine alte Position. Dort schienen die Polizisten die Personalien der beiden Männer aufzunehmen. Schließlich baute sich Voss noch einmal vor den beiden auf. Von der »Anna Schäufele« aus konnte man nicht hören, was er sagte – aber es wirkte, als würde er zwei ungezogene Lausebengel für ihren Dumme-Jungen-Streich abkanzeln. Schließlich ließ er die beiden Männer wieder über die Reling in ihr Schlauchboot hinunterklettern. Kurz darauf entfernte es sich mit aufheulendem Motor und verschwand endlich in der Dunkelheit zwischen einigen Büschen am Neckarufer.

* * *

Etwas später holte sich Froelich noch ein Schinkenbrötchen aus der Küche. Auf dem Rückweg zum Oberdeck kam ihm Kapitän Paulsen entgegen.

»Ah, Herr Froelich!«, sagte er in normaler Lautstärke. Dann senkte er seine Stimme und raunte ihm noch kurz zu: »Kommen Sie doch bitte kurz mit.«

Damit eilte Paulsen auch schon nach unten aufs Hauptdeck, und Froelich folgte ihm. Nicht weit vom toten Olivo entfernt blieb Paulsen stehen und sah sich nach allen Seiten aufmerksam um. Als er überzeugt war, dass sie nicht belauscht werden konnten, rückte er noch etwas näher an Froelich heran.

»Herr Froelich, jetzt wird es ernst. Wir bekommen Besuch, und dann hat der Spuk auf meinem Schiff ein Ende.«

Froelich verstand kein Wort.

»Ein Sondereinsatzkommando bereitet sich im Moment gerade darauf vor, die ›Anna Schäufele‹ zu stürmen.«

Froelichs Kinnlade klappte herunter.

»Wir sollen zusehen, dass wir die Gäste in den nächsten Minuten nach vorne locken. Die wollen hinten rein und von hinten auch an die Bombe im Maschinenraum ran.«

»Geht klar«, murmelte Froelich. »Aber woher wissen Sie das denn alles?«

Paulsen sah noch einmal verschwörerisch nach links und rechts, dann fasste er sich in die Hosentasche und zog ein Handy so heraus, dass es in Paulsens Hand vor den Blicken anderer verborgen blieb.

Froelich erschrak.

»Aber wir sollten doch nicht ...«

»Schon gut, Herr Froelich. Ich habe mein Handy ja auch abgegeben, und alle anderen Crewmitglieder auch. Na ja, fast: Unser Leichtmatrose Florian Faller konnte es nicht mehr abgeben – ich hatte es ihm abgenommen. Ich hatte Ihnen ja schon erzählt, dass ich seit langem meine Leute dazu zu bringen versuche, an Bord auf ihre Handys zu verzichten. Ein Grund dafür ist, dass die Dinger einfach die Konzentration meiner Leute stören. Besonders aufgefallen ist es mir an unserem Leichtmatrosen. Den hatte ich heute kurz nach Beginn unserer Fahrt wieder einmal dabei erwischt, wie er eines dieser kleinen Handyspiele laufen hatte, anstatt seine Aufgaben zu erledigen. Da habe ich ihm das Ding abgenommen.«

»Und wen haben Sie dann angerufen, um Ihre Infos zu bekommen?«

»Niemanden! Wir sollten doch niemanden anrufen, hieß es«, sagte Paulsen und grinste dabei verschmitzt.

Froelich sah ihn fragend an.

»Na ja, meine Lichtsignale – Sie erinnern sich?«

»Lichtmorsen durch das Toilettenfenster, ich weiß. Aber warum haben Sie sich nicht einfach mit dem Handy auf der Toilette eingeschlossen und haben angerufen?«

Paulsen zog ein enttäuschtes Gesicht.

»Telefonieren? Wo ich endlich mal wieder Lichtmorsen konnte?«

Er schüttelte den Kopf.

»Nö! Aber ich habe den Polizisten drüben auf dem Boot auch die Nummer von Florians Handy durchgegeben, habe noch signalisiert, dass sie mir ja eine SMS schicken können, wenn etwas Dringendes wäre, und dann habe ich die Ruflautstärke auf null gestellt. Ein Anruf wäre ja vielleicht in einem unpassenden Moment gekommen – und wann ich eine SMS lese, kann ich selbst bestimmen. Alle paar Minuten habe ich seither in einem unbeobachteten Moment nachgesehen, und gerade eben war die Info mit dem Sondereinsatzkommando drauf.«

* * *

Froelich saß mit Inge auf dem hinteren Freideck.

Dr. Farner nebelte die beiden durch kräftige Züge an seinem Stumpen immer wieder mit würzigen Rauchschwaden ein, und zwischendurch plauderte er mit einigen anderen Männern, die bei ihm standen, darunter Butterweck, Muhrmann und Müller.

Scheinbar hatte sich an Bord nichts auffällig geändert, seit die Gäste des »Schwimmenden Büfetts« von der Bombe an der Tür zum Steuerhaus erfahren hatten. Es herrschte eine gespannte Atmosphäre, in die sich zunehmend Müdigkeit mischte. Der eine oder andere an Bord der »Anna Schäufele« erzählte schon wieder Witze oder amüsierte sich im Gespräch, als habe er ganz vergessen, in welcher Situation sie sich befanden.

Doch viele andere zeigten durchaus Anzeichen, dass ihre Nerven blank lagen. Farner sah sich oft aufmerksam um und kaute immer häufiger an seinem Stumpen, auch Butterweck und Müller wirkten nervöser als noch vor ein, zwei Stunden.

Die Nerven von Inge und Froelich waren ebenfalls zum Zerreißen gespannt, aber sie wussten auch etwas, von dem die meisten an Bord nichts ahnten: Jeden Moment musste der Sturm des Sondereinsatzkommandos auf das Schiff beginnen, und niemand konnte vorher wissen, welche Konsequenzen diese Aktion für sie alle haben würde.

Das Warten machte vor allem Froelich zu schaffen. Er ließ seinen Blick immer wieder möglichst unauffällig über den Neckar schweifen, dessen Wasser schwer und dunkel in die Helligkeit der Schiffsbeleuchtung floss und weiter unten wieder in die Dunkelheit zurück. Nirgendwo war etwas Ungewöhnliches zu sehen.

Froelich trommelte mit den Fingern auf seinen Schenkeln, und er wippte mit den Fersen auf und ab. Inge legte ihm eine Hand aufs Bein und sah ihn ernst an. Er seufzte und riss sich ein wenig zusammen.

Die Minuten zogen sich wie Kaugummi, und gerade wollte sich Froelich einen Kaffee holen, als Inge ihn anstieß und zum nahen Neckarufer hinüber zeigte.

»Da, schau mal«, raunte sie ihm zu.

Dr. Farner, der ebenfalls in diese Richtung gesehen hatte, war es auch aufgefallen, und er machte Muhrmann, Butterweck und Müller auf die neue Entwicklung aufmerksam.

Einige Streifenwagen waren ohne Martinshorn, aber mit Blaulicht bei den Reportern, Fotografen und Kameraleuten eingetroffen, die sich dort mit ihren Geräten eingerichtet hatten. Die Streifenwagen hielten hintereinander am Straßenrand, die Fahrer blieben sitzen, die anderen Beamten gingen auf die Medienleute zu und begannen offenbar, ihre Personalien aufzunehmen.

Interessiert sahen Dr. Farner und die anderen hinüber. Froelich konnte sehen, dass auch im Oberdeck alle Blicke auf die Streifenwagen gerichtet waren, deren Blaulichter hektisch die Nacht durchzuckten.

Hinten, an der Treppe hinunter zum Hauptdeck, sah er Kapitän Paulsen und Steuermann Luck stehen. Luck sah ebenfalls zu den Streifenwagen hinüber, auch Paulsen hatte sich in Richtung des rechten Neckarufers aufgestellt – aber insgeheim schien er aus den Augenwinkeln etwas ganz anderes zu beobachten.

Florian Faller, der Leichtmatrose, kam vom vorderen Freideck herein und gesellte sich zu seinen Vorgesetzten. Paulsen beugte sich zu ihm, flüsterte ihm etwas ins Ohr und bewegte sich dann möglichst unauffällig hinunter ins Unterdeck.

Manfred Schieber hatte sich von seinem Sitzplatz erhoben und sah gebannt zu den Streifenwagen hinüber. Auch Wolfgang Päble klebte geradezu am Fenster. Claudia Müller und Karin Frohe-Mertens, die miteinander im Mittelgang standen und wohl bei einem Glas Sekt miteinander geplaudert hatten, starrten ebenfalls unverwandt auf die Ereignisse am Ufer.

* * *

Am anderen Neckarufer war es fast ganz still. Zwei Mannschaftswagen rollten mit abgeblendeten Scheinwerfern und für die letzten Meter auch mit abgestelltem Motor bis direkt an den Fluss heran. Vermummte Männer schlichen sich aus den Wagen und halfen sich gegenseitig, Taucherausrüstung anzulegen. Dann glitt einer nach dem anderen beinahe lautlos im Schatten einiger Büsche in das dunkle Neckarwasser.

* * *

Kapitän Paulsen kam unbemerkt aufs Hauptdeck hinunter. Die Captain's Lounge war nach der Ankündigung des SEK-Einsatzes unter einem Vorwand »vorübergehend« geschlossen worden. Und auch im Hauptraum war niemand, von dem zugedeckten Toten einmal abgesehen.

Sich ständig umsehend und darum bemüht, kein Geräusch zu machen, näherte sich Paulsen dem Vorraum der Toiletten. Dort postierte er sich, halb hinter einer Wand verborgen, und behielt die zum Oberdeck hinaufführende Treppe im Blick. Wenn er die Polizeiaktion am Ufer richtig einschätzte, sollte in den nächsten Minuten besser niemand hier herunterkommen.

Von oben her drang das Gemurmel der Gäste durch, und auch die Geräusche der Polizeiaktion am Ufer waren zu hören. Paulsen blieb ruhig, behielt die Treppe im Auge und lauschte. Dann bemerkte er ein Kratzen. Er ahnte es eher, als dass er es hörte – offenbar machte sich jemand an der Außenwand des Schiffes oder an einem der Fenster des Maschinenraums zu schaffen.

Das sehr leise kratzende Geräusch hielt eine kurze Weile an, dann war es wieder still. Paulsen durchquerte den kleinen Vorraum und lehnte sich an die Wand des Maschinenraums. Er musste sich sehr konzentrieren, um herauszuhören, dass hinter der dünnen Wand etwas vor sich ging.

Leise klopfte Paulsen seinen Namen im Morsealphabet gegen die Wand. Er machte eine Pause und wiederholte seinen Namen. Anschließend legte er ein Ohr an die Wand und horchte. Nach einer kurzen Pause hörte er von drinnen jemanden leise die Morsezeichen für »Tür ist frei« klopfen – anders als am Steuerhaus schien hier die Eingangstür nicht mit einer Bombe verkabelt zu sein.

Dann öffnete er die Tür, die in den Maschinenraum führte, vorsichtig. All das war ihm per SMS genauso empfohlen worden – und er hielt sich gerne daran, denn er wollte weder eine Bombe zünden noch erfahren, was das SEK mit ihm anstellen würde, sollte er als Bedrohung eingestuft werden.

Als die Tür aufschwang, konnte Paulsen erst nichts erkennen, dann kam eine vermummte Gestalt auf ihn zu und gab ihm die Hand.

»Käpt'n Paulsen?«

Der Mann flüsterte, brachte dabei aber das Kunststück fertig, trotzdem dominant und aggressiv zu wirken.

»Ja, ich bin Paulsen.« Kapitän Paulsen hatte seine Stimme unwillkürlich gedämpft und ebenfalls fast geflüstert. »Was soll ich als Nächstes tun?«

»Gehen Sie nach oben und achten Sie darauf, dass niemand Quatsch macht – und dass niemand hier herunter kommt. Wir sind hier gleich fertig, in ein paar Minuten sind wir oben bei Ihnen und Ihren Passagieren. Die Kollegen am Ufer werden noch etwas Show bieten, um alle abzulenken. Wissen Sie inzwischen, wer die Sprengsätze platziert hat?«

Paulsen schüttelte den Kopf und sah wieder zur Treppe.

»Gut, dann gehen Sie mal hoch.«

Die vermummte Gestalt verschwand wieder im Maschinenraum und gab den Blick frei auf ein geöffnetes Fenster, dessen Scheibe ein kreisrundes Loch aufwies – durch dieses Fenster waren der Vermummte und seine Kameraden wohl ins Schiff gelangt. Zwischen Paulsen und dem Fenster huschten mehrere Gestalten vorbei. Einige legten noch Tauchermasken und Sauerstoffflaschen ab, danach schlichen sie mit Waffen, Nachtsichtgeräten und dunkler Kleidung an der Tür vorüber, verständigten sich mit Handzeichen und bewegten sich bei alldem so gut wie lautlos.

Paulsen drückte die Tür leise wieder zu und ging nach vorne zur Treppe. Oben standen Luck und Faller noch so, wie er sie vor ein paar Minuten verlassen hatte.

»Alles klar, Käpt'n?«, fragte Luck möglichst beiläufig – einige Gäste standen nicht weit entfernt von den drei Crewmitgliedern.

»Ja, alles klar«, sagte Paulsen knapp.

Aufmerksam ließ er seinen Blick über die Passagiere schweifen. Es schienen alle im Oberdeck zu sein oder auf dem hinteren Freideck.

Drüben am Ufer war nun noch ein Mannschaftswagen aufgefahren, aus dem ein halbes Dutzend Uniformierter sprang. Sie drängten ein Fernsehteam ab, das mit einem der Beamten diskutiert hatte und die Auseinandersetzung offenbar gleich für den Sender aufnahm.

Ein Polizist drückte das Objektiv der Kamera nach unten, ein anderer machte Anstalten, die Kamera in seine Gewalt zu bringen. Es kam zu einem kleinen Gerangel, da sprang ein Mann vom Beifahrersitz des Mannschaftswagens und übernahm offensichtlich das Kommando.

Harsche Worte flogen hin und her, die Uniformierten traten einen Schritt zurück, und der Kameramann zupfte an seinen Kleidern herum und rückte seine Geräte wieder in die übliche Position.

Dr. Farner wollte gerade eine launige Bemerkung über den Polizeieinsatz machen und drehte sich dazu halb zu Butterweck um – da bemerkte er aus den Augenwinkeln eine Bewegung auf der anderen Seite des Schiffs. Doch noch bevor er reagieren konnte, kam der knappe Befehl von der Steuerbordseite der »Anna Schäufele«: »Bleiben Sie, wo Sie sind. Nehmen Sie bitte die Hände hoch und drehen Sie sich langsam um.«

Die meisten Passagiere waren nach der herrischen Ansage wie versteinert.

Drei Gestalten drangen vom vorderen Freideck aus ins Oberdeck vor. Zwei hielten ihre Waffen schussbereit vor sich, der dritte ging sofort in die Hocke und machte sich an der Sprengvorrichtung an der Tür zum Steuerhaus zu schaffen.

Langsam, ganz langsam drehten sich alle um und sahen eine ganze Reihe von Vermummten vor sich, die sich mit der Waffe im Anschlag über die ganze Länge des Schiffs verteilt hatten, die an der Reling der beiden Freidecks und auf dem Dach des Oberdecks standen.

»Bitte nehmen Sie alle die Hände hoch!«

Erst begriffen die Passagiere nicht ganz, dass sie wirklich gemeint waren – hatten sie nicht bis gerade eben um ihr Leben gefürchtet, und waren diese maskierten Gestalten nicht aufs Schiff gekommen, um sie zu retten? Warum wurden sie dann behandelt wie Verbrecher?

»Bitte nehmen Sie die Hände hoch!«

Die Stimme des Wortführers blieb donnernd und streng. Und allmählich gingen die Arme in die Höhe.

Vier der Gestalten verließen nun ihre Position, zwei traten in die Mitte des hinteren und zwei in die Mitte des vorderen Freidecks.

»Wir werden Sie nun kurz durchsuchen«, donnerte der Anführer wieder los. »Jedes Zweierteam besteht aus einem Mann und einer Frau – es ist also für Sie alle gewährleistet, dass die Untersuchung möglichst wenig unangenehm vor sich geht.«

Dann fuhr die Stimme in etwas versöhnlicherem Ton fort: »Bitte helfen Sie uns, damit wir diese für Sie sicherlich nicht sehr erfreuliche Situation schnell hinter uns bringen können.«

Auf den beiden Freidecks tasteten die Teams die Passagiere schnell und gründlich ab, danach gingen sie, gedeckt von nachrückenden Kameraden, ins Oberdeck hinein und arbeiteten sich zügig durch die dort wartenden Gäste.

Als die Trupps mit der Durchsuchung fertig waren, legten sie ihre Ausbeute auf die kleine Theke am oberen Ende der Schiffstreppe: eine Plastikschachtel mit Gaigelkarten, einen MP3-Player, eine silbern glänzende Plastikbox mit Pfefferminzbonbons, eine viereckige Tabaksdose, einen Flachmann. Eine Fernbedienung oder eine andere Vorrichtung, mit der die Bomben an Bord der »Anna Schäufele« hätten gezündet werden können, war nicht darunter.

Inzwischen hatte der Spezialist den Sprengsatz an der Tür zum Steuerhaus entfernt und zerlegte gerade die letzten Bestandteile der Bombe. Schließlich lagen alle Kabel auf einem ordentlichen Häufchen, alle anderen Bauteile waren daneben ausgebreitet. Der Vermummte drehte sich um und gab seinem Vorgesetzten mit einem hochgestreckten Daumen zu verstehen, dass alles in Ordnung war.

Drei weitere Gestalten kamen in eiligem Schritt vom Hauptdeck herauf, gingen zu ihrem Anführer und meldeten »Bilge klar«, »Captain's Lounge klar« und »Hauptdeck klar«. Wenige Minuten später hatten ihre Kameraden auch den letzten Winkel von Oberdeck, Freidecks und dem Dach durchsucht, ohne etwas Verdächtiges zu finden.

Der Bombenspezialist und seine beiden Begleiter drangen nun ins Steuerhaus vor, verschafften sich einen schnellen Überblick und präsentierten dann ihrem Vorgesetzten, der ebenfalls ins Steuerhaus gekommen war, den MP3-Player mit einer angeschlossenen Aktivbox, die vor das Bordmikrofon gestellt worden war.

»Käpt'n Paulsen?«, rief der Anführer dann, Paulsen kam zu ihm ins Steuerhaus. »Sie können wieder übernehmen. Bringen Sie das Boot bitte dort hinten direkt nach den letzten Gebäuden ans Ufer. Das Polizeiboot wird Ihnen vorausfahren.«

»Geht klar«, sagte Paulsen und rief seinen Steuermann. Luck nahm kurz die Instrumente im Steuerhaus in Augenschein, offenbar war alles in Ordnung. Dann warf er den Motor an und holte den Anker ein. Kurz darauf tuckerte die »MS Anna Schäufele« dem Polizeiboot hinterher am Schreyerhof vorbei und legte kurz nach dem letzten Gebäude an.

Auf dem Weg, der hier ans Ufer führte, fuhr gerade eine ganze Reihe von Kranken- und Streifenwagen heran. Die Nacht war durchzuckt von Blaulichtern, auch hier war kein Martinshorn zu hören.

Zuerst verließ das Sondereinsatzkommando die »Anna Schäufele«, die meisten der Maskierten warteten nicht, bis der Anker gefallen und der Steg ausgefahren war, sondern sprangen über die Reling auf den Uferstreifen und verschwanden eilig zwischen den Büschen. Der Anführer drehte sich an Land noch einmal um und grüßte Kapitän Paulsen, indem er zackig die Hand an die Schläfe hob. Paulsen erwiderte den Gruß. Dann kamen auch schon zwei Mannschaftswagen aus den Büschen, der SEK-Kommandant sprang im Anfahren durch die Beifahrertür und bald verschwanden die beiden Fahrzeuge in hohem Tempo aus dem Blickfeld.

Über den Steg kamen nun Polizisten und Rotkreuzhelfer aufs Schiff. Einige der Gäste saßen nun, nachdem die ärgste Anspannung von ihnen abgefallen war, mit leerem Blick an den Tischen. Luck und Faller sprachen mit den Passagieren und winkten, wo sie Probleme vermuteten, einen Rotkreuzhelfer heran.

Paulsen zeigte einigen Polizisten, wo die Leiche lag, und schickte Ines Weber als Begleitung mit, dann trat er auf das vordere Freideck hinaus, wo Froelich, Inge und Päble beisammen standen und schweigend zusahen, wie das so dramatisch verlaufene »Schwimmende Büfett« ein glimpfliches Ende nahm.

»Na, alles in Ordnung bei Ihnen?«, fragte Paulsen und lehnte sich an die Reling.

»Ja, es geht schon«, sagte Inge.

Froelich nahm sie in den Arm und drückte sie ein wenig.

Päble dagegen hatte Resignation im Blick.

»Sie haben es überstanden, Herr Päble«, sagte Paulsen zu ihm. »Niemandem ist etwas geschehen, wir sind alle mit dem Schrecken davongekommen.«

»Wie man's nimmt«, brummte Päble. »Wenn ich mir Schlagzeilen wie ›Schwimmendes Büfett in der Hand eines unbekannten Bombenlegers‹ vorstelle, wird es mir ganz anders. Davon wird sich unsere Veranstaltung nicht so schnell wieder erholen. Vielleicht ja nie ...«

Paulsen sah zum Steuerhaus hinüber und entdeckte seinen Leichtmatrosen. Er gab ihm zwei Handzeichen, und kurz darauf kam Florian Faller mit vier Flaschen Pils auf das Freideck.

»Danke, Florian«, sagte Paulsen, nahm ihm das Bier ab und verteilte die Flaschen. Dann wandte er sich an Faller: »Du und Luck, ihr solltet vielleicht auch eins nehmen – das war schließlich für uns alle kein Pappenstiel.«

»Haben wir schon«, sagte der Leichtmatrose und verschwand grinsend wieder im Schiffsinneren.

Froelich hielt sich die kalte Flasche an die Wange, dann prostete er den anderen zu und nahm einen großen Schluck.

»Glauben Sie nicht, dass bis in zwei Jahren, wenn Ihr nächstes ›Schwimmendes Büfett‹ stattfindet, Gras über die ganze Geschichte gewachsen ist?«, fragte Froelich den Vorsitzenden.

Päble schüttelte traurig den Kopf.

»So etwas prägt sich ein, unsere Veranstaltung wird dadurch zu einer richtigen Berühmtheit werden – aber leider aus dem falschen Grund.«

Dann hob er den Kopf und sah Froelich direkt an.

»Mein Verein ist ruiniert, wissen Sie? Das wird uns das Genick brechen, glauben Sie mir.«

Vielleicht übertrieb Päble, aber so niedergeschlagen und bis ins Mark getroffen, wie er das eben gesagt hatte, klang seine Vermutung sehr plausibel. Und wie zu seiner Bestätigung kam an Land plötzlich Unruhe auf: Ein kleines Blitzlichtgewitter ging über die Szene nieder, wie Passagiere von Rotkreuzlern und Polizisten von der »Anna Schäufele« geführt wurden.

Einige Polizisten schwärmten aus und entdeckten den Fotografen bald. Er hatte sich, wie sich später herausstellte, mit einem kleinen Eurobündel den Zugang zum Balkon in einem der Wohnhäuser in der Nähe verschafft und wollte seine Investition nun nach Kräften nutzen.

* * *

Als die beiden Polizisten auf ihn zutraten, wurde er kurz nervös, aber die Uniformierten hatten auch schon alle vor ihm gebeten, ihnen Fingerabdrücke und eine Speichelprobe zu überlassen. Wahrscheinlich war das der Preis der Passagiere dafür, dass sie trotz des nicht abgeschlossenen Falls von Bord durften.

Er drehte das Wattestäbchen im Mund, legte seine Fingerkuppen nacheinander auf den kleinen Scanner und ging dann den anderen Büfett-Gästen hinterher immer weiter vom Neckar weg.

* * *

Als Froelich und Inge an Land gingen, mussten sie als letzte Gäste des »Schwimmenden Büfetts« die kurze Prozedur über sich ergehen lassen, mit der die Polizei von allen Passagieren und den Crewmitgliedern Fingerabdrücke und DNA-Proben nahm.

Paulsen stand neben einem Mann im knielangen Mantel und sah ihnen entgegen, als sie auf die Gruppe zugingen.

»Ah, da kommen ja Frau Coordes und Herr Froelich«, sagte Paulsen. »Herr Froelich hat ein Bestattungsinstitut in Besigheim, Frau Coordes ist Journalistin. Und die beiden waren mir hier an Bord eine große Hilfe. Wir haben versucht, Hinweise auf den Bombenleger zu finden – und wir haben, glaube ich, in unseren Gesprächen von mehr Motiven erfahren als Sie für Ihre Arbeit brauchen werden. Das, Frau Coordes, Herr Froelich, ist Kriminalhauptkommissar Wehrle aus Ludwigsburg. Er gehört der ›Soko Schäufele‹ an, die unseren Bombenleger und den Mörder von Herrn Neuneck finden soll.«

Froelich, Inge und Wehrle gaben sich die Hand.

»Wir sind uns sicher, dass zumindest der Bombenleger bis zuletzt an Bord war«, sagte Froelich. »Aber jetzt dürfen alle nach Hause – ist das denn nicht riskant?«

»Na ja«, lachte Wehrle, »für meinen Job wäre es sicher riskanter, alle einfach hierzubehalten. Was meinen Sie, wer mir da alles die Hölle heiß macht, wenn ich eben mal an die hundert Leute festhalte, bis ich einen Täter überführt habe? Schön wär's ja für mich und die Kollegen, aber hundert honorige und unbescholtene Bürger gewissermaßen einzusperren, um einen Verbrecher zu überführen – das geht nun mal nicht.«

»Da hatte es Agatha Christie besser«, warf Inge ein.

Wehrle schmunzelte. »›Tod auf dem Nil‹ in der Neckarversion, sozusagen? Das würde mir auch mal gefallen: ich rauche ab und zu ein Pfeifchen – oder hat Hercule Poirot gar nicht

Pfeife geraucht? Egal: Ich spaziere also auf dem Schiff hin und her, und im Hafen präsentiere ich dem staunenden Publikum den allein durch meine Raffinesse überführten Täter. Wir werden wohl ein wenig länger brauchen, fürchte ich.«

»Und das Schiff?«, fragte Paulsen.

»Das müssen wir erst einmal gründlich nach allen möglichen Spuren durchsuchen. Ihre verfügbare Neckarflotte wird in den nächsten Tagen wohl um ein Schiff kleiner sein, tut mir leid.«

»Na ja, wir werden das schon irgendwie geregelt bekommen. Immerhin ist ja derzeit nicht gerade Hochsaison.«

»Und jetzt lasse ich Sie von den Kollegen heimbringen«, sagte Wehrle und sah sich um. Inzwischen waren alle Kranken- und Streifenwagen schon abgefahren. Zwei ältere Damen waren zur Sicherheit ins Krankenhaus gebracht worden, alle anderen wurden nach Hause gefahren.

Am Uferweg stand nur noch der Transporter der Spurensicherung und eine silbergrau lackierte Limousine. Ein paar hundert Meter entfernt kamen Scheinwerfer in Sicht: Ein Streifenwagen hatte seine Passagiere schon abgeliefert und kam nun für die nächste Fahrt zurück.

Inge und Froelich setzten sich mit Felix Luck in den Streifenwagen, Kommissar Wehrle ließ Paulsen und Faller in seine Limousine einsteigen, und dann ging es auch für sie nach Hause.

Samstag, 2. Oktober

Obwohl sie nach den aufregenden Erlebnissen auf dem Neckarschiff erst spät nachts zur Ruhe gekommen waren, standen Inge und Froelich am Samstag schon kurz nach sieben auf. Inge deckte den Frühstückstisch und platzierte in der Mitte den schönen Herbststrauß, den ihr Froelich am Nachmittag vor der Abfahrt zum »Schwimmenden Büfett« geschenkt hatte. Und Froelich schlenderte durch die Altstadt, holte Brezeln, Croissants und Vollkornbrötchen. Auf dem Rückweg kaufte er etwas Paprikalyoner, kalten Braten und für den Abend drei Rinderhüftsteaks.

Als er mit vollen Tüten in die Küche kam, duftete schon das ganze Haus nach frisch gebrühtem Kaffee und scharf angebratenem Rührei.

»Ich hoffe, du magst es noch ohne Bananen«, sagte Inge und schaufelte ihm eine ordentliche Portion auf den Teller.

»Natürlich, mein Schatz«, säuselte Froelich und schmierte sich dick Butter auf die Brezel. »Das war schon nicht schlecht, gestern, aber hinterher glaubst du, dass es dich zerreißt. Zumindest nach Portionen, wie ich sie esse ...«

»Das ließe sich ja ändern, weißt du?«

»Ja, aber ...«

Und so ging es weiter hin und her, und beide genossen es, einfach so sinnfrei miteinander herumalbern zu können und sich dabei das üppige Frühstück schmecken zu lassen.

Nach dem Frühstück kruschtelte Froelich ein wenig im Sarglager herum und notierte sich, was er in der kommenden Woche an Särgen und Accessoires bestellen musste. Inge stöberte in ihren Recherchen der vergangenen Wochen, warf weg, was sie nicht mehr brauchte, legte obenauf, was sie dringend noch weiter verfolgen wollte, markierte und packte auf einen Stapel in der Ecke, was vielleicht in Zukunft noch ein Thema abwerfen konnte.

Dann legten sie sich noch eine Stunde hin, duschten, schlenderten durch die Innenstadt, blieben auf einen Espresso in dem kleinen Ristorante an der Hauptstraße hängen und machten sich schließlich auf den Fußweg an den Neckar. Dort hatten sie am Vortag Inges Auto abgestellt, mit dem sie nach dem Ende des »Schwimmenden Büfetts« eigentlich hatten heimfahren wollen. Dass das Auto dort stand, war ihnen in der Nacht erst wieder eingefallen, als sie der Streifenwagen schon vor der Alten Kelter abgesetzt hatte und wieder aus der Altstadt hinausgefahren war.

Der Weg war wie für Froelichs schwache Kondition geschaffen: Erst ging es nur bergab, dann ein gutes Stück topfeben. Inges Wagen stand entlang der Robert-Bosch-Straße, etwa gegenüber der Einfahrt zum Einkaufszentrum. Als sie den Wagen erreicht hatten, beschlossen sie, noch eine kleine Runde zum Neckarufer und zurück zu gehen. Schon die paar Meter steil hinauf auf den Damm, der hier das Neckarufer markierte, fuhren Froelich in die Beine, und er dachte wieder einmal darüber nach, ab und zu ein wenig Sport zu treiben. Insgeheim war er schon gespannt darauf, wann ihm der Gedanke wohl das nächste Mal kam – auf jeden Fall immer im unpassendsten Moment und lange nachdem er eigentlich schon hatte mit dem Sport anfangen wollen.

Der Uferweg lag im Schatten hoher Bäume – ein Segen an heißen Sommertagen, doch jetzt im Oktober blieb nur noch das Ärgerliche daran: Man konnte nie lange ungestört auf den Neckar hinausblicken.

Nach einigen Schritten erreichten sie einen alten Anleger. Inge und Froelich gingen die Steintreppe hinunter und traten auf den kleinen Steg hinaus. Rechts schwang sich der Fluss in einer schönen Kurve von Richtung Hessigheim auf Besigheim zu – das wäre gestern Abend eigentlich das Endstück ihrer kulinarischen Flussfahrt gewesen. Links von ihnen verlief der Neckar zweigeteilt zur Brücke hin: Der linke Neckararm strudelte auf das Kraftwerk zu, der rechte mündete weiter hinten und von ihrem Standort aus nicht zu sehen in die Schleusenanlage.

Über dem Wasser wehte ein beständiger, frischer Wind, den Froelich aber nicht als unangenehm empfand. Inge klappte den Kragen ihrer Jacke hoch, schien die kühle Brise aber auch zu genießen.

Still standen sie eine Zeitlang auf dem Steg, ließen die Geräusche des glucksenden und sprudelnden Wassers und des über die Brücke in Richtung Ottmarsheim und zur Autobahn fließenden Straßenverkehrs auf sich wirken.

Froelich konnte sich gut vorstellen, wie in Inge die Bilder des vergangenen Abends hochkamen. Ihm jedenfalls ging es den ganzen Tag über immer mal wieder so. Die Bäckersfrau hatte ihn deshalb schon heute morgen mehrmals fragen müssen, was er denn nun haben wolle. Überflüssig eigentlich: Froelich wollte immer dasselbe, und die überaus herzliche Bäckersfrau kannte seine Vorlieben gut.

Neben ihm sah Inge stumm auf den Fluss hinaus. Sie schluckte, und ihre Augen schimmerten feucht. Froelich nahm sie in den Arm, und Inge sah dankbar zu ihm auf.

Nach einer Weile gingen sie wieder hoch zum Uferweg, schlenderten weiter flussaufwärts und unterhielten sich über den Vortag. Sie passierten den offiziellen Anleger der Neckarschifffahrt und folgten dem Weg, bis er abbog und danach ein Stück vom Ufer entfernt weiter der Neckarschleife aus Richtung Hessigheim folgte.

Sie redeten und redeten, tauschten ihre Indizien aus, die für den einen oder die andere als Bombenleger oder Olivos Mörder sprachen. Und irgendwann standen sie vor der Wahl, ebenerdig zurückzugehen – oder den Anstieg zur Felsengartenkellerei auf sich zu nehmen und sich danach, oben angekommen, mit einem Viertele für den Umweg zu belohnen.

Das erste Glas Weißwein stürzte Froelich eher aus Durst hinunter, das zweite genoss er im Sitzen. Die Mitarbeiter der Kellerei hatten auf das schöne Oktoberwetter vertraut, einige Sitzgarnituren aufgestellt und sie obendrein mit ausladenden Sonnenschirmen beschattet. Mit dem gut gekühlten Weißwein im Glas und dem Neckartal zu ihren Füßen, den Felsengärten in der Nähe und den am Hang bewaldeten Kreuzberg vor Augen fühlten sich die beiden fast wie in der Toskana.

Froelich streckte die Beine aus und lehnte sich leicht gegen Inge. So saßen sie lange, tranken dann doch noch ein weiteres Viertele und machten sich schließlich wieder auf den Heimweg – diesmal nicht den Neckar entlang, sondern auf Inges Vorschlag hin einfach quer über den Kreuzberg hinweg und auf der anderen Seite wieder zu den Sportanlagen hinunter, zum Schulzentrum, zum Supermarkt und vor allem zu Inges Wagen.

»Weißt du was?«, sagte Inge. Nach dem dritten Weißwein hatte sich in ihr trotz der anstrengenden Wanderung über den Hügel hinweg eine angenehme Wurstigkeit ausgebreitet. »Wir lassen mein Auto einfach hier stehen. Die Altstadt ist inzwischen eh für den Verkehr gesperrt, und was soll ich den Wagen in die Tiefgarage packen?«

Froelich hatte nichts dagegen einzuwenden. Verschwitzt war er nach der bergigen Strecke ohnehin schon, da konnte er ebenso gut auch noch zur Altstadt hinaufsteigen. Und seine vier Viertele hatten in der Sonne nicht ihre Wirkung auf ihn verfehlt.

»Ist ja auch blöd«, sagte Inge, als sie auf dem Weg hinauf in die Innenstadt schließlich leicht ins Schnaufen kam, »dass du dein Bestattungsinstitut ausgerechnet da oben haben musst. Recht eng ist es, für dich vermutlich in mancher Hinsicht auch unpraktisch, und wir müssen jetzt auch noch hier rauf, wo der Wein mich eigentlich so schön entspannt hatte.«

»Schon gut, Inge«, ächzte Froelich. »Du hast doch noch gut reden, rennst den Berg hier rauf wie ein junges Mädle. Und ich schleppe mich hier ab mit dem schweren Gottfried.«

Er lachte und blieb kurz stehen, weil er nun doch ganz schön außer Puste war.

»Bist selbst schuld, mein Schatz«, frotzelte Inge. »Du trägst nichts mit dir herum, was du dir nicht selbst draufgepackt hast.«

»Ja, ja, ärger du mich nur! Außerdem: Wo hätte ich das Institut denn sonst einrichten sollen? Im Einkaufszentrum vielleicht?«

* * *

Gegen vier Uhr am Nachmittag trug Roland Butterweck die letzten Kisten herein. Die Arbeit war für diese Woche getan, und die Kulinarische Lesung, die am kommenden Freitag draußen im Pavillon inmitten seines prächtigen Gartens stattfinden sollte, konnte er noch gut von Montag oder Dienstag an vorbereiten.

Im Gewächshaus wusch er sich den Dreck von den Fingern und puhlte sich die Nägel leidlich sauber. Er zog die Gummistiefel aus und schlüpfte in weiche Hausschuhe, dann ging er zum Büro hinüber und schenkte sich einen Kaffee ein.

Er setzte sich auf seinen luftgefederten Ledersessel, sah nichts Dringendes auf dem Tisch liegen, stand wieder auf und nahm den Kalender mit Blumenmotiv ab, der auf der Innenseite der Bürotür hing. Dahinter waren vier Porträtfotos auf das Holz der Tür geklebt, die Susanne Schieber, Wolfgang Päble, Claudia Müller und Walther Neuneck zeigten.

Vorsichtig kratzte er vier der Klebestreifen ab und nahm das damit freigewordene Foto von Walther Neuneck herunter. Dann ging er zum Schreibtisch zurück, zog eine Schublade auf und legte das Foto hinein. Heraus nahm er ein knallrotes Plastikröhrchen und eine alte, mit einem bayrischen Wappen bedruckte Schnupftabaksdose. Die Dose klappte er auf: Es war kein Tabak darin, sondern Knetmasse, von der er mit Daumen und Zeigefinger der linken Hand vorsichtig ein Kügelchen abpfriemelte. Die kleine Knetkugel schob er sich zwischen die Lippen, dann setzte er das Röhrchen an, zielte kurz und blies das Kügelchen mit viel Schwung in Richtung der Bürotür.

Mit einem leisen Klatschen landete die Knetkugel mitten auf Wolfgang Päbles Stirn. Butterweck lächelte zufrieden.

Sonntag, 3. Oktober

Bis kurz vor drei wälzte sich Froelich hin und her und versuchte wieder einzuschlafen. Dann gab er auf und schlug die Decke zurück.

Er sah sich um. Der Wecker projizierte die Uhrzeit in grünen Ziffern an die Wand neben dem Schlafzimmerschrank. Inge lag mit dem Rücken zu ihm und schnarchte leise.

Möglichst vorsichtig wuchtete er sich aus dem Bett hoch, aber sein Gewicht ließ trotzdem das Bettgestell knarren. Er tappte im Dunkeln zu dem Sessel hinüber, auf dem er abends immer seine Kleider ablegte. Als er mit seinem kleinen Zeh gegen den Bettpfosten stieß, entfuhr ihm ein kurzer Schrei.

Starr blieb er stehen, lauschte. Inge schnarchte nicht mehr, aber sie schien noch zu schlafen. Irgendwo in der Nachbarschaft war das Schlagen einer Haustür zu hören. Froelich wartete kurz, dann schnappte er sich die Kleider vom Sessel, schlich zur Tür und huschte aus dem Schlafzimmer.

In der Küche zog er sich an, dann schenkte er sich ein Glas Sprudel ein, öffnete ein Fenster zur Kirchstraße hin und blätterte ein wenig in der Zeitung. Er gähnte herzhaft. Er war hundemüde, konnte aber nicht schlafen – eine Kombination, die ihn nun schon seit Jahren alle paar Nächte lang plagte.

Draußen wurde ein Auto gestartet. Das Motorengeräusch hallte zwischen den Hauswänden wider und wirkte in der nächtlichen Stille sehr laut. Der Wagen war noch in der Ferne zu hören, als er die Altstadt schon verlassen hatte.

Schließlich ging er zur Speisekammer hinüber und kramte die mattsilberne Kaffeekanne hervor, mit der er sich früher im Urlaub immer Espresso gekocht hatte. Eigentlich mochte er den Kaffee aus dem Vollautomaten lieber, aber mit dem Radau des Mahlwerks und der Wasserpumpe würde er Inge ganz sicher aufwecken.

Ein warmes Gefühl durchströmte ihn, wenn er an Inge dachte. Seit eineinhalb Jahren waren sie nun zusammen, und Froelich war noch immer verliebt wie am ersten Tag. Fast noch mehr als damals, eigentlich.

Mit einem versonnenen Lächeln schraubte er den oberen Teil der kleinen Kaffeemaschine ab, spülte alle Einzelteile unter dem laufenden Wasser aus, füllte dann Wasser und Espressopulver ein, schraubte die Maschine wieder zu und stellte sie auf den Herd.

Er setzte sich wieder an den Tisch, schob die Zeitung beiseite und wartete. Dann schlief er ein.

Als das Röcheln des blubbernden Espresso endlich in sein Bewusstsein drang, war schon die ganze Küche vom Duft nach starkem Kaffee erfüllt. Er rappelte sich von der Tischplatte auf, rieb sich die Augen und schlurfte zum Herd.

Der Griff der Kanne war heiß, und Froelichs erster Versuch, sie von der Herdplatte zu nehmen, endete mit drei fast verbrannten Fingern und einem lauten Fluch. Er ließ kaltes Wasser über seine Finger laufen, nahm dann ein Geschirrtuch zu Hilfe und schenkte sich etwas von dem brühend heißen Espresso in seine Lieblingstasse. Sie war schwarz lackiert und an der Seite mit einem Bild verziert, das erst so richtig zu erkennen war, wenn die Tasse mit etwas Heißem gefüllt wurde.

Froelich dimmte das Küchenlicht herunter und setzte sich wieder an den Tisch. Wehmütig beobachtete er, wie das Bild auf der Tasse immer deutlicher wurde. Nach kurzer Zeit leuchteten drei übereinander platzierte, rot unterlaufene Augenpaare im halb dunklen Zimmer.

Die Augenpaare waren das Plakatmotiv seiner alten Band gewesen. Ein Jazztrio namens Hugh & Eye – Froelich konnte sich nicht mehr daran erinnern, warum sie sich damals diesen Namen gegeben hatten, aber er wusste noch, dass sie als Neunzehn-, Zwanzigjährige furchtbar stolz auf ihr Wortspiel gewesen waren.

In kleinen Schlucken trank er den heißen Espresso, dann kam ihm Schieber wieder in den Sinn. Er dachte über die

Ereignisse auf der »Anna Schäufele« nach, stellte sich den eher unscheinbaren Wolfgang Päble zusammen mit Schiebers schöner Frau Susanne vor und malte sich aus, wie sehr es Manfred Schieber weh getan haben musste, von diesem Verhältnis zu wissen.

Hatte Schieber jede Nacht von den beiden geträumt? Hatte es ihm jedes Mal einen Stich versetzt, wenn er seine Frau sah oder seinen ärgsten Widersacher? Da konnten einem schon Mordgedanken kommen, keine Frage – nur: Tot war nicht Päble, sondern Neuneck. War Schieber also nur ein Betroffener oder war er trotz allem, was irgendwie nicht richtig passen wollte, doch der Hauptverdächtige?

* * *

Kurz vor vier schlüpfte Gottfried Froelich in seine Jacke und seine Schuhe, ging leise aus dem Haus und schob den Elektroroller auf die Kirchstraße hinaus. Das leise Schnurren des Rollers wurde noch übertönt von dem ebenfalls nicht lauten Geräusch der über das Kopfsteinpflaster rollenden Reifen – davon würde Inge jedenfalls nicht aufwachen.

Einige Kurven später hatte er die Altstadt hinter sich gelassen und bog auf die Hauptstraße in Richtung Bietigheim ein.

Am »Enztaler Hof« überquerte er die Straße, blieb in der Einfahrt zum Gasthof stehen und sah auf die dunkel vor ihm liegenden Gebäude hinunter. Verwinkelt aneinandergebaute Gebäude bildeten einen Komplex, der in der Nacht fast wie ein großer Aussiedlerhof wirkte. Der altmodische Namensschriftzug an der Vorderfront des Hauptgebäudes war jetzt nicht beleuchtet, hob sich aber als dunkler Schatten von der hellen Hausfassade ab. Froelich konnte die Terrasse sehen, der erneuerte Radschuppen dagegen war nur zu erahnen: Aus einigen Schuppen zur Enz hin ragte ein Pultdach hervor, unter dem er den Abstellplatz für die Fahrräder vermutete.

Alles lag im Dunkel, und Froelich überlegte sich schon, ob er mit dem leisen Elektroroller die Einfahrt hinunter schnurren und sich dort heimlich ein wenig umsehen sollte. Da brummte von Besigheim her ein Lastwagen heran und tauchte erst den Hang hinunter zum »Enztaler Hof« und dann auch den in der Einfahrt stehenden Froelich in grelles Scheinwerferlicht. Froelichs ausladender Schatten huschte einmal längs über den gesamten Gebäudekomplex, bevor der Lastwagen vorüber war und in Richtung Bietigheim davon fuhr.

Froelich startete den Roller wieder und fuhr dem Lastwagen hinterher. Das nächste Ortsschild erinnerte an die ehemalige Kammgarnspinnerei, die dort bis vor einigen Jahrzehnten für Arbeitsplätze gesorgt hatte. Am Ende des kleinen Bietigheimer Vorortes, der nach der Spinnerei benannt war, bog Froelich nach links zur Enz hin ab, erreichte über eine erste Brücke die Südspitze der dortigen Flussinsel, über eine zweite das östliche Enzufer und kurz danach auch den Enztalradweg, dem er zurück in Richtung Besigheim folgte.

Der Radweg verlief unter dichten Baumwipfeln und lag deshalb in fast völliger Dunkelheit. Der Scheinwerfer des Rollers leuchtete zwar den Weg vor Froelich aus, nicht aber die dunklen Stellen links und rechts, und da der Elektroroller sehr leise fuhr, waren ab und zu die üblichen Geräusche eines nächtlichen Waldes zu hören.

Froelich wurde etwas mulmig zumute. An eine Kühlhalle voller Leichen war er seit frühester Kindheit gewöhnt, aber ein dunkler Wald jagte ihm immer noch Schauer über den Rücken.

Fast dankbar registrierte er den fauligen Geruch der nahen Kläranlage, denn hier öffnete sich der Blick auf eine Wiese, und der Waldrand blieb schnell hinter Froelichs Gefährt zurück. Bald danach reichten rechts die Weinberge bis an den Weg herunter, und schließlich hatte er die kleine Brücke erreicht, die vom Radweg aus zum »Enztaler Hof« hinüber führte.

Langsam fuhr Froelich bis direkt vor die Brücke, dann stellte er den Roller im Schatten der Bäume ab, die das Flussufer säumten. Gespannt sah er zwischen den Bäumen hindurch zu dem Gasthof hinüber. Alles lag still und dunkel.

Nach kurzem Zögern trat Froelich wieder auf den Weg hinaus und ging langsam über die Brücke auf den »Enztaler Hof« zu. Aufmerksam behielt er die Fenster des Gasthofs im Blick, aber weder dort noch auf dem Hof zwischen Enz und Hauptgebäude bewegte sich etwas. Ein kleiner Transporter, der oben auf der Landstraße in Richtung Besigheim vorbeifuhr, ließ Froelich kurz zusammenzucken, dann ging er weiter und tauchte in die Schatten hinter den Schuppen auf der Uferseite ein.

Sehr vorsichtig näherte er sich dem Schuppen, der ihm am nächsten war. Den Blick hatte er fest auf den Boden geheftet, um nicht versehentlich auf etwas zu treten, was dort vielleicht herumlag. Tatsächlich musste er einigen Flaschen und einigen Mülltüten ausweichen, die auf dem Hof verstreut lagen. Offenbar wurde der »Enztaler Hof« noch immer von Gästen besucht – allerdings von ungebetenen, die hier am Enzufer private Partys abhielten und dem Wirt zwar kein Geld, aber doch ihre Reste überließen.

Als Froelich die Wand des Schuppens erreicht hatte und den Blick wieder hob, war es schon zu spät, um noch rechtzeitig zurück über die Enz zu verschwinden. Am nächsten Gebäude öffnete sich eine Tür, und im Licht, das aus dem Inneren drang, tauchte eine Silhouette auf, die durchaus zu Manfred Schieber passen konnte.

Der Mann sah sich kurz um, Froelich drückte sich noch etwas tiefer in den schwarzen Schatten des Schuppens. Als der Mann in Froelichs Richtung sah, fiel genug Licht auf sein Profil, dass Manfred Schieber deutlich zu erkennen war. Froelich hielt die Luft an, aber Schieber hatte ihn offenbar nicht bemerkt.

Sorgfältig schloss Schieber die Tür hinter sich und ging die paar Schritte zum Enzufer hin. Er nestelte an seiner

Hose herum, kurz darauf war ein plätscherndes Geräusch zu hören.

Froelich verstand zwar nicht, warum Schieber hinter seinen Gasthof in die Enz pinkelte, wo er doch in den Gebäuden sicherlich eine ganze Reihe von Toiletten zur Verfügung hatte – trotzdem war er dankbar für die Chance, Schiebers Pinkelpause zu nutzen, um eine Ecke weiter und damit aus dem Blickfeld Schiebers zu huschen. Der Weg über die Enzbrücke zu seinem Roller war ihm leider verwehrt: Schieber konnte von seinem Platz aus den ganzen Hof, die Brücke und sogar das kleine Stück bis hin zum Enzradweg einsehen.

Das plätschernde Geräusch endete, und Schieber drehte sich kurz danach wieder um. Erneut musterte er seine Umgebung, als befürchte er, beobachtet zu werden. Doch Froelich stand nun gut versteckt hinter dem Schuppen und lugte aus sicherer Deckung zu Schieber hinüber.

Schieber wischte sich die Hände an der Hose ab und ging zurück zu dem Gebäude, aus dem er gekommen war. Er ließ die Tür hinter sich ins Schloss fallen. Kurz darauf wurde ein Rollladen hochgezogen, und aus dem Fenster neben der Tür erhellte nun ein kräftiger Lichtschein einen breiten Streifen des Hofs bis zum Enzufer hinüber.

Kurz zeichnete sich noch Schiebers Schatten auf der erleuchteten Fläche ab, dann wurde das Licht ausgeschaltet und das Schlagen einer weiteren Tür deutete darauf hin, dass Schieber weiter ins Haus hineingegangen war. Danach lag der »Enztaler Hof« wieder still in der Dunkelheit.

Froelich lauschte noch eine Zeitlang und behielt den Hof und die Außenmauern im Auge, so gut er das von seinem Versteck aus konnte. Dann wagte er sich Schritt für Schritt vor und schlich am Schuppen entlang zu dem anderen Gebäude hin, bis er schließlich vor dem Fenster stand.

Die Scheiben waren nicht allzu sauber geputzt, aber aus den Konturen, die sich im Inneren des Zimmers allmählich aus der Dunkelheit schälten, schloss Froelich, dass es sich um einen Lagerraum handelte. Regale waren zu erahnen, einige Kisten schienen nahe des Fensters gestapelt zu sein, und drei grüne Digitalanzeigen leuchteten im Dunkel. Zwei befanden sich etwa in Augenhöhe, eine schien die Uhrzeit, die andere eine Temperatur anzuzeigen. Die dritte Zahl verströmte ihr kaltes Grün von etwas weiter unten – vermutlich eine Kühltruhe, ging es Froelich durch den Kopf.

Ein leises Knacken ließ Froelich aufschrecken. Er sah sich um, aber nirgendwo war Licht zu sehen. Das nächste Geräusch war leichter zu lokalisieren: Im ersten Stock wurde eine Tür geöffnet. Froelich konnte sehen, wie Manfred Schieber auf einen Balkon heraustrat, der ihm einen guten Blick über den Hof bot.

So leise, wie es eben ging, huschte Froelich wieder auf den Schuppen zu, hinter dessen Ecke er sich vorhin versteckt hatte. Dann wurde ihm klar, dass er dazu ein kurzes Stück genau durch Schiebers Blickfeld schleichen musste – also drückte er sich genau unter dem Balkon an die Mauer, so gut es ging.

Schwer atmend wartete Froelich und horchte. Erst war nichts zu hören, dann ploppte ein Bügelverschluss auf und es klang, als nehme Schieber einen großen Schluck aus einer Bierflasche.

So früh morgens? Oder war es für den Wirt nun eher spät nachts?

Ein leises Kratzen oder Zischen war zu hören, dann kurz nichts, dann fiel Froelich ein abgebranntes Streichholz direkt vor die Füße.

»Zum Glück war er schon pinkeln …«, ging es Froelich durch den Kopf, als ihn Schiebers Stimme aufschreckte. Doch der Wirt rief nicht zu Froelich hinunter, er schien mit sich selbst zu reden, und Froelich konnte so gut wie nichts verstehen.

Immer wieder hielt Froelich den Atem an und lauschte, aber Schiebers Gemurmel war zu leise. Ab und zu schnappte er einen gepressten Fluch auf, ein Schimpfwort, und einmal glaubte er auch die Namen Susanne und Päble zu verstehen –

offensichtlich litt Schieber wie ein Hund unter dem Verhältnis zwischen seiner Frau und seinem Konkurrenten.

Froelich stand lange im Dunkeln, und allmählich verlor er jedes Zeitgefühl. Das Stehen selbst war er von seinem Beruf her gewöhnt, aber die andauernde Angst, doch noch entdeckt zu werden, setzte ihm ordentlich zu.

Oben murmelte sich Schieber zunehmend in Rage. Er wurde nun etwas lauter, und Froelich konnte die Tiraden auf seine untreue Ehefrau und ihren hinterhältigen Liebhaber nun schon recht gut verstehen.

Vielleicht war es ganz gut, dachte Froelich, dass Susanne Schieber in Kur gefahren war – hier hätten sie ohnehin nur Vorwürfe und Streitereien erwartet.

Vor Froelichs Füßen landete eine Zigarettenkippe, und ein paar Meter weit entfernt schlug eine leere Bierflasche mit schepperndem Verschlussbügel auf dem Boden auf. Offenbar waren keine Fremden nötig, um den Platz hinter dem »Enztaler Hof« mit Flaschen zu übersäen.

Dann waren von oben Schritte zu hören, und die Balkontür wurde mit einem kräftigen Rums geschlossen.

Froelich blieb noch eine Weile reglos stehen, dann schlich er an der Wand entlang und sah immer wieder prüfend hinauf zum Balkon und den benachbarten Fenstern. Es bewegte sich nichts, und es war nichts zu hören. Schieber schien endlich ins Bett gegangen zu sein.

Froelich musterte noch einmal das Gebäude und den Hof, dann nahm er allen Mut zusammen, verließ seine Deckung und eilte über die Brücke hinüber zu seinem Elektroroller.

Im ersten Stock des »Enztaler Hofs« lag Manfred Schieber quer in seinem Ehebett, ließ seinen Tränen freien Lauf und wischte immer wieder mit der flachen Hand über ein verglastes Foto, das ihn und seine Frau am Hochzeitstag zeigte.

Montag, 4. Oktober

Am Montag blieb Froelich lange liegen.

Inge war wegen einer Reportage kurz nach sieben mit dem Auto losgefahren. Froelich hatte ihr nach seinem Ausflug am frühen Morgen einen Zettel mit einem kleinen gezeichneten Herz auf den Küchentisch gelegt und war wieder ins Bett gekrochen, bevor ihr Wecker klingelte. Inge hatte zu seinem Herzchen noch ein zweites gemalt.

Die Türklingel und das Telefon des Instituts blieben erfreulicherweise stumm. Und die Leiche, die er bis zur Beerdigung am Mittwoch noch herrichten musste, lag gut gekühlt im Untergeschoss.

Gegen zehn erwachte Froelich vom Geräusch einer schlagenden Autotür, dann hörte er einen Transporter durch die Kirchstraße davonrumpeln.

Er zog sich den Morgenmantel über, tappte in die Küche und quittierte, während schon die Kaffeemaschine mahlte und brühte, Inges Herzchen mit einem Lächeln.

Die Tageszeitung lag neben dem Zettel, als Aufmacher waren auf der ersten Seite ein Foto der »MS Anna Schäufele« zu sehen und die Gäste, wie sie zwischen einem Spalier aus Polizisten und Rotkreuz-Helfern von Bord gingen.

Die zweite Tasse Milchkaffee hatte Froelich gerade zur Hälfte getrunken, als es an der Tür klingelte. Froelich tappte zur Sprechanlage und drückte den Türöffner. Als ihm einfiel, dass er noch im Morgenmantel war und dass er vielleicht hätte fragen sollen, wer draußen stand, war es schon zu spät.

»Ja?«, rief er das Treppenhaus hinunter.

»Herr Froelich?«, kam die Gegenfrage. Ein Mann Mitte vierzig stand unten, von oben konnte Froelich deutlich sehen, wie einzelne Flecken der hellen Kopfhaut zwischen dem vollen Haar durchschimmerten.

»Kortz, Landeskriminalamt«, rief der Mann noch hinterher und sah zu Froelich herauf. »Ich hätte ein paar Fragen an Sie.«

»Natürlich, kommen Sie doch rauf.«

Nun war es ohnehin zu spät, sich erst noch anzuziehen, da konnte der Polizist ebenso gut mit ihm am Küchentisch sitzen.

»Auch noch einen Kaffee?«, fragte Froelich, als Kortz ihm gegenüber Platz genommen hatte.

Kortz sah kurz zur Kaffeemaschine hinüber, dann glitt ein Lächeln über sein Gesicht: »Ja, gerne.«

Als Froelich mit einer vollen Tasse zurückkam, lag auf dem Tisch ein Kripoausweis. »Hans-Dieter Kortz« stand darauf, ein unvorteilhaftes Foto des LKA-Beamten war ebenfalls zu sehen. Froelich stellte die Tasse vor Kortz auf den Tisch und schob ihm auch den Ausweis wieder hin.

»Es geht um die Sache mit dem Neckarschiff, nehme ich an?«, fragte Froelich schließlich, während Kortz vorsichtig an dem heißen Kaffee nippte.

»Ja«, nickte er zu der aufgeschlagenen Tageszeitung hin. »Das ist ja derzeit überall das große Thema.«

»Kein Wunder«, sagte Froelich. »Hätte böse enden können.«

Kortz stellte die Tasse ab.

»Stimmt. Und nun wollen wir denjenigen finden, der das alles zu verantworten hat.«

»Ich war's nicht«, sagte Froelich, grinste und hob abwehrend die Hände.

»Das wäre mir recht«, sagte Kortz und lächelte ihn freundlich an. »Sie kennen einen meiner früheren Kollegen, er schwärmte in den höchsten Tönen von Ihnen. Als Keyboarder müssen Sie echt eine Wucht sein.«

Froelich sah Kortz fragend an.

»Zu meiner Zeit bei der Kripo in Waiblingen hatte ich ein paar Mal mit Alexander Maigerle zu tun, der damals noch in Schorndorf im Polizeirevier arbeitete und inzwischen selbst Kripokommissar ist. Mit ihm haben Sie wohl mal in Weil der Stadt zusammen gespielt.«

»Ja, das stimmt. Und wieso haben Sie sich mit Alex über mich unterhalten?«

»Wir hatten Stammtisch, da bin ich nach langer Zeit mal wieder hin, um die alten Kollegen zu treffen. Und als wir über diesen und jenen Fall aus der jüngsten Zeit geplaudert haben, kam er auch auf einen Bestatter aus Weil der Stadt zu sprechen, mit dem er sich mittlerweile angefreundet habe. Den Namen Froelich habe ich mir gemerkt, weil ich die Kombination mit Ihrem Beruf so witzig fand – entschuldigen Sie bitte, war nicht böse gemeint ...«

»Schon okay«, beruhigte ihn Froelich. »Da ist ja auch was dran.«

»Und als ich in meinen Unterlagen für den neuen Fall ebenfalls einen Bestatter dieses Namens entdeckte, habe ich Alexander kurz angerufen. Er hat mir dann bestätigt, dass Sie mittlerweile hier in Besigheim tätig sind.«

»Tja, so klein ist die Welt.«

»Manchmal schon. Außerdem sind Sie, wenn ich das mal ganz offen sagen darf, ohnehin nicht besonders verdächtig als Bombenleger.«

»So? Warum denn?«

»Die zweite Bombe war ganz hinten im Maschinenraum angebracht. Ich will Ihnen nicht zu nahetreten, aber da hinein hätten Sie es durch die schmalen Gänge zwischen der ganzen Technik nicht ohne Weiteres geschafft.«

»Da sehen Sie mal, wozu mein Bauch gut ist«, lachte Froelich. »Das muss ich unbedingt meiner Freundin erzählen – die will immer, dass ich abnehme.«

Kortz grinste, dann wurde er wieder ernst, legte einen Block vor sich auf den Tisch und nahm einen Stift in die Hand.

»Sie hatten sich an Bord zusammen mit dem Vereinsvorsitzenden und dem Kapitän umgehört, wer als Bombenleger in Frage kommen könnte – und eventuell auch als Mörder von Herrn Neuneck.«

»Meine Freundin Inge Coordes hat sich auch beteiligt, sie ist Journalistin.«

»Kann ich mit ihr dann auch noch sprechen?«

»Natürlich, nur im Moment ist sie nicht da. Ich vermute, Sie wird heute erst sehr spät am Abend zurückkommen. Wollen Sie sie auf dem Handy anrufen?«

»Zumindest könnte ich dann schon einen Termin mit ihr verabreden.«

Froelich stand auf, um Inges Handynummer für den Kommissar auf einem Zettel zu notieren – da sah er das Handy auf dem Telefontisch liegen.

»Da haben Sie leider Pech. Sie hat ihr Handy vergessen«, sagte Froelich und setzte sich wieder zu Kortz an den Tisch.

»Macht nichts«, sagte Kortz. »Ich habe ohnehin noch viele andere Leute zu befragen – das Neckarschiff war ja rammelvoll, und irgendwie ist jeder ein Verdächtiger oder mindestens ein Zeuge.« Er schob Froelich eine Visitenkarte hin. »Hinten steht meine Handynummer drauf, da bin ich auch später am Abend noch zu erreichen.«

»Wahrscheinlich wird sie Sie eher morgen im Lauf des Tages anrufen.«

»Mir wäre heute eigentlich lieber, schließlich suchen wir noch einen Mörder – nicht, dass uns der oder die noch durch die Lappen geht.«

Froelich nickte.

»Oder womöglich noch mehr Blödsinn anstellt«, fügte Kortz nach einer kurzen Pause hinzu.

Froelich zuckte zusammen. An diese Möglichkeit hatte er noch gar nicht gedacht.

»Glauben Sie, dass da wirklich noch Gefahr besteht? Dass da einer eine Serie von Morden an Gastronomiekritikern beginnt?«

»Ja, das ist grundsätzlich natürlich immer möglich«, sagte Kortz. »Falls Herr Neuneck überhaupt gemeint war. Mir kommt es komisch vor, mit einem vergifteten Dessert eine ganz bestimmte Person töten zu wollen.«

»War es also tatsächlich das Dessert? Diese Mandelbutter?«

»Ja«, nickte Kortz. »Da war Blausäure drin – recht geschickt eigentlich, so konnte Herrn Neuneck der Bittermandelgeruch nicht verdächtig vorkommen.«

»Einem Gourmetkritiker? Muss der nicht eine feine Nase haben und so etwas bemerken?«

»Gerochen hat er es wahrscheinlich, aber vielleicht glaubte er, dass da der Urheber der Mandelbutter etwas geschlampt hat.«

»Und dann wollte er ihn dafür in die Pfanne hauen«, sagte Froelich. »Das würde zu Olivo passen.«

»Olivo?«

»So nannte sich Neuneck für seine Kritiken. Ein Künstlername, sozusagen.«

»Aha«, sagte Kortz und machte sich Notizen. »So wie Sie den Mann beschreiben, dürfte er ja nicht sehr beliebt gewesen sein. Unser Labor hat das Gift in der Mandelbutter gefunden, und der Pathologe konnte feststellen, dass der Tote davon gegessen hatte. Trotzdem …«

»Ja?«

»Wie konnte der Mörder davon ausgehen, dass ausgerechnet Walther Neuneck von der Mandelbutter nehmen würde – und nur er?«

»Roland Butterweck, der während des ›Schwimmenden Büfetts‹ neben mir saß, erzählte mir, dass Neuneck geradezu dafür berühmt war, immer als Erster am Büfett zu sein.«

»Das könnte der Mörder also ebenfalls gewusst haben. Und vielleicht war es ihm egal, ob noch jemand anderes ebenfalls von der vergifteten Butter nahm.« Kortz trank einen Schluck Kaffee. »Ja, das wäre eine Möglichkeit.«

* * *

Unterwegs wollte Inge kurz daheim anrufen. Das Interview, das sie bis vor wenigen Minuten geführt hatte, war schlecht gelaufen, und um wieder Mut für den Rest des Tages zu schöpfen, wollte sie Froelichs Stimme hören.

Sie beugte sich während der Fahrt nach rechts, um das Handy aus ihrer Handtasche zu kramen, doch das Telefon war nicht zu finden.

Als sie sich wieder aufrichtete, war sie mit dem Wagen schon ein Stück auf die Mittellinie zugesteuert – zum Glück kam kein Gegenverkehr. Dann huschte plötzlich ein dunkler Schatten ziemlich dicht über ihrer Windschutzscheibe vorüber und Inge erschrak.

Sie bremste ab und brachte den Wagen am Straßenrand zum Stehen. Sie stieg aus und sah auf ihrem Weg zurück, ob sie womöglich ein Tier überfahren hatte. Aber nichts lag auf der Straße. Sie sah nach oben: Ein Stück entfernt saß ein Habicht in den Ästen und musterte die neben ihrem Auto stehende Frau, bevor er sich mit den Beinen abstieß und majestätisch nach oben davonflog.

* * *

Nach der zweiten Tasse Kaffee hatte Froelich dem LKA-Ermittler von allen Eindrücken erzählt, die er auf der »Anna Schäufele« gesammelt hatte.

»Na, prima«, stöhnte Kortz und klappte sein Notizbuch zu. »Da geht uns die Arbeit ja nicht so schnell aus.«

»Aber müssten Sie nicht einfach nur Fingerabdrücke und DNA-Spuren an der Bombe und vielleicht an der Mandelbutter oder dem Teller, auf dem sie angerichtet war, mit den Proben abgleichen, die Sie von allen Besuchern des ›Schwimmenden Büfetts‹ nahmen?«

»Das machen wir natürlich, aber nicht immer taugt das auch als Beweis. An den beiden Sprengsätzen waren keine Fingerabdrücke zu finden – der Unbekannte hat also Handschuhe getragen. So blöd ist längst niemand mehr, da einfach mit bloßen Händen hinzufassen. Und mit den DNA-Proben ist das so eine Sache: Der Teller muss ja auch von jemandem auf seinen Platz im Büfett gestellt worden sein – das allein ist natürlich keine Straftat. Und selbst in der Butter können sich Spuren von

Menschen finden, die nichts mit der Herstellung zu tun hatten. Da gehen wir eher anders herum vor: Von wem keine Spuren zu finden sind, der ist eher fürs Erste aus dem Rennen.«

»Klingt ganz so, als müssten Sie den Fall auf die altmodische Art lösen.«

»Ja, da heißt es: Fragen, fragen, fragen – und dann aus dem ganzen Wust an Informationen die wichtigen herauspicken, und am Ende auch noch die richtigen Schlüsse ziehen.«

»Halten Sie denn jemanden für besonders verdächtig?«

Kortz lächelte Froelich kurz melancholisch an.

»Selbst wenn: Das dürfte ich Ihnen nicht sagen.«

»Schade. Wenn man das auf dem Schiff miterlebt hat, lässt es einen nicht mehr los. Da würde man am liebsten mitermitteln.«

»Und genau das geht nicht. Das ist mein Job und der meiner Kollegen.«

»Weiß ich, weiß ich«, sagte Froelich. »Trotzdem werde ich manche Leute in der Stadt treffen, da werden wir natürlich auch über den Zwischenfall auf der ›Anna Schäufele‹ reden. Und ...«

»Und da werden Sie dem einen oder anderen auch mal eine Frage stellen«, ergänzte Kortz grinsend. »Dagegen habe ich nichts – und manchmal sagen die Leute Ihnen im privaten Gespräch mehr als uns, wenn wir sie offiziell befragen. Sie können mich ja auf dem Laufenden halten.« Er nickte zu der Visitenkarte hin, die noch vor Froelich auf dem Tisch lag.

»Mach' ich.«

»Aber nicht, dass mir Klagen kommen über einen verdeckten Ermittler, der als Bestatter auftritt, ja?«

Froelich lachte und begleitete Kortz aus der Küche.

»Wie geht's Herrn Schieber eigentlich?«

Kortz drehte sich in der Haustür um und sah Froelich forschend an.

»Warum fragen Sie?«

»Ach ... Wenn ich mir überlege, dass er geschäftlich so große Probleme hat, dass er in seinem Verein abgesägt wurde, dass seine Frau ihn betrogen hat ... Der muss doch regelrecht Angst haben vor dem Tag, wenn seine Frau von der Kur zurückkommt.«

»Kur? Wieso Kur?«

»Na, Frau Schieber ist derzeit doch in Kur«, sagte Froelich und musterte Kortz. Der ärgerte sich offenbar, nun doch mehr verraten zu haben als er wollte.

»Jetzt sagen Sie schon«, drängte Froelich nach einer kurzen Pause. »Ich werde es ohnehin erfahren, das macht im Städtle sicher die Runde unter den ganzen Tratschtanten.«

Kortz schien mit sich zu ringen, dann gab er sich einen Ruck.

»Frau Schieber ist nicht in Kur. Ist sie nie gewesen. Vermutlich hat sie ihren Mann einfach sitzen lassen – Sie müssen sich also keine Sorgen um ihn machen: Manfred Schieber muss wohl nicht damit rechnen, dass seine Frau zurück nach Besigheim kommt und er sich mit ihr in die Haare kriegt.«

* * *

Draußen war es längst tiefe Nacht, und weder auf dem Wengert noch in den Schuppen gab es noch etwas für Karl Müller zu tun. Seine Frau Claudia war schon nach oben gegangen, und er schlug unten noch ein wenig Zeit vor dem Fernseher tot.

Manchmal, so wie heute, wartete er gerne, bis Claudia schon eingeschlafen war. Nach einem harten Arbeitstag an der frischen Luft war es ihm nicht immer nach derselben Sache zumute wie seiner Frau, die scheinbar über unbegrenzte Energien verfügte.

Gegen elf schaltete er das Gerät aus und ging noch einmal ins Büro hinüber. In der Tür horchte er noch kurz. Von oben war Claudias leises Schnarchen zu hören. Dann trat er an den Schrank mit den aktuellen Unterlagen und zog einen Ordner heraus, der in den vergangenen Monaten immer dicker geworden war.

Er blätterte ihn auf und sah noch einmal die Mahnungen und unbezahlten Rechnungen durch. In Gedanken summierte er die Beträge der ersten paar Seiten, dann stellte er den Ordner wieder in den Schrank, schenkte sich in der Küche einen Trollinger ein und raufte sich verzweifelt die Haare.

Wann würde ihm Claudia endlich ins Gesicht sagen, wie schlimm es wirklich um ihren Betrieb stand?

Dienstag, 5. Oktober

Am Morgen erwachte Gottfried Froelich völlig gerädert. Er war ein paar Mal in der Nacht aufgewacht und hatte jedes Mal Mühe, wieder einzuschlafen. Als er im Morgengrauen aus einem grausigen Traum erwachte, in dem die explodierende »MS Anna Schäufele« alle Passagiere in den Tod gerissen hatte, gab er auf.

Auf dem Weg in die Küche fiel ihm wieder ein, was ihm der Kommissar vom Landeskriminalamt gestern erzählt hatte: dass Susanne Schieber nirgendwo in Kur war. Wo steckte sie dann?

Nach zwei Tassen Kaffee war Froelich wieder halbwegs auf dem Damm. Inge setzte sich zu ihm und schüttete sich etwas Müsli in ihre Lieblingsschüssel. Stumm saßen sie nebeneinander, aßen und tranken. Nach einer Weile legte Inge ihre Hand auf die von Froelich, er sah auf und lächelte sie an.

Inge lächelte zurück, nahm ihre Hand weg und schob sich einen vollen Löffel Müsli in den Mund.

»Ich bin echt froh, dass wir uns so gut verstehen«, sagte Froelich.

»Ich auch«, brachte Inge zwischen zwei Bissen hervor, sah ihn dabei aber fragend an.

»Mir geht gerade Manfred Schieber durch den Kopf. Gestern war ein Kommissar vom Landeskriminalamt da. Er hat erfahren, dass Schiebers Frau nicht in Kur ist, wie wir bisher gedacht hatten.«

»Aha?«

Inge war gestern so spät abends nach Hause gekommen, dass sie sich nur noch erschlagen ins Bett hatte fallen lassen. Froelich war auf dem Sofa davon aufgewacht, dass sie ihm einen Kuss auf die Wange gab. Aber als er vor dem Fernseher endlich wieder ganz zu sich gekommen war, lag Inge schon im Bett und schlief.

Froelich griff zur Küchenzeile hinüber, nahm die Visitenkarte von Kortz und schob sie Inge hin.

»Du sollst ihn möglichst bald anrufen. Er will von dir hören, was du auf dem Schiff so alles erfahren hast.«

»Mach ich, gleich nach dem Frühstück.«

»Dieser Kommissar Kortz hat auch mit Schieber gesprochen, und der hat zugegeben, dass seine Ehe im Eimer ist.«

»Das haben wir doch schon auf dem Schiff gehört.«

»Ja, schon – aber wenn seine Frau nicht in Kur ist, ist sie vermutlich abgehauen. Jedenfalls scheint er selbst keine Ahnung zu haben, wo sie steckt.«

»Aber hat Susanne Schieber nicht ein Verhältnis mit Päble, dem Konkurrenten ihres Mannes?«

Froelich nickte und wurde noch nachdenklicher als er ohnehin schon war.

»Müsste dann Päble nicht wissen, wo sein Schätzle steckt?«, sprach Inge die Frage aus, die Froelich auch schon beschäftigt hatte.

»Müsste er eigentlich«, pflichtete Froelich ihr bei.

»Frag ihn doch einfach.«

* * *

Bevor Froelich den Kühlraum betrat, zog er die Strickjacke noch ein wenig weiter zu. Dann atmete er noch einmal tief durch und blinzelte in dem grellen Neonlicht, das der Bewegungsmelder gerade aufleuchten ließ.

Der Tote lag in der Mitte des Kühlraums, und Froelich hatte zu dem, was er nun zu tun hatte, noch weniger Lust als ohnehin schon. Müller Hermann Läutmann war mit dem rechten Arm in sein Mahlwerk geraten, und bis sein Geselle die Maschine hatte stoppen können, hatte es den armen Mann schon bis zu den Schultern hineingezogen.

Entsprechend viel Arbeit bedeutete es für Froelich, die Reste von Läutmanns rechter Gesichtshälfte halbwegs wieder herzurichten. Frau Läutmann hatte sich trotz Froelichs intensivem Zureden nicht davon abbringen lassen, ihren toten Mann vor der Beerdigung für alle sichtbar aufzubahren. Vielleicht stand sie ja noch unter Schock, als sie dem Bestatter gegenüber so stur blieb – aber Auftrag war Auftrag, also machte sich Froelich an die Arbeit.

»Mei Ma wird uffbahrt, ond fertig! Was sollat sonscht die Leit denka? I will des so, ond mei Hermann hätt's au so wella!«, hatte sie gesagt und war dann stocksteif aus dem Institut gestöckelt. Sie war dünn und groß, hatte einen erbitterten Zug um den Mund und blickte ziemlich streng aus blassblauen Augen. Ein wenig erinnerte sie Froelich an Dorothea, eine seiner Freundinnen aus seiner Weil der Städter Zeit, die er im vergangenen Jahr in Merklingen während seines Kochkurses kennengelernt hatte.

Froelich trat an den Leichnam Läutmanns heran und besah sich das Elend. Der Geselle des Toten hatte noch ein Porträtfoto seines verunglückten Chefs vorbeigebracht. »Die Chefin schickt mich«, hatte er gemurmelt und war dann so schnell wie möglich wieder aus dem Institut verschwunden.

Froelich holte einen Notenständer aus der Ecke, die er sich im Kühlraum für seine kleinen Privatkonzerte zwischendurch eingerichtet hatte. Darauf klemmte er Läutmanns Foto fest, dann holte er sich sein Werkzeug, zog den Schurz über und machte sich an den sterblichen Überresten seines aktuellen Kunden zu schaffen.

Nach einer Weile ließ er eine CD in den Player gleiten, der ebenfalls in der Musikecke aufgestellt war, und drehte die Lautstärke nach oben. »I'm longing for your smile«, sang eine raue Frauenstimme zu bluesiger Begleitung, und Froelich ging zurück an seine Arbeit. Tatsächlich war Läutmanns rechter Mundwinkel ein ernsthaftes Problem, und ein Lächeln würde er ihm nicht mehr auf die Lippen zaubern können. Aber Froelich war erfahren genug, um ihn mit einigen Kniffen wieder halbwegs lebensecht aussehen zu lassen.

Nach einer Stunde hatte Froelich fürs Erste genug. Er brauchte eine Pause. Die CD war ohnehin zu Ende. Er nahm den Schurz ab, wusch sich die Hände, schaltete alle Geräte aus und verließ den Kühlraum.

Im Wandspiegel neben dem Hinterausgang prüfte er noch kurz, ob seine Kleidung womöglich noch Spuren von Läutmann aufwies – zum Glück war aber alles sauber wie gewohnt.

Er trat hinaus in den Sonnenschein. Es war ein schöner Oktoberanfang, aber die Sonne brachte nicht mehr viel Wärme zustande – immerhin hob sich Froelichs Laune durch das sonnige Wetter merklich.

Vor der Alten Kelter stritten sich zwei Autofahrer um einen freien Parkplatz, und auf der Hauptstraße herrschte reger Verkehr. Froelich schlenderte am Eiscafé vorüber und genoss die vormittägliche Stimmung, eine Mischung aus Entspannung und Geschäftigkeit. Hier und da standen junge Mütter und ältere Männer vor Schaufenstern und hatten ganz offensichtlich keine Eile – während Paketfahrer und Vertreter mehr oder weniger schwer beladen in die Geschäfte eilten und kurz darauf wieder herauskamen.

Froelich atmete tief ein, und obwohl die Luft direkt an der Straße nicht besonders frisch roch, machte sich eine Spur Urlaubsgefühl in ihm breit. Vor dem kleinen Ristorante überquerte er die Hauptstraße und ging in die Metzgerei.

»Grüß Gott miteinander«, sagte er und stellte sich an.

Ein hagerer weißhaariger, sehr alt wirkender Herr und eine dickliche Frau Ende vierzig stand vor der Verkaufstheke. Die Frau wurde gerade bedient, der Mann sah zu Froelich hin und schien ein wenig zu erschrecken.

Froelich wartete geduldig, bis die Frau sich von mehreren Wurstsorten jeweils kleine Mengen hatte aufschneiden lassen, und er überlegte, woher der Mann ihn wohl kannte. Daran, dass manche ältere Leute ein Zusammentreffen mit ihm eher unangenehm fanden, hatte er sich schon gewöhnt – aber dann musste der Mann ja auch wissen, dass er Bestatter war.

Es fiel ihm erst wieder ein, als die Frau, die er gar nicht weiter beachtete, gezahlt hatte und der Mann mit krächzender, etwas zittriger Stimme seine Bestellung begann. Es war Friedrich Niethländer, ein ehemaliger Musikprofessor, der rund um Besigheim einige Chöre dirigierte und immer wieder pathetische Lieder auf sein heimatliches Neckartal komponierte. Im Frühjahr war seine Urenkelin gestorben, ein Reitunfall, und der alte Mann hatte Froelich nach der Beerdigung des jungen Mädchens lange in den Ohren gelegen, dass er doch eigentlich vor dem Mädchen hätte sterben sollen. Vielleicht hing er inzwischen doch wieder am Leben und der Anblick Froelichs hatte ihn an sein damaliges Lamento erinnert.

»Und noch ein Stück von dem Schwartenmagen, bitte«, sagte Niethländer gerade, als Froelich bemerkte, dass die Frau den Laden noch nicht verlassen hatte.

»Tag, Herr Froelich«, sagte sie zu ihm und strahlte ihn an.

»Ah, Frau Tirpic, Sie sind das«, sagte Froelich, der sie wegen seiner Konzentration auf Niethländer bisher noch nicht erkannt hatte. Frau Tirpic putzte zweimal die Woche in Froelichs Institut, in der Regel montags und donnerstags – und gestern hatte er ihr auch ausführlich von seinem Erlebnis auf der »MS Anna Schäufele« berichten müssen.

Sie war schon einige Jahre im Institut in Besigheim beschäftigt und machte ihre Sache gut. Außerdem schien sie ein Gemüt wie ein Ackergaul zu haben, denn als Froelich kurz nach seinem Wechsel von Weil der Stadt hierher einen seiner berüchtigten Scherze mit ihr versuchte, reagierte sie nicht nur unerschrocken, sondern angenehm schlagfertig:

Sie nahm den batteriebetriebenen Kuschelhasen, der bis dahin in einem der Särge im Ausstellungsraum seltsame Geräusche gemacht hatte, vorsichtig aus dem Holzbehälter und rief zu Froelichs Büro hinüber: »Soll ich unseren kleinen Kunden hier auch noch etwas abstauben?«

Seither neckten sich der Bestatter und seine Putzfrau immer wieder – Froelich genoss es, dass ihm endlich jemand seine Späße nicht übelnahm, sondern sich gekonnt revanchierte. Erst in der vergangenen Woche hatte sie ein paar dünne, trockene Zweige unter die Fußmatte zum Kühlraum gelegt – das Geräusch der brechenden Hölzchen wirkte etwas makaber, vor allem, da im Kühlraum selbst gerade der knochige Leichnam des früheren Stadtboten Kemmerich lag.

Froelich gefiel so etwas, zumal ihm der Job des Bestatters nach wie vor herzlich zum Hals heraushing – vor allem die Leichenbittermiene, die ihm die Gespräche mit den Hinterbliebenen meistens abverlangten, nervte ihn zusehends.

»Sagen Sie mal, Herr Froelich«, fuhr Frau Tirpic fort, und Froelich fiel die einzige schlechte Eigenschaft ein, die ihm bisher an seiner Putzfrau aufgefallen war: ihre übergroße Neugierde. »Kriegen Sie den toten Müller denn wieder hin?«

Vorne an der Theke wartete die Verkäuferin auf den nächsten Wunsch von Herrn Niethländer, aber der war nach Frau Tirpics Frage verstummt und stand etwas erstarrt.

»Natürlich, Frau Tirpic, aber ich finde, das ist nicht das richtige Thema hier für die Metzgerei, oder?«

»Doch, gerade«, kicherte Frau Tirpic und zwinkerte ihm kurz zu.

Niethländer versteifte sich noch einmal, dann riss er sich zusammen und bestellte noch drei Scheiben gekochten Schinken.

»Aber heute würde ich Sie gerne etwas fragen, Frau Tirpic.«

»Ja?«

»Sie kennen doch Manfred Schieber.«

»Den Wirt vom ›Enztaler Hof‹? Natürlich. Dort habe ich auch mal eine Zeitlang geputzt, aber dann begann er mit dem Geld herumzuzicken, und dann habe ich dort gekündigt. Putzen für einen Hungerlohn habe ich nicht nötig.«

Das wusste Froelich. Frau Tirpic kam immer mit einer dicken Limousine zu Froelichs Institut, obwohl sie nur zehn Minuten zu Fuß von der Kirchstraße entfernt wohnte.

»Seine Frau Susanne ist angeblich auf Kur«, fuhr Froelich fort – er wollte etwas von ihr wissen, ohne ihr gleich neues Futter für ihre Plappertouren kreuz und quer durch die Stadt zu liefern.

»Ha, Kur!«

»Wieso?«

»Die ist ihrem Manfred davongelaufen, das ist doch klar wie Kloßbrühe!«

»Ach ja? Und wissen Sie auch, wohin?«

»Nein, das weiß ich nicht«, gab Frau Tirpic zu, und ein Schatten huschte über ihr Gesicht – es schien ihr nicht zu gefallen, dass sie noch ungeklärte Details eingestehen musste.

»Und warum ist sie weggelaufen? War die Ehe denn nicht mehr in Ordnung?«, fragte Froelich gespielt ahnungslos.

»Nein, schon lange nicht mehr. Die hatte ständig was mit anderen Männern. Und sie war deshalb in Besigheim auch nicht sehr beliebt – zumindest bei den Frauen nicht.«

Frau Tirpic sah mit Verschwörermiene drein, machte dann aber Froelich mit einem knappen Nicken darauf aufmerksam, dass die Verkäuferin Herrn Niethländer abkassiert hatte und nun auf Froelichs Bestellung wartete. Die Tür ging auf, zwei junge Frauen kamen plaudernd herein und sahen sich etwas irritiert in dem gut gefüllten Verkaufsraum um.

»Ade miteinander«, rief Niethländer und ging mit bedauernder Miene aus dem Laden. Er hätte wohl gerne noch ein wenig gelauscht.

»Ich warte draußen auf Sie«, sagte Frau Tirpic und verließ den Laden ebenfalls.

Froelich trat an die Theke und ließ seinen Blick ein paar Mal über die Auslage schweifen. Er war nicht richtig bei der Sache, und über dem begonnenen Gespräch mit Frau Tirpic hatte er ganz vergessen, worauf er Appetit hatte.

»Vielleicht ein Mettbrötchen?« assistierte die Verkäuferin, die Froelichs Vorliebe für ein kleines Vesper zwischendurch längst kannte. »Oder ein paar Weißwürstle, frisch aus dem Sud – und Sie wissen ja …«

»Ich weiß: Ihr Chef ist Europameister. Nein, danke, heute keine Weißwürste. Da gehört Weizenbier dazu, und dafür ist es mir im Moment noch zu früh.«

»Hm«, machte die Verkäuferin und ließ ihren Blick über die Auslage schweifen. »Ah, ich hab's: Tatar? Ich habe das Hackfleisch eben erst frisch angemacht.«

»Nein, bitte kein Hackfleisch«, entfuhr es Froelich. »Das hatte ich heute schon zur Genüge.«

Die Verkäuferin sah ihn fragend an. Vermutlich verdächtigte sie ihn, Wurst und Fleisch noch anderswo einzukaufen, was nicht stimmte. Aber Froelich hatte keine Lust, seine Bemerkung zu erklären.

Er ließ sich ein dick belegtes Leberkäsweckle richten und stapfte kauend aus dem Laden. Draußen stand, ein paar Meter vom Eingang zur Metzgerei entfernt, tatsächlich Frau Tirpic und wartete auf ihn. Froelich wickelte sein Brötchen wieder in die Warmhaltefolie.

»Sie haben erzählt, dass Frau Schieber … gelegentlich Affären hatte. Mit wem denn, zum Beispiel?«

»Soll ich nicht lieber die drei Männer in Besigheim nennen, mit denen sie noch nichts hatte?«, fragte Frau Tirpic zurück und lachte kehlig. »Nein, war nur Spaß! Aber sie hat wirklich mit mehreren Männern rumgemacht, und sie ist auch immer wieder dabei erwischt worden. Das hat ihr aber, was ich so hörte, nie viel ausgemacht.«

»Sie wurde von ihrem Mann erwischt?«

»Nein, nicht von ihrem Mann. Zumindest glaube ich, dass er in diesem Punkt völlig ahnungslos war. Vermutlich war er der Letzte im Flecken, der nichts vom ... Hobby seiner Frau wusste.«

Froelich stellte zufrieden fest, dass auch Frau Tirpic nicht alle Einzelheiten im Leben ihrer Mitmenschen kannte.

»Im vergangenen Jahr zum Beispiel, nach der Champagnerprobe in der Alten Kelter ... Da drückte sie sich im Treppenhaus zur Tiefgarage mit Roland Butterweck herum – es soll ziemlich zur Sache gegangen sein, habe ich gehört.«

»Mit Butterweck?«

»Ja, ja, das ging aber nicht lange mit den beiden. Ob nun Butterweck das Interesse verloren hat oder Susanne Schieber, kann ich nicht sagen. Aber sie hielt sich weiterhin an Mitglieder vom Genussverein. Zuletzt war sie mit dem neuen Vorsitzenden Wolfgang Päble zugange.«

»Endlich kommt sie auf den«, dachte Froelich.

Was er dagegen sagte, war: »Ach was, mit Päble?« – er stellte die Frage in gespielt überraschtem Ton, um Frau Tirpic in Schwung zu halten. Vielleicht würde er nun Näheres über den Stand dieser Beziehung erfahren.

»Ich weiß gar nicht, was sie an dem fand – der ist langweilig und unsympathisch. Ich mochte ihn schon nicht besonders, bevor er mich als Putzfrau rauswarf.«

Froelich sah sie überrascht an.

»Ja, er hat doch vor einiger Zeit die ›Rose‹ in der Löchgauer Straße übernommen. Dort hatte ich jahrelang geputzt, doch kurz nach seinem Einstieg dort hat Päble mir gekündigt. Er hat mir vorgeworfen, ich würde in der Stadt Interna ausplaudern – stellen Sie sich das mal vor!«

Sie wirkte ehrlich entrüstet. Froelich musste sich sehr beherrschen, nicht laut aufzulachen und presste schließlich ein »Allerhand!« hervor.

Kurz bebte Frau Tirpic noch vor Empörung, dann erzählte sie weiter.

»Zuletzt muss das aber auch nicht mehr so toll gelaufen sein mit Päble und der schönen Susanne. Päble sah etwas vergrätzt aus, wenn ich ihn in der Stadt gesehen habe – und

Susanne ist seither spurlos verschwunden. Vielleicht hatte sie die Nase voll von ihm, von ihrem Mann ja sowieso – und wer weiß: Womöglich fängt sie irgendwo noch einmal ganz von vorne an.«

»Tja, wer weiß«, sagte Froelich und war enttäuscht. Wenn Frau Tirpic nicht wusste, wo Susanne Schieber steckte, wusste es wohl auch sonst niemand. Immerhin klang ihre Vermutung über das Ende der Affäre schlüssig – das würde zumindest erklären, dass Päble nicht wusste, wo sich Susanne Schieber aufhielt.

Er wickelte das Leberkäsweckle wieder aus, das nach Frau Tirpics Schilderungen nur noch lauwarm war, und biss herzhaft hinein.

»Für Schieber ist das natürlich total blöd«, fuhr die Putzfrau fort. »Erst haut die Tochter ab und jetzt die Ehefrau.«

Froelich verschluckte sich und musste husten. Frau Tirpic klopfte ihm herzhaft den Rücken, dann kam er langsam wieder zu Atem.

»Seine Tochter? Die Schiebers haben eine Tochter?«

»Ja klar, die Lilo. Sie heißt eigentlich Lieselotte, was ein ziemlich dämlicher Name für eine schöne Frau Anfang zwanzig ist, aber sei's drum.«

»Und die ist abgehauen?«

»Ja, vor zwei Jahren. Der Vater hatte sich vorgestellt, dass Lilo den ›Enztaler Hof‹ übernimmt, aber dazu hatte sie wohl keine Lust. Eigentlich ein Jammer, denn Lilo ist ja aus der Branche.«

»Was macht sie denn beruflich?«

»Im ›Enztaler Hof‹ hat sie gekellnert, sie hat auch eine sehr gute Ausbildung und war schon in Stuttgart, Esslingen und Baiersbronn angestellt.«

»Und jetzt?«

»Das Letzte, das ich von ihr gehört habe, war, dass sie sich in Esslingen in einen Italiener verliebt hat, der ein Restaurant in der Innenstadt betreibt. Dort ist sie dann hingezogen und hat mitgearbeitet.«

* * *

Das Leberkäsbrötchen hatte Froelich nicht lange satt gehalten. Er war bis auf einige letzte Kleinigkeiten nun ganz zufrieden mit seiner Arbeit an Müller Läutmann, den Rest konnte er auch noch am Nachmittag oder am frühen Abend erledigen.

Froelich sah auf die Uhr. Kurz vor eins, es wurde Zeit für ein Mittagessen. Inge würde auch heute erst am frühen Abend zurückkommen, also wusch sich Froelich gründlich, zog sich um und machte sich auf den Weg zu seinem Stammlokal in der Kirchstraße.

Es war erfreulich mild heute, und der Wirt hatte prompt einige Stühle und Tische hinausstellen lassen. Froelich ließ sich an einem Zweiertisch direkt am Brunnen nieder, der Wirt grüßte ihn erfreut von der Tür her und rief eine knappe Anweisung ins Gasthaus hinein. Augenblicke später kam eine Bedienung zu Froelich und stellte eine große Apfelsaftschorle vor ihm ab.

»Wissen Sie schon, was Sie essen möchten?«

Froelich wusste es, und bald darauf dampfte vor ihm eine große Schüssel Spätzle, goldgelb überbacken mit Käse und bestreut mit reichlich Zwiebeln. Aus Gewohnheit aß Froelich erst den Salat, dann vertilgte er ohne große Umstände die riesige Portion Kässpätzle. Als er hinterher in kleinen Schlucken von seinem Espresso nippte, kam ein kleiner Transporter mit der Aufschrift »Butterwecks Blumenwelt« herangerumpelt.

Butterweck sah Froelich vor seinem Espresso sitzen, hielt an, stieg aus, orderte mit einem Ruf ebenfalls einen Espresso und setzte sich auf den freien Stuhl. Dass sein Transporter dabei die schmale Kirchstraße komplett blockierte, schien Butterweck nicht zu interessieren.

»Na, Herr Froelich«, begann er gut gelaunt, »haben Sie unsere kleine Schifffahrt gut verdaut?«

»Ja, es geht schon wieder. Wobei mich die ganze Geschichte natürlich schon noch beschäftigt.«

»Kann ich verstehen.«

»Überall im Städtle unterhält man sich über den Verein, über Päble, Frau Schieber – na ja, auch über Sie, muss ich zugeben.«

»Über mich?« Butterweck wirkte ehrlich erstaunt. »Warum das denn?«

Ein krächzendes Hupen kam vom Heck von Butterwecks Transporter her. Ein grasgrüner Kleinwagen stand hinter dem Transporter, am Steuer schimpfte eine junge Frau mit lockigen Haaren.

Butterweck sah kurz hin, winkte und rief: »Gleich! Ich bin gleich bei Ihnen!«

Dann trank er seinen Espresso aus und sah Froelich an.

»Was wird denn über mich geredet?«, fragte er schließlich, als Froelich keine Anstalten machte, weiterzureden.

»Angeblich sollen Sie auch einmal ... nun ja ... etwas näher bekannt gewesen sein mit ... Susanne Schieber.«

Butterweck blickte plötzlich etwas ernster drein, dann zuckte er mit den Schultern.

»Mein Gott, für die Fantasien der Besigheimer kann ich nun leider wirklich nichts.«

Erneut hupte die Frau im grünen Kleinwagen, Butterweck stand auf, vermutlich ganz dankbar für die Störung, und sagte im Weggehen noch: »Sorry, ich muss – Sie hören ja selbst ...«

Er eilte zu seinem Transporter hinüber, zog die seitliche Tür auf, zupfte von einem großen Bouquet drei rote Blüten ab, ging zu dem Kleinwagen und überreichte die Blumen der jungen Frau mit einem übertriebenen Bückling. Die beiden standen noch zusammen und schäkerten hinter Butterwecks Transporter, als Froelich schon sein Geld auf den Tisch gelegt und sich zu einer kleinen Runde durch die Innenstadt aufgemacht hatte.

Mittwoch, 6. Oktober

Am Mittwoch erwachte Froelich kurz nach drei, und das Letzte, was er vor dem Aufwachen sah, war Müller Läutmanns halbes Gesicht.

Es kam nicht oft vor, dass ihn sein Beruf bis in den Schlaf verfolgte, aber an Läutmann war wirklich so viel zu machen, dass es ihm tatsächlich auch nachts keine Ruhe ließ. Er hatte dem übel zugerichteten Toten ein halbwegs plausibles Gesicht gebastelt, sogar die Mundwinkel auf der zermahlenen Seite fand er recht gelungen. Müller Läutmann würde während seiner Beerdigung und auch vorher während des *public viewing* – die Fußball-Fans hatten sich die amerikanische Bezeichnung für die öffentliche Aufbahrung für ihre Open-Air-Fernseh-Events geborgt, und die meisten wussten gar nicht, wofür er eigentlich stand – friedlich in seinem Sarg liegen, und er würde dabei ein richtig gutes Bild abgeben.

Der eine oder andere Mitarbeiter der Mühle würde sich zwar fragen, wo denn plötzlich die rechte Gesichtshälfte wieder hergekommen war. Aber die meisten würden wohl einfach damit zufrieden sein, dass ein Leichnam zu besichtigen war, der Müller Läutmann sein konnte – und niemand würde sich um optischen Kleinkram kümmern wollen.

* * *

Inge hatte sich nach dem Frühstück in ihr Arbeitszimmer zurückgezogen, um ihren Artikel zu schreiben. Froelich war ein bisschen neidisch, weil er wusste, wie und vor allem wo sie dem Text danach den letzten Schliff geben würde – sie würde, wenn genug Zeit blieb, rüber zum Italiener gehen und den Artikel bei zwei Tassen Cappuccino noch einmal durcharbeiten.

Froelich dagegen hatte sich vorgenommen, Tierarzt Dr. Farner einen Besuch abzustatten. Mit dem Transporter hatte er Mundelsheim recht schnell erreicht. Er fuhr großenteils am Neckar entlang, und ab und zu konnte er die Stelle sehen, an der die »Anna Schäufele« am vergangenen Freitag vor Anker gegangen war.

Er war fast schon einmal quer durch ganz Mundelsheim gefahren, als links die Lindenstraße abging. Er fuhr hinauf bis in die Nähe der Kirche, die dort malerisch zwischen Friedhof und Weinbergen lag. Schräg gegenüber stand Farners Haus: ein von Betongrau und einer klobigen braunen Dachblechschürze dominiertes Gebäude, das rundherum fast völlig zugewuchert war mit Bäumen und Büschen. Nur ein weiß lackierter Stahl-Glas-Vorbau ragte im Erdgeschoss bis zur Hecke aus dem Dickicht hervor.

Er musste dreimal läuten, bevor die Haustür aufschwang. Dr. Farner stand vor ihm in einer abgewetzten Cordhose, über die ein helles Hemd hing.

»Herr Froelich?«

»Guten Tag, Herr Dr. Farner. Hätten Sie ein bisschen Zeit für mich? Ich wollte mich noch ein wenig mit Ihnen unterhalten.«

»Ja, meinetwegen. Worum geht's denn?«

»Könnte ich kurz reinkommen? So zwischen Tür und Angel ...«

»Äh ... ja, nun ... das ist ...«

»Komme ich ungelegen? Ich kann auch gerne morgen noch einmal ...«

»Nein, nein«, lenkte Farner schließlich ein, »kommen Sie halt rein.«

Er führte Froelich einen Flur entlang bis in einen auffallend hellen Raum, der selbst an diesem etwas wolkigen Oktobertag erahnen ließ, wie sonnig dieses Zimmer sein konnte. Wobei es weniger ein Zimmer war als ein kleiner Saal; es handelte sich offenbar um das Innere des Anbaus aus Glas und Stahl, den Froelich von der Straße her gesehen hatte.

Auf drei Seiten konnte man hinausblicken: in einen großen, etwas verwilderten Garten, auf dichte Büsche zum Hauseingang und zur Straße hin – nur an der Straßenseite blieb durch eine breite Schneise Platz, um über die niedrige Hecke hinweg zum Friedhof zu blicken.

»Da drüben liegt meine Frau«, sagte Farner, der Froelichs Blick gefolgt war. »Damals, nach ihrem Tod, habe ich die Bäume dort gefällt. Nun kann ich von meinem Schreibtisch immer zu Hanna rübersehen. Zumindest in ihre Richtung.«

Farners Stimme klang gedämpft, die Trauer schien noch immer schwer auf ihm zu lasten.

»Hm«, machte Froelich, weil ihm keine passende Antwort einfiel, und sah sich in dem großen Raum um. Außer dem Schreibtisch, einigen offenen Regalen und verschlossenen Schränkchen befand sich ein ausladender Behandlungstisch im Zimmer. Mitten auf der mit Papiertüchern ausgelegten Fläche lag eine Maus. Ihr Bauch war geöffnet, einige Kleinteile und Werkzeuge, wie sie Froelich schon in der Pathologie gesehen hatte, lagen neben dem toten Tier.

»Das ist meine alte Praxis«, sagte Farner. »Und das dort ist mein neuester Patient. Die Kleine hat es leider nicht geschafft, Carlo zu entwischen.«

Farner bemerkte Froelichs fragenden Gesichtsausdruck und ergänzte grinsend: »Carlo ist der Kater von nebenan, und Mäuse sollte er lieber nicht fressen. Das bringt ihm nur Würmer ein, und hinterher muss die Familie, wenn sie Glück hat, nur die Terrasse aufwischen. Und wenn sie Pech hat, muss sie zum Tierarzt.«

»Zu Ihnen – oder müssen sie inzwischen zu einem Kollegen?«

»Nein, für die Nachbarn schau ich schon mal nach den Tieren, aber im Dienst bin ich schon seit ein paar Jahren nicht mehr. Na ja, Carlo hat nichts zu befürchten, die Maus habe ich ihm noch rechtzeitig weggenommen. Und da er ihr nun schon mal das Genick gebrochen hatte, habe ich sie mir auch noch einmal etwas näher angesehen. Eine alte Gewohnheit, wahrscheinlich. Ich muss zugeben, es wurmt mich schon immer wieder mal, dass ich nicht mehr praktiziere.«

Farner ging zum Schreibtisch hinüber, schob seinem Besucher einen Stuhl hin und setzte sich selbst hinter den Schreibtisch.

»Nehmen Sie doch Platz«, sagte er, dann fiel sein Blick auf ein Fläschchen, dass neben dem Telefon stand und er packte es schnell in eine Schublade. »Kaffee?«, fragte er und machte Anstalten, sich schon wieder zu erheben, aber Froelich lehnte dankend ab und setzte sich.

»Was ist in dem Fläschchen?«

»Nichts Wichtiges. Was wollten Sie denn von mir?«

Froelich musterte sein Gegenüber noch kurz, dann beschloss er, später auf das Fläschchen zurückzukommen.

»Nach unserem gemeinsamen Erlebnis auf der ›Anna Schäufele‹ kam ein Kommissar vom Landeskriminalamt zu mir und stellte mir ein paar Fragen.«

»Ein Herr Kurz oder so? Warten Sie mal …« Er nahm eine Visitenkarte auf, die neben dem Locher lag. »Kortz, Hans-Dieter Kortz«, las er ab. »Ja, der war auch bei mir. Unangenehmer Mensch, stellte unangenehme Fragen. Und seine Leute haben hier überall herumgeschnüffelt. Er hat zwar vorher gefragt, ob ich damit einverstanden sei – aber was soll man da sagen, wenn man sich nicht verdächtig machen will?«

Dass Kortz dem früheren Tierarzt unangenehme Fragen gestellt hatte, konnte sich Froelich gut vorstellen. Denn er hatte ja von Froelich unter anderem auch erfahren, wie und woran Farners Frau gestorben war.

»Und dann wischt er den Verdacht gegen mich als möglichen Bombenleger auch noch mit einer ziemlich unverschämten Bemerkung vom Tisch …«

»Ach, weil Sie wegen Ihrer Figur die Bombe sehr wahrscheinlich nicht im Maschinenraum hätten platzieren können?«

»Ganz schön frech, oder?«

»Dasselbe hat er zu mir auch gesagt«, grinste Froelich. »Ich bin ihm gar nicht mal böse deswegen – so ein Bauch muss ja auch mal einen Vorteil haben.«

»Da haben Sie auch wieder recht.«

Farner lächelte kurz, dann sah er Froelich wieder misstrauisch an und wartete, was der Bestatter nun eigentlich von ihm wollte.

»Mir geht die Sache mit der Blausäure nicht aus dem Kopf«, begann Froelich schließlich. »In der Mandelbutter wurde sie gefunden, Neuneck starb daran – und sie haben welche zu Hause.«

»Aber ich weiß nicht, wie man Mandelbutter herstellt. In der Küche habe ich zwei linke Hände. Deshalb werden Sie mich mittags meistens im Gasthaus finden, oder ich hole mir was aus der Metzgerei.«

»Sie könnten die Blausäure auch nachträglich in die Mandelbutter fabriziert haben.«

»Hab ich aber nicht.«

»Hat sich Herr Kortz mit dieser Antwort zufriedengegeben?«

»Musste er wohl. Es fanden sich keine Fingerabdrücke von mir in der Nähe der Mandelbutter, auch keine DNA-Spuren. Auf Neuneck lag ein Haar von mir, aber das ist sicher dort gelandet, als ich an dem Toten gerochen habe – ich wollte ja wissen, ob er womöglich mit Blausäure vergiftet worden war.«

»Das haben Sie mir erzählt. Und das ist es auch, was mir keine Ruhe lässt. Warum war es Ihnen so wichtig, dass Sie die Todesursache von Neuneck erfuhren?«

Farner schwieg, sah Froelich an, sah wieder weg, massierte sich die Nasenwurzel, lehnte sich in seinem Ledersessel zurück. Nach einer Weile zog er eine Schublade an seinem Schreibtisch auf, nahm eine Zigarre, einen Zigarrenabschneider und ein Päckchen überlanger Streichhölzer heraus.

»Wollen Sie auch eine?«

»Nein, ich rauche nicht.«

»Sehr löblich«, brummte Farner und knipste das Ende ab.

»Ach, ich habe genug andere ungesunde Angewohnheiten. Da kann ich auch mal eine auslassen.«

Farner drückte am Ende des Stumpens herum, dann nahm er ihn in den Mund, setzte ihn wieder ab, spuckte einen Tabakkrümel aus, steckte ihn wieder zwischen die Lippen und paffte und zündelte so lange herum, bis der Stumpen endlich brannte.

»Warum war es Ihnen so wichtig, zu wissen, woran Neuneck gestorben ist?«

Farner paffte ein Weilchen stumm vor sich hin, dann sah er Froelich durch den Qualm ernst an.

»Das will ich Ihnen nicht sagen.«

»Und was war in dem Fläschchen?«

»Das geht Sie auch nichts an.«

»Blausäure?«

Farner lachte kurz auf.

»Also keine Blausäure?«

Farner schüttelte den Kopf und musterte Froelich nun fast schon amüsiert.

»Ein anderes Gift?«

Keine Reaktion.

»Wollten Sie sich umbringen?«

Farner schüttelte den Kopf.

»Es könnte ja sein, dass Ihnen nun, nach den Ereignissen auf dem Neckarschiff, noch bewusster geworden ist, wie leer sich Ihr Leben seit dem Tod Ihrer Frau anfühlt?«

»Das weiß ich längst, dazu müssen Sie mir hier keine beleidigenden Unterstellungen an den Kopf werfen. Das ist immerhin mein Haus, und Sie sind mein Gast – noch.«

Froelich stand auf, und Farner sah ihn kurz an. Nein, der Bestatter wirkte nicht beleidigt. Froelich ging auch nicht zur Tür, sondern er ging an den Schränken entlang. Eine Glasvitrine enthielt Modelle von Tierskeletten und Schaubilder, wie Froelich sie aus dem Biologieunterricht kannte.

Einige mannshohe, weiß lackierte Schränke waren mit Schlössern versehen, in offenen Regalen stand Fachliteratur mit abgestoßenen, teils eingerissenen Buchrücken.

Über einer recht großen Küchenspüle aus Stein hing ein Wandschrank mit einem Schloss neben der Griffleiste. Das Schloss war offenbar nachträglich eingebaut worden, und das Holz um das Schloss herum war aufgesplittert und notdürftig mit weißer Farbe überstrichen worden – hier war sicher kein Fachmann am Werk gewesen.

Froelich legte die Hand an den Griff.

»Finger weg!«, rief Farner in scharfem Tonfall vom Schreibtisch her.

Froelich zuckte kurz zusammen, dann öffnete er trotzdem den nicht abgeschlossenen Schrank und sah in das obere Fach. Sauber aufgereiht standen dort mehrere Fläschchen, alle mit kleinen Korken verschlossen, über die noch Plastikhäubchen gezogen und mit kleinen Gummiringen fixiert worden waren. Einige Fläschchen enthielten Flüssigkeiten, andere Pulver, und alle waren mit demselben Grundetikett beklebt und fein säuberlich von Hand beschriftet.

»Hat die Polizei das nicht mitgenommen?«

»Nein, warum sollte Sie?«

Hinter sich hörte Froelich den Schreibtischstuhl knarren, vermutlich stand Dr. Farner gerade auf – aber er wollte unbedingt erst nachsehen, was auf den Etiketten stand.

»Parathion«, stand auf dem ersten Fläschchen von links, »Arsen« auf dem zweiten, »Weißer Germer« auf dem dritten. Der Platz rechts daneben war leer, die nächste Flasche war mit »Cyanid« beschriftet. Schnell überflog er die übrigen Etiketten, dann drehte er sich um – und erschrak: Dr. Farner stand direkt vor ihm und sah ihn wütend an.

»Sehen Sie, Herr Dr. Farner«, sagte er dann, »hier steht kein Fläschchen mit Blausäure. Das wird dann vermutlich in Ihrer Schreibtischschublade liegen.«

Froelich bemühte sich um einen gleichmütigen Tonfall, was ihm aber nicht leichtfiel.

»Ach, Herr Froelich«, sagte Dr. Farner, und er triefte vor Herablassung. »Sie haben leider überhaupt keine Ahnung von Giften, deshalb sollten Sie hier keine haltlosen Vermutungen vom Stapel lassen. Da oben steht die Blausäure: das ›Cyanid‹-Fläschchen. Das ist nämlich der etwas weniger saloppe Name für dieses Gift.«

»Und was bedeuten die anderen Namen?«

»Na ja«, ätzte Farner, »Arsen werden wahrscheinlich auch Sie kennen. Parathion ist bekannter unter der Bezeichnung E 605, und Weißer Germer ist etwas ganz Feines: Nehmen Sie genug, haben Sie noch drei bis zwölf Stunden zu leben – und bis dahin machen Ihnen unter anderem Muskelkrämpfe, Halluzinationen und Atemnot zu schaffen. Das Gift wird aus dem Weißen Germer gewonnen, der oft auch Nieswurz genannt wird und häufig auf Bergwiesen vorkommt.«

Farner trat noch etwas näher an Froelich heran. Der saure Geruch von Altmännerschweiß stieg Froelich in die Nase.

»Wollen Sie mal probieren?«, fragte Farner und sah nun doch etwas bedrohlich aus.

»Nein, danke. Und was liegt nun in Ihrer Schublade? Was ist in diesem Fläschchen, das sonst ja wohl dort oben steht?«

Froelich deutete über die Schulter zu dem Wandschrank hin.

Farner starrte ihn noch kurz wütend an, dann grinste er schief und ging zu seinem Schreibtischstuhl zurück. Mit einem bitteren Lachen ließ er sich auf den Ledersessel fallen, sah Froelich noch einmal kopfschüttelnd an – und zog die Schublade auf, nahm das Fläschchen heraus und stellte es vor sich auf die Schreibunterlage.

Froelich ging zum Schreibtisch hin und las das Etikett: »4-DMAP« stand dort.

»Und? Was ist das?«

»Das ist Vier-Dimethylaminophenol«, sagte Farner knapp und schien es zu genießen, dass Froelich wieder nur Bahnhof verstand.

»Schön. Und was ist das für ein Gift?«

»Das sollten Sie einnehmen, wenn Sie Blausäure geschluckt haben.«

Froelich stutzte.

»Wie? Um sicherzugehen, oder was?«

Farner lachte kurz.

»Nein, nein – mit Blausäure sind Sie schon auf der sicheren Seite. Aber das hier ist das Gegengift zu Blausäure.«

Froelich verstand noch nicht ganz.

»Damit können Sie eine Blausäure-Vergiftung behandeln, sozusagen«, erklärte Farner. Seine Wut schien inzwischen ein wenig von der Begeisterung überlagert zu sein, endlich jemandem von seiner Leidenschaft, von seinem liebsten Wissensgebiet erzählen zu können. »Und mit etwas Glück überlebt der Vergiftete dadurch die Blausäure.«

»Aha?«

»Das ›4-DMAP‹ löst die Bildung von Methämoglobin aus, das wiederum bindet die Cyanidionen und …«

»Okay, danke. Ich glaube, das reicht mir schon.«

Froelich setzte sich wieder.

»Ich wusste gar nicht, dass es ein Gegengift zu Blausäure gibt.«

»Tja«, machte Farner, stand auf und stellte das Fläschchen zurück an seinen Platz im Wandschrank.

»Und was hatten Sie damit vor?«, fragte Froelich.

Farner versteifte sich kurz, aber Froelich, der sich im Sitzen nur halb zu ihm umgedreht hatte, bemerkte es nicht. Der alte Tierarzt kam zurück und ließ sich wieder auf den Ledersessel sinken. Die Zigarre, die er vor seinem Gang zum Giftschrank im Aschenbecher abgelegt hatte, war inzwischen erloschen. Umständlich versuchte er, sie wieder anzuzünden.

»Mensch, Herr Dr. Farner«, sagte Froelich nach einer Weile, »dieses Fläschchen hätten wir auf der ›Anna Schäufele‹ gut brauchen können, was?«

Farner hielt mitten in der Bewegung inne, dann legte er das verbrannte Streichholz in den Aschenbecher und zog ein paar Mal an der Zigarre.

»Ja«, murmelte er dann, und der dichte Qualm verbarg seinen Gesichtsausdruck zum Teil vor Froelich, »das hätten wir gut brauchen können.«

* * *

Läutmanns Witwe trug ein schickes schwarzes Kleid und vor dem Gesicht einen dichten schwarzen Schleier. Starr und stumm stand sie neben dem Eingang zur Friedhofskapelle, während ein Besucher nach dem anderen ins Innere trat, um sich von Angesicht zu Angesicht von dem toten Müller zu verabschieden.

Niemand hatte etwas an Froelichs Arbeit auszusetzen, zumal die meisten Anwesenden den Müller vor seinem Tod ohnehin schon länger nicht mehr gesehen hatten – er galt als Eigenbrötler, der sich lieber daheim durch den Weinkeller trank als sein Geld zum Stammtisch zu tragen.

Die Witwe warf keinen Blick auf ihren teuren Verblichenen, sondern war vollständig damit beschäftigt, Haltung zu wahren. Stocksteif ließ sie das Spalier der Kondolierenden über sich ergehen, die getragenen Melodien des Posaunenchors und die salbungsvolle Rede von Pfarrer Brenz, der überraschend positiv zu umschreiben wusste, wie grob der Verblichene mit seinen Angestellten und noch mehr mit seiner Ehefrau umgesprungen war.

Als sich die Trauergemeinde allmählich zerstreute, kam Roland Butterweck durch die Hintertür auf den Friedhof und rollte einige Pflanzen in der Schubkarre vor sich her zu einem der Gräber am hinteren Rand.

Froelich, der sich noch mit warmen Worten von Frau Läutmann und einigen ihrer Verwandten verabschiedete, folgte Butterweck und sah ihm aus ein paar Metern Entfernung ruhig bei der Arbeit zu.

»Was gibt's denn, Herr Froelich?«, fragte Butterweck schließlich, als er den Bestatter in seiner Nähe bemerkte.

»Wir sind gestern unterbrochen worden.«

»Unterbrochen? Ja? Wobei denn?«

Seinem Tonfall war durchaus anzuhören, dass er nicht halb so ahnungslos war wie er tat.

»Ich war auf das Gerücht mit Ihnen und Frau Schieber zu sprechen gekommen. Aber dann mussten Sie die Straße freimachen.«

»Wie Sie schon sagten: ein Gerücht. Da gibt es nichts zu reden.«

»Sie beide wurden gesehen, während der Champagnerprobe im vergangenen Jahr«, setzte Froelich nach.

Butterweck drückte die Letzte der Pflanzen in das vorbereitete Loch und strich mit den Händen die Erde drumherum glatt. Dann stand er auf, wischte sich die Hände an seiner grünen Latzhose ab und sah Froelich an.

»Wenn Sie schon alles wissen, warum fragen Sie dann überhaupt noch?«

»Mich würde interessieren, wie Ihre ... Affäre? Beziehung?«

Butterweck zuckte nur mit den Schultern.

»Na, egal«, sagte Froelich. »Wie ist es zwischen Ihnen und Frau Schieber zu Ende gegangen?«

»Sie hatte keine Lust mehr, da war ich abserviert. Wie man so hört, geht das bei der schönen Susanne recht schnell.«

»Hat sie Sie wegen Herrn Päble verlassen?«

»Wegen Päble?« Butterweck lachte kurz auf und erntete böse Blicke von den letzten Trauergästen, die noch nicht gegangen waren. »Ich bitte Sie: wegen dieses Langweilers? Da müsste ich ja fast beleidigt sein.«

»Und? Sind Sie es?«

Butterweck machte den Mund auf, sagte dann aber doch nichts, sondern sah Froelich wütend an. An beiden Kiefern zuckten die Muskeln, und die Augen verengten sich zu Schlitzen.

»Was wollen Sie damit andeuten?«, zischte er schließlich.

»Ich höre mich derzeit einfach um. Mich interessiert noch immer, was hinter den Ereignissen an Bord der ›Anna Schäufele‹ steckt. Wer dahinter steckt.«

»Ach, und das soll ich sein?«

Butterweck stützte seine Hände in die Hüften und legte den Kopf schief.

»Ich glaube, Herr Froelich, Sie haben zu wenig mit Lebenden zu tun. Sie glauben also allen Ernstes, ich wäre sauer, weil Susanne nicht mit mir, sondern mit unserem geschätzten Vorsitzenden zusammen ist, warum auch immer – und deshalb lege ich Bomben auf einem Neckarschiff und vergifte einen Kritiker?«

Butterweck schüttelte den Kopf und packte Schaufel und Hacke zurück auf die Schubkarre. Im Weggehen drehte er sich noch einmal um.

»Dann wäre ich doch sauer auf Päble, oder? Auf Susanne natürlich auch, klar. Aber die lebt noch, nehme ich an – ich habe bisher nur gehört, dass sie derzeit zur Kur ist.«

»Ist sie nicht«, rutschte es Froelich heraus.

»Na gut, dann ist sie ihrem Manfred halt abgehauen, das soll vorkommen. Und Päble hat sie vermutlich auch abserviert, sonst wäre er ja wahrscheinlich mit ihr über alle Berge. Aber wie gesagt: warum sollte ich dann diesen Neuneck vergiften? Müsste ich mich dann nicht eher an Päble rächen?«

Damit ließ er Froelich stehen.

* * *

Als Froelich von der Beerdigung von Müller Läutmann zurück ins Institut kam, wartete Inge schon auf ihn. Er duschte kurz und zog sich etwas Bequemeres als den kneifenden schwarzen Anzug an, in den er sich gewöhnlich für Begräbnisse zwängte.

Mit dem Transporter fuhren sie über die Enz, tankten noch kurz und fädelten sich dann auf den schon recht dichten Verkehr auf der B 27 ein. Als sie die Kammgarnspinnerei passierten, ließ ein grelles Blitzlicht Froelichs Mundwinkel nach unten fallen – er wusste genau, wo hier die stationäre Radarfalle montiert war, und doch wurde er immer wieder an genau dieser Stelle geblitzt.

Als sie eine dreiviertel Stunde später in Esslingen von der B 10 abfuhren und Froelich mit dem sperrigen Transporter auf Parkplatzsuche über das Kopfsteinpflaster der Innenstadt kurvte, grub schon gewaltiger Hunger in seinem Magen.

Nach wenigen Minuten verlor er die Geduld, fuhr wieder aus Innenstadt hinaus und bog schließlich in den Hof des Bestattungsinstituts Sanfftleben ein. Es war Platz genug: Nur zwei der vier Stellplätze waren belegt. Auf einem stand ein schwarz lackierter Mercedes-Kombi mit einem altmodischen Motiv auf den Fenstern, auf dem anderen eine »Ente« mit verrosteten Schutzblechen.

Inge sah ihn fragend an.

»Das geht schon in Ordnung«, beruhigte er sie. »Der alte Herr Sanfftleben lässt das Institut hier allmählich einschlafen.«

»Und deshalb parkst du einfach auf seinem Hof?«

»Okay, ich werde ihn kurz anrufen, wenn es dir lieber ist.«

Er tippte sich durch das Handymenü und wählte eine der gespeicherten Nummern aus. Kurz darauf schien am anderen Ende jemand abzuheben, und Froelich plauderte vergnügt drauflos.

»Alles geklärt«, sagte er schließlich und wuchtete sich aus dem Transporter.

»Woher kennst du deinen Kollegen denn?«

»Du hast doch in meinem Büro die Urkunde vom ›Bestatter Award 2004‹ gesehen.«

Inge nickte und schmunzelte. Über diese Auszeichnung des Bestatterverbands hatten sie sich einmal köstlich amüsiert, und dem Lachen war ein schöner Abend und eine aufregende Nacht gefolgt.

»Damals lernte ich Herrn Sanfftleben kennen. Er hatte zu den früheren Treffen unseres Verbands immer seinen Sohn geschickt, aber der starb plötzlich, und von da an kam der alte Herr selbst zu den Versammlungen.«

»Woran ist er denn gestorben, der Junior?«

»An einem Strick um den Hals.«

»Oh«, machte Inge und schluckte.

»Du weißt ja von mir, dass der Bestatterjob nicht der lustigste ist. Tja, und der junge Sanfftleben hatte wohl ein schweres Gemüt und obendrein auch privat nicht so ein Glück wie ich.«

Inge lächelte ihn an, rückte etwas näher und drückte ihm im Gehen die Hand.

»Tja, und so kam Sanfftleben der Nachfolger abhanden. Er selbst ist schon Anfang siebzig, auch wenn er viel jünger wirkt. Und als er erfahren hat, dass ich mehr als ein Institut habe, hat er mir damals sofort auch noch seines angeboten. Das wiederholt er seither von Zeit zu Zeit, und in der Zwischenzeit hält er das Institut gerade eben noch leidlich über Wasser. Aber du siehst ja selbst: Hier ist tote Hose.«

Das Lokal von Lilo Schiebers italienischem Freund hatten sie bald erreicht. Es war von großem Vorteil für die beiden Hungrigen, dass Sanfftlebens Institut nur einen kurzen Fußweg von der Altstadt entfernt war und obendrein noch auf derselben Seite des Stadtzentrums lag wie das Restaurant. Als sie die enge und sehr romantisch wirkende Webergasse erreichten, sahen sie schon das etwas protzig wirkende Gasthausschild: »La Rocciosa« stand dort in geschwungenen Lettern, und darunter etwas kleiner »Trattoria di Felice e Lilo«.

Hier waren sie offenbar richtig, und Lilo war dem Schild zufolge inzwischen scheinbar zur Wirtin aufgestiegen. Froelich grübelte noch, aber als er mit Inge den Gastraum betrat, fiel ihm die deutsche Übersetzung des Namens »La Rocciosa« dann doch wieder ein: die Felsige. Die gesamte hintere Wand bestand aus nacktem Gestein, in das effektvoll einzelne Fackeln eingelassen waren. Entweder war das Haus am hinteren Ende tatsächlich in einen felsigen Hang hineingebaut – oder der Wirt hatte einen Hang zu theatralischen Effekten.

Inge sah sich kurz um, da schoss schon ein drahtiger Typ mit stark gegelten schwarzen Haaren, buschigen Augenbrauen und einem leuchtend bunten, weit aufgeknöpften Hemd auf die neuen Gäste zu.

»Ah, Signora«, tremolierte der Mann, nahm Inges Hand und deutete vor ihr einen Handkuss an. »Felice heißt Sie herzelich willekomme! Darf isch Sie hier an meine beste Platz bitten?«

Damit führte er Inge gekünstelt wie ein Eintänzer zu einem Ecktisch, an dem sich zwei recht kleine Korbstühlchen gegenüber standen. Inge setzte sich, Froelich blieb kurz etwas unsicher vor dem nicht sehr stabil wirkenden Möbelstück stehen.

Felice mochte ein Schmierenkomödiant sein, aber seinen Job als Wirt beherrschte er offensichtlich. Im Handumdrehen war der winzige Korbstuhl durch einen stabilen Holzhocker mit rustikaler Rückenlehne ersetzt, und Felice beugte sich schon wieder mit einem einschmeichelnden Lächeln zu Inge hinüber.

»Isch hoffe, Sie habe etwas Hunger mitgebracht. Gerade heute gibt es einige Gerichte, die mir noch meine Mamma zuhause in Castiglione d'Orcia beigebracht 'at.«

Inge schien Felices Gesäusel zu gefallen, und Froelich beobachtete den Wirt zunehmend finster.

»Kenne Sie Castiglione d'Orcia?«

Inge schüttelte den Kopf und hing dabei förmlich an den Felices Lippen. Dem baumelte derweil eine schwere Goldkette über der dichten Brustbehaarung hin und her, und sein intensives Parfüm nervte Froelich ebenfalls.

»Ah, *incantevole* Castiglione!«, rief Felice dramatisch in den Gastraum, der noch leer war, aber alle Tische waren bereits schön eingedeckt und mit kleinen »Reserviert«-Kärtchen versehen. »Meine Heimatstadt is eine … *gioiello di Toscana* … wie sagt man …?«

»Ein Juwel?«, assistierte Inge, die ganz passabel Italienisch sprach.

Felice trat einen Schritt zurück, legte einen besonders staunenden Blick auf und breitete beide Arme vor sich aus.

»Die Signora beherrscht meine Muttersprache!«

Er klatschte kurz zweimal in die Hände und rief der jungen blonden Frau, die sofort danach in der Tür zur Küche erschien, zu: »Eine Martini, bitte, hier für meine liebste Gast.«

Den strengen Blick von Froelich musste er geradezu gespürt haben, denn sofort fügte er hinzu: »Nein, isch meine zwei Martini für den Hochzeitstisch!«

Die blonde Frau reagierte etwas genervt auf Felices dick aufgetragenen Überschwang, machte sich aber sofort hinter der Theke zu schaffen und stand nur wenige Augenblicke später mit zwei gut gefüllten Gläsern am Tisch. Felice nahm sie ihr ab und überreichte sie Inge und Froelich mit großer Geste. Die blonde Frau huschte derweil wieder nach hinten in die Küche.

Froelich hatte sie nur kurz gesehen, aber es gab keinen Zweifel daran, dass das Lilo Schieber sein musste: Sie war schlank, groß und eine ausgesprochene Schönheit, und mit dem attraktiven Gesicht und den blonden Haaren wirkte sie wie eine jüngere Version von Susanne Schieber, wie er sie von Päbles Foto her kannte.

»Prego«, säuselte Felice nun, stellte Froelich eines der Gläser hin und wiederholte dasselbe für Inge, allerdings diesmal kombiniert mit einem tiefen Bückling.

»Was hätten Sie denn Schönes im Angebot aus der Toskana?«, fragte Inge und lächelte ihn freundlich an. Froelich kochte innerlich.

»Als Vorspeise rate isch zu *acquacotta*«, sagte Felice und kostete Inges staunenden Blick weidlich aus.

»Gekochtes Wasser? Das wird mir wohl nicht reichen«, sagte sie und lachte.

»Nein, nein, das is eine Suppe mit Zwiebel, Ei, Gemüse, und darüber eine schöne Pecorino – besonders *tipica di Toscana*, ganz ehrlisch!«

Er legte die linke Hand aufs Herz, als wolle er gleich auch noch schwören.

»Danach *crespelle di funghi*, also Pfannekuche mit viele Pilze drin, oder erst heute morgen von mir persönlisch hausgemachte *pici.*«

»Das klingt interessant. Was ist das?«

»Das ist handgerollte Pasta, wie dicke Spaghetti, dazu eine Pilzesoße und etwas Spaneferkel, frisch gegrillt.«

»Das heißt *porchetta*, oder?«

»*Ma, si, Signora! Meravigliosa!*«

Felice schien ganz verzückt von Inges Italienischkenntnissen. Froelich dagegen hatte Hunger, und er hielt herzlich wenig davon, dass dieser ölige Kneipier seine Freundin anbaggerte. Vermutlich aus beruflicher Gewohnheit, denn Inge war schon Mitte fünfzig, auch wenn sie, schlank und sportlich wie sie war, viel jünger wirkte – und den Schmierenkomödianten im schwarzen Stoffschurz schätzte er eher auf Ende dreißig.

»Vielleicht können Sie mir dann zwischendurch schon mal die Karte bringen. Dann können Sie meine Freundin noch ein Weilchen beraten.«

Felices Lächeln verschwand für einen kurzen Moment, dann hoben sich die Mundwinkel wieder.

»Für den Herrn hätte isch *naturalmente* auch etwas Besonderes: *trippa alla casa* – eine große Portion, vielleischt?«

»Nein, danke, ich mag keine Kutteln«, sagte Froelich leichthin, und insgeheim freute er sich diebisch, dass ihm die Retourkutsche gelungen war. Er hatte immer vorgehabt, richtig Italienisch zu lernen, war aber doch nie über das nötigste Restaurant-Vokabular hinausgekommen. Felice jedenfalls verging wieder für einen Moment das Lächeln, dann huschte er zur Theke und kam mit einer großformatigen, dünnen Speisekarte zurück.

»Prego, der Herr.«

Stocksteif stand der Wirt nun vor Froelich und wartete, bis der sich einen grünen Salat mit Thunfisch, die hausgemachten *pici* als Vorspeise und ein Rindersteak in Balsamicosauce bestellt hatte. Mit jedem Gang, den Froelich nannte, hob sich Felices Stimmung wieder ein wenig, und zum Schluss lächelte er schon wieder so breit und strahlend wie vorhin.

»Und es müssen bitte nicht so große Portionen sein, ja?«, sagte Froelich dann noch. Felice räusperte sich, vermutlich war es als Entschuldigung für seine Anspielung vorhin gedacht.

Inge fügte noch hinzu: »Für mich dasselbe, und einmal vorneweg das ›gekochte Wasser‹.«

Und schon war Felice in der Küche verschwunden.

* * *

Nach einer halben Stunde hatte der Mann alles bereitgelegt, was er heute Nacht brauchen würde: eine Gesichtsmaske, dunkle Kleidung, Schuhe mit weicher Sohle, einen schweren Hammer mit kurzem Stiel, einen Meißel, fingerlose Handschuhe und eine schwarze Stofftasche.

Dann schaute er lange zum Fenster hinaus, betrachtete den Waldhornturm und all die anderen Gebäude seiner Heimatstadt Besigheim, die er von seinem Wohnzimmerfenster aus sehen konnte.

Schließlich legte er sich schlafen. Er musste fit sein, schließlich wollte er früh raus – und notfalls wollte er schnell wegrennen können.

* * *

»Das war echt lecker«, sagte Inge schließlich im »La Rocciosa« in Esslingen und schob den mit Brot sauber ausgewischten Teller ein Stück von sich weg.

»Ja, war richtig gut.« Froelich tupfte sich mit der Serviette etwas dunkle Soße aus dem Mundwinkel. »Und dieses Lob will heute was heißen …«

»Du magst Felice nicht, was?«

»Kunststück! Baggert meine Freundin an und macht hier auf Latin Lover …«

Froelich schnaubte.

»Ach, Gottfried, lass dich doch nicht so provozieren«, besänftigte sie ihn, beugte sich etwas vor und legte ihm eine Hand auf seine. Dann sah sie ihm in die Augen, und ein spitzbübisches Grinsen breitete sich auf ihrem Gesicht aus: »Obwohl … eigentlich finde ich es ja ganz schmeichelhaft, wenn du so eifersüchtig bist.«

»Lass das, bitte«, sagte Froelich, und es tat ihm sofort leid, dass er dabei pampiger geklungen hatte als er wollte. »Entschuldige bitte …«

Froelich schob seinen Teller ebenfalls etwas zur Tischmitte hin.

»Nun könnte ich einen Espresso vertragen, vielleicht sogar einen kleinen Nachtisch.«

Er sah sich um, aber weder Felice noch die Frau, die Froelich für Lilo Schieber hielt, waren im Lokal oder hinter der offenstehenden Tür zur Küche zu sehen. Kurz nach ihrem Eintreffen in der noch leeren Trattoria hatten sich die Tische schnell gefüllt und inzwischen bis auf einen Mann und eine Frau an einem Zweiertisch im gegenüberliegenden Eck auch wieder geleert.

Felice war schon länger nicht mehr in den Gastraum gekommen, und das Klappern von Besteck, Geschirr und Töpfen ließ vermuten, dass er in der Küche auch noch eine Weile beschäftigt sein würde.

»Ich kümmere mich mal drum«, sagte Froelich und stand auf.

Noch bevor er die Tür zur Küche ganz erreicht hatte, konnte er das Wirtspaar schon sehen. Sie war über das Spülbecken gebeugt und machte sich an einer Pfanne zu schaffen, er stand seitlich hinter ihr, hielt ein halb geleertes Martini-Glas in der Hand und redete in einem wahren Wortschwall auf sie ein.

»Jetzat meckersch en oim Schtick rom ond lamentiersch, dass du au amol was schaffa musch – ond wer denkt an mi?«

Offenbar war dem leidenschaftlichen Toskaner inzwischen sein italienischer Akzent abhanden gekommen.

»En äller Früh muss i morgens raus, muss zom Markt hetza, älles Megliche eikaufa – ond wenn e me no oimol mittags fir a Viertelschtöndle nalega will, goht's Gekeife au scho wieder los!«

Erst reagierte die Frau gar nicht, sondern schrubbte weiter an der Pfanne herum. Dann plötzlich hörte sie auf, drehte sich um, deutete mit der tropfenden Spülbürste auf Felice und wollte gerade zu einer passenden Antwort ansetzen – als sie Froelich in der Tür stehen sah.

Felice folgte ihrem Blick und erschrak. Dann fasste er sich wieder.

»Ah, Signore, wie kann isch Ihne helfe?«

Seine professionellen Reflexe funktionierten noch.

»Wir können uns gern auch auf Schwäbisch unterhalten, ich stehe schon ein Weilchen hier«, sagte Froelich nur und sah Felice abschätzig an.

Der schien prompt ein Stück zu schrumpfen, doch Froelich hatte keine Lust, seinen kleinen Sieg auszukosten.

»Das Essen war sehr lecker. Wir hätten gerne noch jeder einen Espresso, und wenn Sie außerdem so nett wären, uns die Dessertkarte zu bringen?«

»Si, Signore, isch … äh … ich meine: kommt glei, oin Moment, bitte.«

»Und wenn es danach möglich wäre, mit Ihnen noch kurz zu reden …«, wandte sich Froelich an die junge Frau am Spülbecken. »Sie sind doch Lilo Schieber?«

Verblüfft sah sie Froelich an und nickte langsam.

Fünf Minuten später zog sich Lilo Schieber einen Stuhl heran und setzte sich zu Inge und Froelich.

»Der Espresso war hoffentlich in Ordnung?«

»Ja, sehr«, sagte Froelich und kratzte mit dem Löffel einen letzten Rest Zucker vom Tassenboden, der sich nicht im Kaffee gelöst hatte.

»Sie wollten mit mir sprechen?«

»Ja«, begann Froelich nach einer kurzen Pause und legte den Löffel auf die Untertasse. »Wir beide, Frau Coordes und ich, wohnen in Besigheim. Ich habe dort ein Bestattungsinstitut und …«

Lilo Schieber wurde blass.

»Oh Gott, es ist doch hoffentlich nichts …«

»Nein, nein«, sagte Froelich sofort, dem angesichts der entsetzten Miene der Frau klar wurde, was sie nach seiner verunglückten Einleitung befürchten musste. »Entschuldigen Sie bitte, ich wollte Ihnen keinen Schrecken einjagen. Wir sind nicht beruflich hier, es geht um ein … na ja, sagen wir, um ein Erlebnis, in das wir und Ihr Vater … nun ja, verwickelt waren.«

Lilo Schieber verstummte, ein bitterer Zug legte sich um ihren Mund.

»Ihr Vater nahm am ›Schwimmenden Büfett‹ teil, das der Verein für Genusspflege in Besigheim alle zwei Jahre veranstaltet und das jeweils im Wechsel mit der dortigen Champagnerprobe stattfindet.«

Froelich ging es diesmal etwas umständlich an. Lieber wollte er die Frau langweilen, als sie noch einmal so sehr zu erschrecken.

»Wir waren auch an Bord, und dort lernten wir Ihren Vater kennen.«

»Wenn Sie bitte auf den Punkt kommen könnten«, sagte Lilo Schieber. Offenbar hatte sie sich wieder gefasst. »Ich habe noch viel zu tun, wie Sie vorhin ja selbst gesehen haben. Und zwischen mir und meinem Vater herrscht seit einiger Zeit Funkstille – seitdem geht es mir besser, und ich möchte gerne, dass das so bleibt.«

»Es kam auf dem Schiff zu einem Zwischenfall.«

»Ach?«

Ihr Blick zeigte etwas mehr Interesse als noch gerade eben.

»Einer der Gäste kam ums Leben.«

Lilo Schieber schwieg und sah Froelich aufmerksam an.

»Walther Neuneck heißt das Opfer, und er hat etwas Vergiftetes vom Büffet gegessen. Die Polizei geht von Mord aus.«

»Olivo wurde ermordet?«

»Sie kennen das Pseudonym, unter dem Herr Neuneck seine Kritiken schreibt?«

»Klar kenne ich das. Ich glaube nicht, dass irgendjemand in der Gastronomie nicht weiß, wer hinter diesem ›Künstlernamen‹ steckt. Und er hat meinen Vater ja zuletzt auch ordentlich in die Pfanne gehauen.«

»Ich dachte, Sie hätten keinen Kontakt mehr mit Ihrem Vater?«

»Habe ich auch nicht, aber wir haben die ›Goldene Auster‹ abonniert und kaufen uns brav einmal im Jahr den ›Gourmet/Gourmand‹-Führer. Felice hat manchmal Anwandlungen und träumt von einem Stern hier in der Trattoria. Vielleicht sollte wirklich mal jemand von der ›Auster‹ kommen, damit mein Überflieger wieder auf den Boden zurückfindet.«

»Hätten Sie Ihrem … ist Felice Ihr Mann?«

»Nein«, schüttelte Lilo Schieber den Kopf. »Wir sind nicht verheiratet, zum Glück, wie ich inzwischen finde. Auch wenn sich Felice manchmal mir gegenüber so aufführt, als würde ich ihm gehören. Na, egal, das geht Sie eigentlich gar nichts an. Was wollten Sie gerade sagen?«

»Hätten Sie Ihrem Freund denn gewünscht, dass Olivo ihm einen Verriss widmet?«

»Nein, das nun auch wieder nicht. Neuneck ist eine Hyäne, bösartig und selbstgerecht. War er, meine ich. Den wünscht man seinem ärgsten Feind nicht an den Hals.«

»Herr Päble schon. Er soll Neuneck dazu gebracht haben, über das Restaurant Ihres Vaters zu schreiben.«

»Wer ist dieser Päble?«

»Ein alter Bekannter von Neuneck, und vor allem ein Konkurrent Ihres Vaters.«

»Meinetwegen. Aber glauben Sie mir: Mein Vater braucht keine Konkurrenz, um den ›Enztaler Hof‹ an die Wand zu fahren.«

»Sie sind wohl nicht nur geschäftlich aneinander geraten. Päble hat Ihrem Vater auch den Vorsitz im Genussverein abgejagt.«

Lilo Schieber grinste leicht.

»Das hat ihn sicher getroffen«, sagte sie.

»Und …«

Lilo Schieber bemerkte Froelichs Zögern.

»Was: ›und‹?«

»Herr Päble und Ihre Mutter … wie soll ich sagen?«

»Ach, du Scheiße!«, entfuhr es Lilo Schieber. »Hat sie das immer noch nicht im Griff?«

Froelich sah die junge Frau fragend an.

»Meine Eltern haben geheiratet, als meine Mutter schon mit mir schwanger war. Ich nehme mal an, Manfred Schieber ist wirklich mein Vater, obwohl ich sehr stark nach meiner Mutter komme. Aber gerüchteweise war meine Mutter damals nicht gerade ein Mauerblümchen. Sie konnte wohl auch später nicht die Finger von anderen Männern lassen, ich habe ständig irgendwelche Typen tagsüber im Hotel angetroffen, die nicht über Nacht eingecheckt hatten. Es dauerte ein paar Jahre, bis ich das verstand, aber dann …«

Sie lächelte ein wenig wehmütig.

»Mein Vater war nicht so, wie ich ihn mir gewünscht hätte. Nie hatte er Zeit für mich, und wenn er mal mit am Tisch saß, dann hängte er den gestrengen Patriarchen heraus. Ich kann Ihnen sagen, das wirkt ganz schön lächerlich, wenn man weiß, dass die Mutter diesem ›Familienoberhaupt‹ alle Nase lang Hörner aufsetzt.«

Froelich sah Inge an, sie kam wohl ebenso wenig damit zurecht, wie wurstig Lilo Schieber hier von ihrer offenbar wenig glücklichen Kindheit erzählte.

»Als Teenie fand ich das irgendwann cool, und insgeheim bewunderte ich meine Mutter dafür, dass sie sich auf diese Weise eine gewisse Freiheit nahm und meinem Vater eins auswischte.«

»Hat er denn damals nichts davon mitbekommen?«

»Das frage ich mich heute noch manchmal. Er hat es nie erwähnt, es gab nie Streit deswegen – es ist also gut möglich, dass er einfach zu blöd war, es zu bemerken. Oder zu naiv, um es zu vermuten.«

»Sie sind offensichtlich ziemlich sauer auf Ihren Vater. Warum eigentlich?«

»Das geht Sie nichts an.«

»So schlimm?«, schaltete sich Inge mit sanfter Stimme ein.

Irritiert sah Lilo Schieber zu ihr hin.

»Ging es um den ›Enztaler Hof‹ oder eher um Ihre Mutter?«

»Natürlich ging es um den Gasthof. Es ging immer nur um den Gasthof. Ich sollte den Schuppen übernehmen, aber die Richtung wollte mein Vater vorgeben. Und wann immer ich ihm erklärt habe, dass der Laden auf dem Weg, den mein Vater eingeschlagen hatte, demnächst in die Binsen geht, ist er ausgeflippt. Das war mir irgendwann zu blöd, und ich habe mich aus dem Staub gemacht.«

»Und sind hier gelandet«, versuchte Inge in leicht bedauerndem Ton, sie zum Weiterreden zu animieren.

»Ja, und bin hier gelandet. Da hätte ich genauso gut bei meinem Vater bleiben können, was?«

»Haben Sie denn noch Kontakt zu Ihrer Mutter?«

Lilo Schieber senkte den Blick und sah plötzlich ziemlich traurig aus.

»Und? Haben Sie?«, hakte Inge nach.

»Nein, leider nicht. Ich hab's ein paar Mal versucht, aber immer war mein Vater am Telefon, und da war das Gespräch dann ziemlich schnell beendet. Manchmal hatte ich den Eindruck, dass er sie richtig abzuschirmen versuchte.«

»Ihre Mutter ist seit knapp drei Wochen spurlos verschwunden. Erst hieß es, dass sie in Kur sei, aber das hat sich als falsch herausgestellt.«

»Hat sie es also endlich geschafft«, sagte Lilo Schieber nach einer kurzen Pause. »Hat sie den alten Deppen endlich in den Wind geschossen.«

Sie lächelte leicht, sah aber weiterhin traurig vor sich auf die Tischplatte. Dann hob sie den Blick und sah Froelich direkt an. Er musste schlucken. Der Blick war fest und intensiv, obwohl die schönen Augen der jungen Frau feucht schimmerten.

»Ist meine Mutter mit diesem … wie hieß er noch?«

»Päble.«

»Ist sie mit diesem Päble durchgebrannt?«

»Nein, Herr Päble hat auch geglaubt, sie sei auf Kur.«

»Oh, da hatte der Gute also auch schon wieder ausgedient.« Lilo Schieber lachte rau auf. »Und wo ist sie jetzt?«

»Keine Ahnung«, sagte Froelich. »Wir hatten gehofft, dass Sie uns das sagen könnten.«

Langsam schüttelte sie den Kopf. Dann atmete sie ein paar Mal tief ein und aus und wischte sich schließlich eine Träne aus dem Augenwinkel.

»Vielleicht meldet Sie sich ja bei mir«, sagte sie dann und stand auf. »Was wollen Sie eigentlich von ihr?«

»Ihr Vater war an Bord des Neckarschiffs, als Olivo starb. Damit gehört er – wie wir beide – grundsätzlich zu den Verdächtigen. Frau Coordes und ich hatten uns auf dem Schiff schon ein wenig an den Befragungen beteiligt, und nun lässt uns der Fall natürlich nicht mehr so einfach los. Wir hoffen, dass uns Ihre Mutter etwas mehr über Ihren Vater erzählen kann.«

»Sicher nichts Gutes.«

»Mag sein, aber vielleicht hilft es uns oder der Polizei trotzdem weiter.«

»Ich kann Sie ja anrufen, wenn sich meine Mutter bei mir meldet.«

Froelich kramte eine Visitenkarte hervor und schob sie der Frau hin.

»Was mich etwas überrascht, ist: Sie haben wirklich nichts von Olivos Tod auf dem Neckarschiff gehört oder gelesen? Das ging doch sicher durch alle Zeitungen.«

»Wir haben keine Tageszeitung abonniert. Hier in der Trattoria läuft die ganze Zeit eine Mix-CD mit italienischen Liedern, und daheim lässt sich Felice nicht von seinem italienischen Stammsender abbringen. Und dort kam nichts darüber.«

»Und im Fernsehen?«

»Wenn ich hier nachts rauskomme, habe ich wirklich keinen Nerv mehr fürs Fernsehen. Da krieche ich nur noch völlig geschafft in mein Bett.«

Lilo Schieber strich sich eine Haarsträhne aus dem Gesicht.

»An welchem Gericht ist Olivo denn eigentlich gestorben?«, fragte sie dann.

»Er lag vor den Desserts.«

»Ach, die Desserts!« Lilo Schieber schlug sich mit der flachen Hand leicht an die Stirn. »Sie wollten doch noch ein Dessert bestellen. Eine richtige Dessertkarte haben wir allerdings nicht, Felice macht immer alles frisch, deshalb gibt es keine so große Auswahl. Wir haben Tiramisu, Panna cotta und Felices Speciale.«

»Das klingt interessant. Was ist das denn?«

»Das sind italienische Kekse, zu denen wir hausgemachte *burra di mandorla*, also Mandelbutter servieren. Eine pfiffige Kombination finde ich, wirklich lecker. Soll ich Ihnen davon zwei Teller richten?«

»Äh … nein, vielleicht dann doch eher kein Dessert.«

»Warum das denn? Das ist eine Spezialität von Felice, das kann er wirklich.«

»Hat das auch Ihr Vater auf der Speisekarte?«

»Das weiß ich nicht, kann aber sein. Wir hatten zu meiner Zeit im ›Enztaler Hof‹ auch einige solcher Rezepte ausprobiert.«

»Olivo starb an vergifteter Mandelbutter.«

Lilo Schieber stand auf, setzte sich wieder, knetete ihre Finger, stand noch einmal auf und ging dann zur Theke hinüber.

»Die Rechnung?«, rief sie.

Froelich nickte.

* * *

Wolfgang Päble hatte eigentlich nur einen kleinen abendlichen Verdauungsspaziergang machen wollen, aber er war so in Gedanken, dass er schon fast in Löchgau angekommen war, bevor er ans Umdrehen dachte.

Also marschierte er einfach weiter, blieb eine Zeitlang am Wasserfall stehen, machte sich über die Weinberge auf den Rückweg und kam schließlich ziemlich verschwitzt in der »Rose« an.

Es hatte ihm nicht geholfen: Susanne Schieber fehlte ihm nicht weniger, und sie beherrschte seine Gedanken ebenso wie zuvor.

Donnerstag, 7. Oktober

Seit halb vier saß Froelich in der Küche. Er war auch in dieser Nacht ein paar Mal hochgeschreckt, hatte sich in schlechten Träumen gewälzt, an die er sich aber nicht mehr erinnern konnte, und schließlich hatte er aufgegeben.

Nun schlürfte er von Zeit zu Zeit von seinem dreifachen Espresso, der inzwischen nur noch lauwarm war. Dazwischen lehnte er sich auf der Eckbank nach hinten, döste für ein paar Sekunden oder Minuten wieder ein, schreckte hoch, trank noch einen Schluck.

Die Küche lag im Halbdunkel. Froelich hatte nur das kleine Licht an der Dunstabzugshaube eingeschaltet. Der Brummton der Lampe war das einzige Geräusch, das zu hören war.

Gegen fünf zerriss ein lauter Schlag die Stille.

Froelich, der gerade wieder im Sitzen eingenickt war, fuhr hoch und sah sich verwirrt um. Ein zweiter Schlag machte ihm klar, dass er den ersten nicht geträumt hatte.

Das Geräusch schien von draußen zu kommen, und es klang, als würde jemand kräftig mit Metall auf Metall klopfen.

Froelich stemmte sich hoch, ging zum Fenster und öffnete es. Von hier aus konnte er den Platz zwischen seinem Haus, der Alten Kelter und dem Waldhornturm gut überblicken. Er suchte die nächtliche Kreuzung nach dem Störenfried ab, da hörte er den dritten Schlag ganz in der Nähe seines Hauses.

Er beugte sich aus dem Fenster und sah in der Mitte der Kirchstraße, etwa fünf, sechs Meter von der Kreuzung entfernt, einen Mann hocken. Er trug dunkle Kleider, eine Wollmütze und fingerlose Handschuhe. Und gerade holte er wieder mit einem schweren Hammer aus, ließ ihn heruntersausen und bearbeitete mit einem Meißel einen der Granitsteine, mit denen die Straßen in der Innenstadt gepflastert waren.

In der Zeitung hatte Froelich gelesen, dass die Stadt Besigheim mit ihrem Granitpflaster Pech hatte und dass einige der Steine den harten Winter nicht vertragen hatten. Es war klar, dass das Reparaturarbeiten, Kosten und auch Lärm für die Anwohner bedeutete – aber morgens um fünf? Außerdem sah der Mann dort unten nicht aus wie ein Mitarbeiter des städtischen Bauhofs.

»He«, rief Froelich hinunter. »Muss das jetzt sein? Wissen Sie, wie spät es ist?«

Ruckartig fuhr der Kopf des Mannes nach oben und Froelich erkannte, dass der Unbekannte eine Gesichtsmaske trug, wie sie in Kriminalfilmen gerne gezeigt wurde, wenn man die Identität eines Täters noch ein wenig im Dunkeln lassen wollte.

Kurz stutzte der Mann, dann hob er die rechte Hand, zeigte Froelich den ausgestreckten Mittelfinger und hämmerte noch ein paar Mal auf dieselbe Stelle wie vorhin ein. Dann packte er sein Werkzeug in eine dunkle Umhängetasche und verschwand mit schnellen Schritten in die Kirchstraße hinein und durch die erste Lücke, die sich ihm bot, zwischen Fachwerkhäusern hindurch in Richtung Neckarufer.

* * *

Inge hatte erst am späten Nachmittag einen Termin in Fellbach, mit dem sie die Recherchen für ihren nächsten Artikel begann. Es ging um spektakuläre Bauprojekte, die im Zusammenhang mit der Finanzkrise ins Stocken geraten waren. Froelich hatte ihr am Mittwoch Abend noch von seinem Besuch bei Dr. Farner berichtet, und sie hatten sich daran erinnert, dass Farner auf dem Schiff seinen früheren Freund, den Koch, verdächtig gemacht hatte – und umgekehrt.

Mit ein paar Telefonaten und etwas Zeit im Internet hatte Inge die Adresse von Vorwege herausgefunden, und auf dem Weg zu Vorweges Wohnung in Großingersheim konnten sie mit einem kleinen Umweg auch gleich noch sein früheres Lokal aufsuchen.

Froelich quetschte sich auf den Beifahrersitz von Inges Wagen, dann fuhren sie entlang des Neckars durch Hessigheim und Mundelsheim, und etwa auf halbem Weg nach Pleidelsheim folgten sie einem altmodischen Gasthauswegweiser und bogen von der Kreisstraße nach rechts ab auf einen von Schlaglöchern übersäten Asphaltweg.

Gut hundert Meter weiter öffnete sich zwischen einer Baumgruppe der Blick auf den Neckar – und auf ein großes Gasthaus mit wunderschönem Biergarten. »Siehdichfür 1«

stand als Adresse auf einem Emailschild an der Hausecke, ein Schild mit der Aufschrift »Caspar's« wiegte sich über der Eingangstür im Wind. Ein Stück flussaufwärts sah man Schloss Kleiningersheim auf seinem Bergrücken liegen.

»Erbaut im 16. Jahrhundert von einem Ritter namens Caspar Nothaft«, zitierte Inge aus ihren Recherchen. »Darauf bezog sich Vorwege mit dem Namen seines Lokals. Er hat auch immer wieder einmal kulinarische Events unter ein Motto gestellt wie ›Ritterabend‹, ›Knappentreffen‹ oder ›Diner der Damen‹. Zuletzt durfte er auch das Catering für die Sommerkonzerte oben im Schlosshof übernehmen.«

Ein Traktor, zwei Transporter und zwei alte Kombis standen auf dem Hof herum, in den der Weg mündete. Im Biergarten waren die Stühle gegen die Tische gekippt worden, auf jedem Tisch standen noch ein Aschenbecher und ein klobiges Holzklötzchen mit eingeprägter Tischnummer.

Inge stellte ihren Wagen neben dem Traktor ab, dann gingen sie auf den Eingang der Wirtschaft zu. Es war kurz nach elf, und vom Haus her zog ein leichter Geruch nach Zwiebeln und Knoblauch. Neben der Tür hing ein Schaukasten mit gesplittertem Glas, dahinter hing eine Speisekarte, die vor allem Biersorten, Kräuterschnäpse und kleine Vesper auflistete. Die Preise waren wegen der teilweise verblassten Schrift auf dem vergilbten Papier nicht mehr zu erkennen.

Inge und Froelich drückten die Tür auf, ein Schwall abgestandener Luft strömte ihnen entgegen. An der Theke saßen zwei Männer in Arbeitskleidung und hatten vor sich je ein Bier und einen Kräuterschnaps stehen. Der Rest der Gäste saß an einem langen Tisch im Eck beisammen, sie spielten Karten, rauchten und prosteten sich mit Biergläsern zu.

Froelich musste husten, der Wirt und einige der Gäste sahen die Neuankömmlinge nicht allzu freundlich an. Dann, nach einer kurzen Musterung, machten alle mit dem weiter, was sie eben getan hatten. Einige Gäste riefen durcheinander und warfen Karten auf den Tisch, die beiden an der Theke tranken und sah mit trüben Augen auf die Wand mit Schnapsflaschen ihnen gegenüber, und der Wirt wischte sich über das Gesicht und kratzte sich anschließend genüsslich am Hintern.

»Zwoimol Läberkäs! Oimol Kässchpatza!«, kam ein schriller Ruf aus der Küche.

Der Wirt unterbrach das Kratzen, ging zur Küchentür, nahm die drei Teller entgegen, wobei er den obersten mit dem Daumen so fixierte, dass der schmutzige Daumennagel tief in die überbackenen Spätzle eintauchte. Unappetitlich hustend trug er die Teller zu den Kartenspielern, dann kehrte er zurück zum Tresen.

»Wellat Sie au was essa?«, fragte er Inge und Froelich, die noch immer unschlüssig in der Tür standen.

»Nein, nein«, sagte Froelich schnell. »Wir müssen dann auch wieder.«

Damit standen sie wieder draußen im Hof.

»Wenn das Vorweges nobles Restaurant war«, sagte Inge und schüttelte sich, »hat Neuneck aber ganze Arbeit geleistet.«

* * *

Heinz Vorwege wohnte Inges Nachforschungen zufolge in einer kleinen Straße, die links und rechts von einer flachen Mulde aus Pflastersteinen gesäumt war und recht steil hinauf zu einer Kirche verlief. Für einen amtlichen Gehweg war der verbleibende Streifen zwischen Mulde und Häuserwänden zu schmal, offenbar war hier die Trennung zwischen Autoverkehr und Fußgängern eher fließend.

Unter Vorweges Adresse fand sich ein unten braun und darüber beige verputztes Mehrfamilienhaus, vermutlich aus den Siebzigerjahren, während die andere Straßenseite von Fachwerkgebäuden geprägt war.

Inge und Froelich klingelten bei »Vorwege«, aber niemand reagierte. Nach dem zweiten Läuten öffnete sich im ersten Stock ein Fenster, und eine Frau mittleren Alters sah heraus.

»Wellat Sie zom Heinz?«

»Ja.«

»Der isch uff'm Schiff, wo er schafft.«

»Ah, danke«, sagte Inge und wandte sich schon wieder ab.

»Hen Se dui Nommer?«

»Die Telefonnummer vom Schifffahrtsbüro? Ja, ja«, sagte Froelich und stieg mit Inge ins Auto.

Die Frau sah ihnen interessiert nach, bis sie mit dem Wagen aus ihrem Blickfeld verschwunden waren.

* * *

Der Anruf im Büro der Schifffahrtsgesellschaft hatte ergeben, dass Heinz Vorwege heute auf der Linie Marbach Dienst hatte, die im Oktober noch an drei Tagen in der Woche bedient wurde, darunter eben am Donnerstag.

Inge sah kurz auf der Karte nach, fragte nach wegen des Linienverlaufs, dann fuhren sie nach Hoheneck, einem Ludwigsburger Stadtteil, in dem das Schiff um elf Uhr, also in knapp einer halben Stunde, anlegen würde. Kurz vor drei am Nachmittag war dann in Hoheneck auf der Rückfahrt nach Cannstatt wieder Halt, und dann könnte Inge Froelich nach Hause bringen und würde es noch rechtzeitig zu ihrem Termin nach Fellbach schaffen.

In Hoheneck stieg außer Inge und Froelich nur noch ein älteres Ehepaar zu, und Inge beobachtete die beiden mit einem wehmütigen Lächeln, wie sie sich gegenseitig auf dem Steg stützten und sich dann beeilten, nach oben auf das hintere Freideck zu gelangen.

Sie drückte Froelichs Hand und ging mit ihm zum Eingang der Kombüse. Das Schiff war nicht die »Anna Schäufele«, die vermutlich noch immer von der Polizei unter Verschluss gehalten wurde, aber im Aufbau schien sie ihr sehr ähnlich.

Kurz klopften sie an die Tür, dann traten sie ein.

Vorwege schnippelte gerade Zwiebeln und strich sie dann in eine große Pfanne. Als er Salz in eine großen Topf mit Wasser schüttete, bemerkte er seine Besucher. Kurz stutzte er, dann arbeitete er weiter.

»Hallo, Herr Vorwege«, sagte Froelich schließlich.

»Hallo«, brummte Vorwege, schnappte einen Sack Nudeln und stellte ihn neben dem Topf mit Wasser auf die Arbeitsplatte.

»Sind Sie gerade im Stress?«

»Stress? Beim Kochen? Für die paar Hansel hier an Bord?«

Vorwege lachte, aber es klang nicht sehr amüsiert.

»Wir haben jetzt Oktober, da beruhigt sich das Geschäft mit den Passagierfahrten. Deshalb kann ich mir es jetzt auch leisten, richtig zu kochen.«

»Wie: richtig?«

»Na, ohne vorbereitete Soßen und all das.«

Er hob von einem weiteren, sehr großen Topf den Deckel – herrlich riechender Dampf quoll heraus. Vorwege bemerkte, dass Froelich interessiert schaute und winkte ihn zu sich.

»Da, schauen Sie rein: kein Pulver weit und breit, kein Geschmacksverstärker – und das vermisst hier auch niemand.«

In dem Topf war dunkle Brühe, eine Art Grundsoße, die Vorwege gerade wieder zum Aufkochen brachte.

»Daran tüftle ich schon länger«, gab Froelich zu, »aber letztendlich kippe ich dann doch noch etwas Soßenpulver mit in den Topf. Würden Sie mir irgendwann mal Ihr Geheimnis für eine gute Soße verraten?«

Vorwege legte sofort los, und Froelich war überrascht, wie einfach das Rezept war.

»Und wozu die Brotreste?«, fragte er dann.

»Das bindet die Soße, da brauchen Sie kein Hilfsmittelchen mehr.«

»Aha«, machte Froelich und freute sich schon auf seinen nächsten Soßenversuch.

»Die wichtigste Zutat ist allerdings etwas ganz anderes«, sagte Vorwege dann noch.

»Dachte ich es mir doch«, ging es Froelich durch den Kopf und er richtete sich schon auf irgendetwas Kompliziertes oder Seltenes ein.

»Zeit«, sagte Vorwege und grinste. »Sie müssen sich Zeit lassen für die Grundsoße, dann wird das auch was.«

»Haben Sie denn hier überhaupt dazu die Zeit? Das Essen muss doch auch pünktlich auf den Tisch.«

»Deshalb bin ich morgens gern als Erster an Bord, oder ich mache die Grundsoße schon am Abend vorher.«

»Haben Sie das auch im ›Caspar's‹ so gemacht?«

Vorwege wurde wieder ernst und wandte sich dem Schneidebrett zu.

»Wir waren vorhin in Ihrem früheren Restaurant. Sieht übel aus, jetzt.«

»Mag sein«, brummte Vorwege und streute eine Handvoll gemischter Gewürze in den Soßentopf.

»Alles voller Rauch, alles sehr schmuddelig, und der Wirt trägt die Kässpätzle so aus, dass sein schmutziger Daumennagel tief im Essen steckt.«

»Hm«, machte Vorwege und hackte auf ein Büschel Schnittlauch ein. Das Nudelwasser begann zu kochen, Vorwege riss den Sack mit Nudeln auf und schüttete eine beachtliche Menge der Teigwaren ins brodelnde Wasser.

»Walther Neuneck hat mit einer Kritik Ihren beruflichen Lebenstraum zerstört, und dann liegt er tot auf genau dem Schiff, auf dem Sie in der Küche arbeiten. Ist das nicht ein seltsamer Zufall?«

»Sie haben noch etwas vergessen: Neuneck, dieses Aas stirbt ausgerechnet an Mandelbutter, die mit Blausäure vergiftet wurde – nachdem er mir vor allem einen Flan vorgeworfen hat, in dem Mandeln verarbeitet waren.«

Vorwege legte den Rührlöffel weg, mit dem er die Nudeln gerade in Bewegung gebracht hatte. Er trat auf Froelich und Inge zu und hielt ihnen beide Arme nebeneinander ausgestreckt hin, als wolle er sich von ihnen Handschellen anlegen lassen.

»Ach so«, sagte er dann, als wäre es ihm eben erst wieder eingefallen. »Sie sind ja gar nicht von der Polizei.«

Damit drehte er sich wieder um und begann, Petersilie, Knoblauch und Ingwer kleinzuhacken.

»Die Polizei nämlich«, fuhr er nach einer kurzen Pause fort, »hat mich nicht mehr als Hauptverdächtigen auf dem Zettel.«

»Und warum, wenn ich fragen darf?«

»Am Teller mit der Mandelbutter waren meine Fingerabdrücke zu finden – logischerweise, weil ich ja alle Teller und Schüsseln zusammen mit den Bedienungen angerichtet habe. Aber ich besitze keine Blausäure und ich habe auch noch nie welche besessen. Die Polizei habe ich bei mir daheim suchen lassen, auch auf der ›Anna Schäufele‹ in der Küche, und sogar hier – warum auch nicht? Ich habe nichts zu verbergen. Und ich habe denen auch erzählt, dass in meinem Flan damals Mandeln drin waren, und dass mir Neuneck genau das angekreidet hatte.«

Vorwege legte das Messer weg und kam zwei Schritte auf Inge und Froelich zu.

»Wäre es nicht selten dämlich von mir, diesen blöden Neuneck ausgerechnet mit einem nach Bittermandel riechenden Gift umzubringen? Ich meine, da könnte ich ihn doch gleich vor versammeltem Publikum mit einer Kalbshaxe erschlagen, oder?«

Froelich nickte.

»Eben, und so hat das dieser Kommissar vom LKA auch gesehen. Außerdem ...«

Vorwege brach abrupt ab und kümmerte sich wieder um das Essen.

»Außerdem? Sie wollten gerade noch etwas sagen?«

»Außerdem ... außerdem müsste man Eigeninitiative zeigen, wenn man jemanden umbringen wollte. Und mein Freund Fred hat mir genau das vorgeworfen: dass ich seit dem Scheitern mit dem ›Caspar's‹ keine Eigeninitiative mehr zeige, keinen Mumm mehr habe, etwas Neues anzupacken. Deshalb hat er mich auch verlassen und ist mit einem Bankmenschen aus Leonberg durchgebrannt.«

Vorwege machte wieder eine Pause, schob das Schneidebrett ein wenig nach hinten und stellte einige Gewürzpäckchen mal hier hin und mal da hin, als wolle er damit verbergen, dass er aufgewühlt oder nervös war.

»Und der letzte Punkt«, fuhr er schließlich fort, »müsste sogar Ihnen einleuchten: Wenn ich hier auf einem der Schiffe einen Menschen töte, schade ich auch der Schifffahrtsgesellschaft – also ausgerechnet denen, die mir wieder einen Job gegeben habe, in dem ich mich wirklich wohl fühle. Glauben Sie wirklich, ich würde riskieren, dass mir wegen Neuneck noch einmal ein Job flöten geht?«

Freitag, 8. Oktober

Froelich schlug mit dem Messer eine tiefe Kerbe in sein Frühstücksei und sah danach missmutig zu, wie aus dem Loch Eigelb quoll und sich im Unterteller mit Schalensplittern vermengte.

»Na, noch müde?«

Inge war schon daran gewöhnt, dass ihr Gottfried ein richtiger Morgenmuffel war – dafür musste er es aushalten, dass sie meistens schon gut gelaunt und voller Tatendrang aufstand.

»Hm«, brummte Froelich und klaubte einige Schalenstückchen aus der gelben Pampe. Dann klopfte er ein paar Mal mit dem Messer auf das Ei und legte das obere Ende des Eiweißes umständlich frei. Immer mehr Schale klebte an seinen eigelbverschmierten Fingern fest, und als er sich ganz in Gedanken die Finger am Hemd abwischte, stand er fluchend auf, warf das spektakulär zugerichtete Ei in den Mülleimer und wusch sich die Hände im Spülbecken.

»Na, was ist denn mit dir?«

Froelich schien mehr umzutreiben als seine übliche schlechte Morgenlaune.

»Ach, nichts eigentlich.«

»Und was ist dieses ›eigentlich‹?«

»Mein Geburtstag.«

»Ja, du wirst in einer Woche vierzig.« Inge drehte sich kurz um und sah auf den Wandkalender. »Übrigens genau in einer Woche.«

»Eben.«

»Ja, und?«

»Diese ganze Geschichte mit dem toten Gourmetkritiker, mit den Bomben und dem ganzen Elend, das man durch die Rumfragerei erfährt – das alles ist mir so sehr auf den Magen geschlagen, dass ich gar keine Lust mehr habe, meinen Geburtstag überhaupt noch zu feiern.«

Inge ließ ihn reden. Vielleicht tat es ihm ja gut, mal alles rauszulassen. Denn dass Froelichs Geburtstag gefeiert wurde, stand für sie schon fest – »aber Männer«, dachte sie, »müssen ja nicht alles wissen.«

»Nimm nur mal diese Familie Schieber. Der Vater verprellt die Tochter, die wiederum lässt sich auf einen öligen Schwätzer ein, die Mutter betrügt ihren Mann, dann lässt sie ihren Lover plötzlich fallen und kein Mensch weiß, wo sie steckt. Geht dir das nicht an die Nieren?«

»Doch, schon. Aber dann müssen wir es halt besser machen.«

»Machen wir ja«, sagte Froelich und lächelte sie kurz an.

»Stimmt. Und das mit der Party kannst du dir ja noch ein bisschen durch den Kopf gehen lassen.«

»Ich habe noch Zeit zu überlegen, ob ich in einer Woche feiern will? Du bist gut: Soll ich die Leute denn nachträglich einladen?«

»Vielleicht sind deine Freunde ja spontaner als du denkst«, sagte Inge. Aber sie dachte dabei: »Vielleicht wissen sie ja schon mehr als du ahnst.«

»Man wird sehen«, brummte Froelich und trank einen Schluck Kaffee.

»Es ist immerhin ein runder Geburtstag, Gottfried. Da kann man es schon mal krachen lassen.«

»Du weißt doch, Inge«, antwortete er und tätschelte seinen Bauch: »Für mich ist jeder Geburtstag ein runder Geburtstag.«

Inge grinste.

»Deinen Humor hast du noch, dann besteht ja Hoffnung.«

Samstag, 9. Oktober

Der Freitagabend war schön gewesen, aber es war spät geworden. Mit Inge war er zur »Kulinarischen Lesung« in Butterwecks Garten gegangen. Dank zahlreicher Heizsäulen um den Pavillon herum war es ihnen auch spät am Abend noch nicht kalt geworden. Die guten Weine, die Butterweck dazu servieren ließ, hatten daran sicher auch ihren Anteil.

Dreimal war Froelich in der Nacht zum Samstag hochgeschreckt, schließlich ließ er das Fenster neben seinem Bett trotz der kühlen Nachtluft offenstehen. Und gegen halb vier war er endlich so müde, dass er sich wieder in sein Bett legte und sofort in einen tiefen, traumlosen Schlaf fiel.

Als er gegen Morgen doch noch zu träumen begann, wechselten sich wirre Szenen von Begräbnissen, explodierenden Neckarschiffen und einem Mann mit Gesichtsmaske, Hammer und Meißel ab. Vor allem das Hämmern des Vermummten wirkte sehr realistisch auf Froelich, und das harte Geräusch des Hammers, der auf den Meißel trifft, bohrte sich geradezu schmerzhaft in Froelichs Gedanken.

Erst mit der Zeit wurde Froelich klar, dass er das hämmernde Geräusch nicht nur träumte. Verschlafen rollte sich Froelich aus dem Bett und stellte sich ans Fenster. Gegenüber wurde ein Fenster geöffnet. Frau Weiß, eine etwas penible Witwe, die sich schon mehrfach über Froelichs gelegentliches Musizieren beschwert hatte, sah empört zu ihrem Nachbarn hinüber. Doch Froelich hob abwehrend die Hände und deutete stumm auf die Kirchstraße hinunter.

Inzwischen war auch Inge erwacht. Sie benutzte wegen Froelichs Schnarchen Ohrstöpsel, doch Froelich hatte durch sein schnelles Aufstehen das ganze Bett in Schwingung versetzt.

»Was ist denn los?«

Froelich nickte zu dem Mann hinunter, Inge folgte seinem Blick. Der Unbekannte – wieder in Schwarz gekleidet und das Gesicht unter einer Maske verborgen – packte gerade seinen Kram zusammen und machte sich davon, ohne die Nachbarn, von denen mittlerweile einige am Fenster standen und fassungslos auf die Kirchstraße hinabschauten, eines Blickes zu würdigen.

»Was war das denn?«, fragte Inge.

Froelich drückte das Fenster zu.

»Der war gestern früh schon mal da«, sagte er. »Für die Reparatur des beschädigten Pflasters scheint es mir noch etwas früh am Tag – ich schau nachher mal, was er angerichtet hat.«

Inge kochte Kaffee, und als sie gerade die heiße Milch in die Tasse goss, war Froelich auch schon wieder da.

»Das glaubst du nicht, Inge«, sagte Froelich und ließ sich schwer auf die Eckbank fallen.

Inge rührte ihren Kaffee um, stellte den Löffel in Froelichs Tasse und wartete gespannt, was er zu erzählen hatte.

»Die Polizei war auch schon da, Frau Weiß hat angerufen.«

»Das war zu erwarten.«

»Dieser Typ – ich nehme jetzt einfach mal an, es war ein Mann – hat gestern einen Granitstein halb zerdeppert, heute hat er ihm den Rest gegeben und hat stattdessen eine Tonscherbe an die Stelle des Pflastersteins gelegt.«

»Aha?«

»Auf der Tonscherbe, die er ungefähr quadratisch zugehauen hat, stand ein Satz: ›Stolperstein! Hier soll die Stadtverwaltung über ihre Fehler stolpern.‹ Fein säuberlich mit Fettstift draufgeschrieben – allerdings etwas eng, mit der normalen Straßenbeleuchtung war es nicht zu entziffern, aber der Polizist hatte ja eine Taschenlampe dabei.«

»Und was soll das? Stolpersteine werden in vielen Städten gesetzt, aber da geht es eher um die Erinnerung an Opfer des Nationalsozialismus – das ist hier doch wohl nicht gemeint, oder?«

»Nein, ganz sicher nicht. Aber Symbole sind eben auch Glückssache – vielleicht hat unser Unbekannter die ›richtige‹ Stolperstein-Aktion nur nicht ganz verstanden. Anscheinend ist das eine Art Protest gegen das Granitpflaster, mit dem die Stadt nach dem harten Winter so viel Ärger hatte.«

»Na ja ... Da steht Besigheim aber nicht allein da. Ich habe darüber unlängst mal was geschrieben – dieses Granitpflaster hält in einigen Städten nicht das, was sich die Verwaltungen versprochen haben. Trotzdem, vom nächtlichen Kaputtschlagen wird das Pflaster auch nicht wieder heil.«

»Jedenfalls soll ich aussagen, was ich gesehen habe. Herr Röhm, der Polizist, den das Revier geschickt hat, kommt nachher im Institut vorbei – zuerst musste er zu Frau Weiß. Er kennt sie wohl schon und hatte so eine Ahnung, dass das etwas länger dauern würde. Wir können also noch in Ruhe fertig frühstücken.«

* * *

Es hatte lange genieselt an diesem Abend. Und Dr. Siegfried Farner stand die ganze Zeit über in seiner alten Praxis am Fenster und sah durch die Regenschlieren hinüber zum Friedhof.

Die Wochenenden waren das Schlimmste seit dem Tod seiner Frau. Und das Schlimmste an den Wochenenden waren die Samstagabende. Monatelang hatte er sich daheim unwohl gefühlt und war dann am Wochenende lieber ausgegangen. Im Restaurant war er sich dann noch einsamer vorgekommen, also blieb er am nächsten wieder daheim.

Irgendwann hatte er für sich eine Lösung dieses Problems gefunden. Und nun wartete er darauf, dass der Regen aufhörte. Nach zwei Stunden war es so weit. Farner nahm eine dicke Jacke vom Haken und schnappte sich den Campingstuhl, der zusammengeklappt an der Garderobe lehnte, die Schuhe hatte er schon an, und ging aus dem Haus.

Die Lindenstraße lag verlassen da, unten auf der Hauptstraße hörte er zwei Limousinen in Richtung Pleidelsheim vorüberfahren.

Langsam überquerte er die Straße und öffnete die leicht quietschende Tür zum Friedhof. Die Klinke war kalt und nass, und das Gras links und rechts des Fußwegs bog sich unter den Regentropfen, die an den Halmen hingen.

Das Grab seiner Frau lag ganz hinten. Ein großer, aus porigem Stein schön gearbeiteter Engel stand am Kopfende und breitete seine Arme aus. Schon lange stellte es sich Siegfried Farner schön vor, wenn ihn dieser Engel eines Tages mit einer solchen Geste willkommen heißen und ihn endlich wieder mit seiner geliebten Hanna vereinen würde.

Eine Hälfte des Doppelgrabes war für ihn gedacht, aber er musste sich noch gedulden: Er hatte trotz seines Übergewichts eine Konstitution wie ein Pferd, keine Probleme mit dem Herzen, keinen Diabetes, nicht einmal Bluthochdruck. Sein Hausarzt machte immer wieder einen fast enttäuschten Eindruck, wenn er seinen rauchenden, trinkenden und viel zu dicken Patienten als völlig gesund aus seiner Praxis lassen musste.

Es hatte sich inzwischen als Ritual eingebürgert, dass Farner den zwanzig Jahre jüngeren Beinahekollegen tröstend in den Arm nahm und ihm mit gutmütigem Spott versprach, er solle sich die unverwüstliche Gesundheit seines Risikopatienten nicht so zu Herzen nehmen, und er werde nächstes Mal ganz sicher viel kranker zu ihm kommen.

Am Fußende von Hannas Grab klappte er den Campingstuhl auf und ließ sich vorsichtig auf die Sitzfläche sinken. Die Stuhlbeine sanken knirschend ein wenig in den Kies ein, dann saß Farner bequem mit Blick auf den Engel und den Grabstein.

»Hier ruht meine große Liebe«, hatte er in die Granittafel meißeln lassen. Und es stimmte ja auch. Glühend verliebt waren sie beide gewesen, die sehr dünne, sehr hübsche und etwas verhuschte Frau aus Heilbronn und ihr dicker, gemütlicher und redegewandter Siegfried.

Hannas Krankheit hatte die letzten Jahre ihrer Ehe überschattet, und letztlich war sie daran ja auch gestorben. Ihre Seele hatte zu stolpern begonnen – so hatte es Hanna selbst genannt, als ihr Verhalten immer drastischere Ausreißer an den Tag legte und der Arzt ihr die niederschmetternde Diagnose mitteilte. Damals hatte Hanna ihren Mann noch damit trösten wollen, später war ihr das immer seltener möglich, und schließlich war von der ursprünglichen Hanna fast nichts mehr geblieben.

Wie Ertrinkende hatten sie sich aneinandergeklammert – er immer und sie in ihren immer seltener werdenden lichten Momenten. Deshalb wollten beide nicht, dass Hanna in eine Klinik eingewiesen wurde – wo sie unter der Obhut der Pfleger wohl nie die Gelegenheit zum Selbstmord gehabt hätte. Noch heute konnte Farner nicht sagen, ob die Entscheidung, unbedingt zusammenzubleiben, trotz allem nicht doch richtig gewesen war.

»Guten Abend, Hanna«, sagte er schließlich, nachdem er ein kleines stummes Gebet mit einem leise gemurmelten »Amen« beendet hatte. »Dieser Bestatter war bei mir, Gottfried Froelich, du erinnerst dich?«

Farner wartete einen kleinen Moment, als rechne er mit einer Antwort.

»Mensch, Hanna, wenn der wüsste, wie gerne ich ihn in Anspruch nehmen würde, endlich, nach all den Jahren.«

Farner war es leid, von seiner Frau getrennt zu sein. Aber Selbstmord kam für ihn nicht in Frage. Er war kein

Kirchgänger, und seine Bibel im Wohnzimmerregal hatte er seit Jahren nicht mehr angerührt – aber einige Prinzipien aus seiner Kindheit, als ihn die Eltern in pietistischem Ernst erzogen, hatte er neben Bezügen auf andere Religionen und Überzeugungen für sich als Richtschnur übernommen. Es war ein seltsamer Flickenteppich aus Anschauungen, die er sich zu eigen gemacht hatte. Er spuckte nicht auf den Boden, weil ihm das respektlos gegenüber Mutter Natur vorkam. Er achtete Tiere und Pflanzen, half Nachbarn, wenn sie in Not waren, und ließ Selbstmord als Lösung gleich welcher Probleme nicht gelten. Allerdings fand er nichts dabei, zu lügen, zu fluchen und hochnäsige Menschen mit überzogenen Honorarforderungen über den Tisch zu ziehen.

»Eigentlich ein Witz, was? Da habe ich den ganzen Schrank voller Giftfläschchen, und dann mag ich selbst keins nehmen …«

Er sah nachdenklich auf den Grabstein.

»Trotzdem geht es um Gift, heute Abend. Dieser Walther Neuneck ist doch tot, wurde vergiftet während des diesjährigen ›Schwimmenden Büfetts‹. Gleich dort unten« – er zeigte in Richtung Neckar – »lag das Schiff vor Anker, nachdem dieser Mistkerl umgekippt war.«

Kurz unterbrach er sich, hob entschuldigend beide Hände.

»Ich weiß, Hanna, ich weiß: Niemand hat es verdient, dass man ihn wirklich hasst. Da hast du natürlich recht, aber Neuneck war wirklich ein Widerling. Du weißt doch, dass er Heinz ruiniert hat mit seiner Schreiberei – und Heinz war nicht der Einzige, dem er geschadet hat. Mir tut es wirklich nicht leid um Neuneck, wirklich nicht.«

Er räusperte sich.

»Dass er an Blausäure gestorben ist, habe ich dir ja schon letzten Samstag erzählt. Aber etwas habe ich bisher noch für mich behalten: Ich hätte ihn vielleicht retten können.«

Farner zog ein Taschentuch hervor und schnäuzte sich.

»Mir war aufgefallen, dass Neuneck wie immer darauf achtete, dass er zuerst am Büffet ankam. Das hatte er schon beim ersten Teil der Veranstaltung so gehalten, als er fast schon während der Eröffnungsrede hinunter eilte. Und als die Desserts angekündigt wurden, war es genauso. Ich bin ihm dann relativ schnell hinterher und habe ihn beobachtet – ich finde, dass er sich immer wie ein Gockel aufführte, sich wahnsinnig wichtig fand. Einmal, das habe ich dir erzählt, hat er mir auf einer Gala in Stuttgart, an der wir beide teilnahmen, in einer Diskussion so von oben herab widersprochen und mich in der ganzen beisammenstehenden Runde lächerlich gemacht, dass ich am liebsten im Boden versunken wäre.«

Dr. Siegfried Farner mochte es nicht besonders, wenn ihm widersprochen wurde. Und die Szene während der Gala in Stuttgart empfand er noch heute, nach Jahren, als besondere Schmach.

»Ich habe Neuneck also beobachtet, wie er sich die Desserts anschaute und wie er sich dann von der Mandelbutter nahm. Um uns herum standen reichlich Leute, aber die anderen hatten zunächst wohl nur Augen für die Desserts. Ich habe beobachtet, wie er plötzlich keine Luft mehr bekam, wie er bewusstlos auf den Boden sank. Du weißt ja, dass mich Gifte und ihre Wirkung seit langer Zeit faszinieren.«

Er stockte, wischte sich eine Träne aus den Augen.

»Ja, natürlich weißt du das …«

Farner schniefte kurz und sah sich um, ob er noch allein auf dem Friedhof war. Niemand außer ihm war hier, zumindest niemand, der noch lebte.

»So, wie Neuneck zu Boden sank, so schnell vor allem, erinnerte mich das sehr an die Wirkung von Blausäure. Und Mandelgeruch fällt gerade in Desserts auch nicht so sehr auf – zumal ich wusste, dass auf dem Teller, vor dem Neuneck zu Boden ging, Mandelbutter angerichtet war.«

Farner seufzte.

»Kurz dachte ich daran, diesem Neuneck zu helfen. Ich trage seit deinem Tod immer ein kleines Fläschchen mit mir herum, das dich damals wahrscheinlich hätte retten können. Ein Gegengift, mit dem Vergiftete ganz gute Chancen haben, doch noch zu überleben. Eine Marotte, ich weiß – aber gerade die hätte diesmal tatsächlich ein Menschenleben retten können. Doch wie er dann so dalag und mir alles in den Sinn kam, was ich an diesem Walther Neuneck nicht mochte, bin ich einfach stehen geblieben und habe zugesehen. Er lag da, war anfangs nur bewusstlos. Aber ein paar Minuten später bleibt einem mit Blausäure das Herz stehen – und dann hilft kein Gegengift mehr.«

Farner schluckte, zog ein Taschentuch hervor und schnäuzte sich.

»Das habe ich einfach abgewartet, dann bin ich mit allen anderen wieder hinauf zu meinem Tisch gegangen. Nach einer Weile hat es mir dann doch keine Ruhe mehr gelassen: Ich wollte zumindest wissen, ob ich ihn wirklich hätte retten können. Also bin ich runter zu dem Toten und habe ihn mir angesehen, habe auch das Mandelaroma gerochen – ich hatte richtig vermutet: Neuneck war an einer Blausäurevergiftung gestorben. Und bis heute weiß niemand, dass ich das passende Gegenmittel in der Tasche hatte. Nur dir habe ich es gesagt.«

Er schwieg eine Weile.

»Das liegt mir ganz schön auf der Seele.«

Farner stand auf, klappte den Campingstuhl wieder zusammen und strich sanft über den porigen rechten Unterarm des steinernen Engels.

»Kann gut sein, Hanna, dass ich dir das noch ein paar Mal erzählen muss, bevor es mir hilft.«

Sonntag, 10. Oktober

Der Sonntag war der ereignisloseste und langweiligste Tag, den Inge und Froelich seit langem erlebt hatten. Und sie genossen jede Stunde und das Gefühl, dass sich der Tag einfach so hinzog, als wolle er nie enden.

Montag, 11. Oktober

In Ottmarsheim sprach Froelich zwei Stunden lang mit den Hinterbliebenen einer alten Dame namens Lavinia Laroczek und notierte sich alle möglichen Details zu ihrem Leben. Das tat er als Gefälligkeit für Pfarrer Brenz, der seit Samstag wegen einer privaten Angelegenheit ständig unterwegs war. Die beiden Männer hatten verabredet, die Trauerrede auf Frau Laroczek gemeinsam zu entwerfen, und hinterher wollte Brenz seinen freiwilligen Assistenten zum Essen in die Kirchstraße ausführen – ein Angebot, das Froelich nicht ablehnen konnte.

Frau Laroczek war viel herumgekommen in ihrem Leben. Zunächst durch Flucht und Umsiedlung, dann aber dank des steilen wirtschaftlichen Aufstiegs ihres vor zwanzig Jahren verstorbenen Mannes auch auf zahlreichen Reisen per Schiff, per Flugzeug oder Bahn. Einmal, in den frühen Siebzigern, waren sie und ihr Mann sogar das westliche Endstück des berühmten »Oregon-Trails« in den USA abgeritten, einer im 19. Jahrhundert benutzten Siedlerroute durch die Rocky Mountains.

Auf dem Rückweg von Ottmarsheim hinunter nach Besigheim sah er ein Stück entfernt den Reiterhof, den ihm Inge bei einer Ausfahrt mal als Heimat der Sommeliere Karin Frohe-Mertens beschrieben hatte. Und in Besigheim angekommen, machte er noch einen kleinen Umweg, um bei Roland Butterweck vorbeizuschauen.

Butterweck werkelte in seinem herrlichen Garten und begrüßte Froelich etwas reserviert. Trotzdem bot er ihm einen Kaffee an, und die beiden Männer gingen hinüber ins Büro.

Froelich setzte sich auf einen wackeligen Holzstuhl neben dem Schreibtisch, Butterweck nahm, nachdem er ihnen Kaffee eingeschenkt hatte, auf seinem Ledersessel Platz.

»Was wollen Sie mir denn heute unterstellen?«, fragte Butterweck, und er klang nicht einmal aggressiv dabei. Offenbar hatte er sich daran gewöhnt, dass ihm Froelich mit seinen Fragen und Mutmaßungen auf die Nerven ging.

Froelich wollte gerade antworten, als ihn ein Geräusch hinter seinem Rücken erschreckt herumfahren ließ. Es war aber nichts weiter, an der Tür hatte sich ein Nagel gelöst und der daran hängende Kalender war auf den Boden gefallen. Dann aber fiel Froelich auf, was nun an der Tür zu sehen war. Er erhob sich langsam und ging auf die drei Porträtfotos zu.

»Warum hängen hier denn Fotos von Frau Schieber, Frau Müller und Herrn Päble?«

Er ging noch ein wenig näher, dann fiel es ihm auf.

»Schießen Sie mit einem Blasrohr Knetkügelchen auf diese Fotos?«

Er drehte sich um.

»Finden Sie das nicht etwas albern?«

Butterweck zuckte mit den Schultern.

»So hat halt jeder sein Hobby.«

»Komisches Hobby. Und was haben Sie gegen diese drei Leute?«

»Eigentlich waren es vier«, sagte Butterweck und zog das Foto von Walther Neuneck, das er nach dessen Tod abgelegt hatte, aus der Schublade.

Froelich war platt.

»Und das zeigen Sie mir so einfach?«

»Ja, klar. Warum auch nicht?«

»Na, weil Sie das doch höchst verdächtig macht, darum. Sie geben ja selbst zu, dass Sie ein Motiv hatten.«

»Ein Motiv?«

Butterweck lachte.

»Ja, ich gebe zu, dass ich ein Motiv hatte, Knetkügelchen auf Walther Neuneck zu pusten.«

Dann sah er Froelich spöttisch an.

»Und? Werde ich dafür jetzt verhaftet?«

Er schüttelte ungläubig und leicht amüsiert den Kopf.

»Jetzt setzen Sie sich hin, trinken Ihren Kaffee, und ich erzähle Ihnen, warum ich diese vier Leute etwas weniger mag als alle anderen.«

Butterweck wartete, bis Froelich wieder saß.

»Beginnen wir mit Neuneck. Sie haben ja zuletzt auch meine »Kulinarische Lesung« besucht. Eine schöne Veranstaltung, das werden Sie mir sicher gerne bestätigten ...«

Froelich nickte.

»Aber ich könnte etwas mehr Werbung dafür gut gebrauchen. Diese Lesungen würde ich gerne häufiger machen, und ich würde gerne etwas mehr Geld damit verdienen. Und das Ziel wäre, in jedem Spätsommer unten am Neckarufer mit einigen regionalen und jeweils einem bundesweit prominenten Autor einen literarischen Sommerabend zu inszenieren.«

»Eine schöne Idee.«

»Eben. Also habe ich mir überlegt, den großen Gourmetkritiker Olivo alias Walther Neuneck einzuladen und für ihn und einige handverlesene Promis einen besonders aufwendigen Abend zu gestalten, um die Werbetrommel für weitere Veranstaltungen dieser Art zu rühren. Da wären Medienleute gekommen, wir haben ja auch berühmte Musiker in der Gegend, namhafte Manager. Zuerst fragte ich Walther Neuneck, und der fragte im Gegenzug, wer mir denn außer ihm noch so vorschwebte. Ich dachte schon, ich hätte ihn an der Angel, also habe ich mal drauflos erzählt, wen ich noch alles einladen wollte. Danach hat er angedeutet, dass er doch auch Kosten habe, wenn er für den einen Abend extra nach Besigheim kommen solle – es war klar, dass er ein hohes Honorar wollte. Er nannte auch tatsächlich eine Summe, und da war ich so baff, dass ich sofort aufgelegt habe.«

Butterweck trank einen Schluck Kaffee.

»Ich ließ den Ärger ein paar Tage sacken, dann rief ich die Ersten an, die ich außer Neuneck noch hatte einladen wollen. Jeder sagte ab, manche machten sich die Mühe einer Ausrede, aber einer steckte mir schließlich, warum niemand kommen wollte: Neuneck hatte wohl, nachdem er mit seiner Geldforderung nicht durchgekommen war, meine potenziellen Gäste angerufen und sie vor einem ziemlich unseriösen Veranstalter aus Besigheim gewarnt, der sich ihre guten Namen zunutze machen wolle – er hat sie vor mir gewarnt.«

»Oh«, sagte Froelich.

»Ja, und damit konnte ich mein Projekt erst einmal begraben. Das hat Neunecks Foto einen Ehrenplatz an der Tür eingebracht.«

»Und die anderen?«

»Warum Susannes Foto dort hängt, vermuten Sie wahrscheinlich richtig. Wir hatten mächtig Spaß während der Champagnerprobe im vorigen Jahr. Mir ist richtig Hören und Sehen vergangen unten in der Tiefgarage, aber kurz danach hat mich Susanne abserviert und hat sich mit dem langweiligen Päble eingelassen. Der hat mehr Kohle als ich, klar, aber sonst ...«

»Und deshalb hängt dort auch Päble.«

»Ja, unter anderem. Außerdem fand ich es nicht in Ordnung, wie er Manfred Schieber als Vereinsvorsitzenden abgeschossen hat. Ich wundere mich noch heute, warum dem Manfred alle anderen im Verein so schnell von der Fahne gegangen sind.«

»Und die Frau hier auf dem Bild ist Claudia Müller, richtig?«

Butterweck nickte.

»Was ist mit ihr?«

»Ach, die Müllers tragen die Nase ziemlich hoch wegen ihrer prämierten Weine – das habe ich Ihnen, glaube ich, schon auf dem Schiff erzählt. Da lässt man dann im Rausch des Erfolges einen alten Kunden wie mich, der Ihnen ihren Riesling und ihren Lemberger abgekauft hat, als sie noch nicht so berühmt und längst noch nicht so gefragt waren, halt einfach mal hängen. Ich hatte damals einige Kisten für eine Lesung geordert, hatte eigens in den Flyern auf das Weingut Müller hingewiesen – und als ich den Wein am Tag der Lesung abholen wollte, war plötzlich nichts mehr da. So hochnäsig, wie mich Claudia damals abblitzen ließ, ist sie heute nach dem Hagelschaden im Wengert sicher nicht mehr – eigentlich gönne ich ihr den Schaden von Herzen. Na, egal. So hat sie es auf die Tür geschafft.«

»Und wie lange geht das schon mit dem Blasrohr?«

»Claudia war die Erste, gleich damals nach der Lesung – das ist sicher zwei Jahre her. Danach gesellte sich Neuneck dazu, und schließlich klebte ich die Bilder von Susanne und Päble daneben.«

Froelich sah Butterweck an. Auf ihn wirkte er nicht, als könnte er Menschen mehr antun, als auf dem Schiff Gerüchte über sie verbreiten – oder Knetkügelchen auf ihre Fotos zu pusten.

Dienstag, 12. Oktober

Gegen halb vier kam Bewegung in den »Enztaler Hof«. Manfred Schieber machte sich einen Kaffee und brütete noch ein wenig vor sich hin, bevor er in der Küche hantierte. Er schaltete alle Herdplatten ein und drehte die Temperatur für Backöfen und Fritteusen auf.

Dann riss er an einigen Regalen, bis sie nach einigem Schwanken nach vorne in den Raum kippten und krachend auf die Kochinseln fielen. Mit einem großen Besen fegte er Schöpfkellen und Rührlöffel von ihren Halterungen und ließ schließlich noch einige Töpfe hinterherpoltern.

Nun war er etwas außer Atem, und allmählich breitete sich Ruhe in ihm aus.

Kurz besah er sich sein Werk, dann ging er hinunter ins Kellergeschoss, zerrte im Vorübergehen aus dem einen Regal einen Sack Mehl, aus dem anderen einige volle Weinflaschen. Auf seinem Weg in den Lagerraum am hinteren Ende des Gebäudes hinterließ er eine Spur der Zerstörung.

Vor der großen Gefriertruhe blieb er schließlich stehen und tat, was er in jeder der vergangenen Nächte getan hatte. Er klappte den Deckel der Truhe hoch, zog sich den Stuhl heran, den er seit der ersten Nacht gar nicht mehr erst nach oben in die Gaststube zurückgetragen hatte, und lehnte sich auf die Kante der Truhe.

Lange sah er hinein und kämpfte mit den Tränen. Lange spürte er nicht die Kälte, die aus der Truhe aufstieg, doch dann bemerkte er, wie die kalte Luft auf seiner Haut kribbelte, wie sie ihn in den Augen kratzte und ihm das Atmen schwer machte.

Mehr zu schaffen machte ihm trotz allem die Kälte, die sich in ihm ausgebreitet hatte. Ohne Susanne schien nichts mehr einen Sinn zu ergeben, und für wen sollte er sich auch krummlegen, wenn er allein war?

Allmählich schlich sich auch das Bild von Wolfgang Päble in seine Gedanken, diesem intriganten Schleimer, der sich seit seiner Ankunft in Besigheim überall breitgemacht hatte. Der ihm diesen Olivo auf den Hals gehetzt, der ihm den Vorsitz im Genussverein abgejagt – und der ihm schließlich auch noch seine Frau genommen hatte.

Und was ihm Päble nicht nahm, hatte der »Enztaler Hof« aufgefressen. Dieses vermaledeite Gasthaus hatte ihn seine Tochter gekostet, viel Geld, viele Nerven und viele Jahre seines Lebens. Viel zu viele. Und nun war es dabei, ihn völlig in den Ruin zu reißen.

»Damit hat es nun ein Ende, Susanne«, murmelte Schieber und wischte sich einige kalte Tränen aus den Augenwinkeln. Er dachte an das Durcheinander in der Küche, an die auf voller Kraft laufenden Herde, Öfen und Fritteusen – das müsste eigentlich reichen, um diesen verdammten Gasthof in Schutt und Asche zu legen. Er selbst würde zwar nicht mehr von der Versicherung profitieren, aber auf diese Weise würde er wenigstens seiner Tochter Lilo noch einen Neustart ermöglichen.

Schniefend erhob sich Schieber von seinem Stuhl und legte die Hand an den Deckel der Gefriertruhe, um ihn zu schließen. Dann überlegte er es sich anders, ließ den Deckel offen, warf noch einen schmerzhaften, langen Blick hinein in die Truhe und ging dann zum letzten Mal hinauf in sein Büro.

Er hatte noch einen Brief zu schreiben.

* * *

Gottfried Froelich schreckte aus dem Schlaf hoch. Er hatte von Susanne Schieber geträumt, und nun plagte ihn ein schlechtes Gewissen gegenüber Inge, die still neben ihm lag. Eine Zeitlang lag er wach, dann versuchte er wieder einzuschlafen.

Wieder kamen Bilder von der schönen Susanne in ihm hoch. Schließlich dachte er ganz fest an Wolfgang Päble. Die Bilder von dessen Geliebten verblassten allmählich, und endlich fand Froelich noch ein wenig Ruhe, bevor der Tag begann.

* * *

Der Wagen hielt nur kurz in der Löchgauer Straße. Schieber stieg aus und steckte einen Umschlag in den Briefkasten der »Rose«. Dann sah er noch kurz an der renovierten Fassade des Gasthauses hinauf, stieg wieder in sein Auto und fuhr zurück in Richtung Stadtmitte.

Wolfgang Päble, der seit einigen Nächten schlecht schlief und immer wieder an seinem Fenster mit Blick auf die Besigheimer Altstadt stand und grübelte, wo Susanne nur stecken könnte, erkannte den Wagen erst, als er schon beinahe die geschwungene Brücke über die Bahnlinie überquert hatte.

Dann durchzuckte ihn die Erkenntnis wie ein Blitz: Das war Susannes Auto! Mit diesem kleinen knallroten, französischen Zweisitzer waren sie zu Picknicks gefahren, mit diesem Wagen war sie zu ihren Treffpunkten irgendwo neckaraufwärts gekommen – und einmal hatten sie sogar versucht, sich in dem engen Wagen zu lieben. Päble lächelte wehmütig – das Auto war wirklich zu klein dafür, sie hatten es kein zweites Mal versucht.

Doch jetzt musste er sich beeilen. Wenn Susanne mit ihrem Auto in Kur gefahren war, dann war sie wieder zurück. Unten klapperten schon die ersten Töpfe. Päbles neuer Koch hatte es gerne, wenn einige der Zutaten vom Großmarkt gleich frühmorgens verarbeitet wurden. Als er an der Küche vorbeieilte, drang ihm schon ein würziger Geruch aus angebratenen Fleischknochen, Zwiebeln und Sellerie in die Nase.

Auf dem Weg in die neben dem Gasthaus nachträglich erbaute und mit dem Hauptgebäude durch eine Innentür verbundene Garage kam er an der Haustür vorbei. Ralf Muhrmann, Sohn des stellvertretenden Genussvereinsvorsitzenden und in der »Rose« Kochlehrling im ersten Jahr, kam gerade mit einem dünnen Briefumschlag in der Hand ins Haus herein.

»Herr Päble?«, sagte er, aber der Chef machte Anstalten, einfach grußlos an ihm vorbeizuhasten.

»Herr Päble? Da wurde ein Brief für Sie eingeworfen. Gerade eben!«

Päble erstarrte mitten im Schritt: ein Brief? Von Susanne? Päble sah Ralf überrascht an und dachte fieberhaft nach.

Der Lehrling hielt dem Chef noch immer den Brief hin. Päble riss ihm das Couvert aus der Hand und sah auf einen Blick, dass der Umschlag nicht frankiert und handschriftlich adressiert war.

»Ich habe das Geräusch der Briefkastenklappe gehört, weil ich gerade rauswollte, um eine … äh …«

Päble mochte es nicht, wenn seine Angestellten an Stellen rauchten, an denen Gäste oder Passanten sie sehen konnten. Aber Ralf Muhrmann hatte im Moment nichts zu befürchten – Päble gingen ganz andere Gedanken durch den Kopf. Wenn Susanne Schieber ihm lieber schrieb, als direkt mit ihm zu reden, konnte das kaum etwas Gutes bedeuten.

»Schon gut, Ralf«, brummte Päble noch. »Und danke.«

Der Lehrling wusste nicht recht, was er nun tun sollte. Dann huschte er um die Ecke zurück in die Küche, um sich nicht noch vom Koch einen Rüffel einzufangen, weil er zu lange weg gewesen war.

»Egal«, dachte Päble unterdessen. »Jetzt muss ich erst einmal mit Susanne reden. Den Brief kann ich nachher immer noch lesen.«

Er rannte in die Garage, wartete mit laufendem Motor ungeduldig darauf, dass das automatische Tor endlich hoch genug stand, und fuhr dann mit quietschenden Reifen auf die Löchgauer Straße hinaus.

* * *

Weil Inge schon am Abend gesagt hatte, dass sie heute gerne etwas länger schlafen würde, gönnte sich Froelich schon auf dem Hinweg zum Bäcker mehr Ruhe als sonst. Vom Rathaus aus schlenderte er ein Stück weit an der Stadtmauer entlang. Alle paar Meter beugte er sich über die alten Quader und genoss die Blicke hinunter auf den Fluss oder auf die alten Gebäude, die sich innerhalb der Mauer aneinanderdrängten und ein beeindruckendes Stadtpanorama bildeten.

Dann ging er langsam die waghalsig konstruierte Treppe hinunter, die über die Mauer zur nächsten Straße hinabführte, und machte noch einen Abstecher ans Enzufer. Erst etwas später, als er wieder aufwärts schnaufte, bereute er es ein wenig, dass er sich nicht mit seinem üblichen Blick von oben herunter zufriedengegeben hatte. Sonst nämlich kletterte er hinter dem Marktplatz ein paar Stufen hinauf und konnte auf dem kurzen und leidlich gesicherten Stück Weg direkt an der Mauer – einer Art Wehrgang ohne Überdachung – bequem hinunter zur Enz sehen, deren Wasser dort über das breite Wehr gurgelte und zischte.

In der Bäckerei war alles Bedauern wieder wie weggeblasen. Froelich bestellte alle Brötchen einzeln, und die Bäckersfrau zeigte ihm jedes mit erkennbarem Stolz, und manchmal wog sie auch eines liebevoll in der Hand, während sie von der knusprigen Kruste und dem weichen Teig schwärmte. Fast schien es, als würde sie sich nur ungern von ihren Backwaren trennen.

Nach einem weiteren Umweg kehrte er durch das Tor am Steinhaus in die Altstadt zurück. Vor dem Schochenturm wurde gerade ein roter Kleinwagen auf einen Abschlepplaster gezogen, ein flotter Franzose mit zwei Sitzen und fetzig aufgepeppter Karosserie, der obendrein in der Einbahnstraße auch noch entgegen der Fahrtrichtung abgestellt worden war. Ein uniformierter Stadtbeamter stand daneben und erklärte einem älteren Ehepaar wortgewaltig, wie sehr der Wagen allen Passanten im Weg gestanden hatte und wie kurzentschlossen er, der Stadtbeamte, das Hindernis beseitigen ließ.

Froelich schlenderte über eine Treppe zur Kirchstraße hinunter, passierte den Marktplatz und erreichte schließlich am Ende der Straße sein Institut.

Oben versuchte er leise zu sein, aber der linke Schuh, den er im Sitzen umständlich mit dem rechten Fuß abstreifte, flog so unglücklich gegen den Schirmständer, dass der umfiel und Schirm und Ständer polternd auf dem Holzboden aufschlugen.

Vorsichtig öffnete er die Schlafzimmertür, um nachzusehen, ob Inge von dem Lärm wach geworden war. Doch was bisher die Ohrstöpsel verhindert hatten, schaffte nun der Luftzug der sich öffnenden Tür: Inge erwachte, blinzelte, sah Froelich, reckte sich und schlurfte ins Bad hinüber.

Inge saß schon am Tisch, gähnte und rieb sich die Augen, als Froelich noch mit Kaffeekochen beschäftigt war. Sie nahm sich ein Brötchen und biss hinein. Das Telefon klingelte, und Froelich, der Inge kauend am Tisch sitzen sah, ging ran.

Es war Päble, auch wenn der Vorsitzende des Genussvereins viel zu aufgeregt war, um seinen Namen zu sagen.

»Herr Froelich?«, rief er mit panischem Unterton ins Telefon. »Sie müssen sofort kommen, Herr Froelich!«

»Herr Päble? Sind Sie das?«

Im Hintergrund waren Verkehrsgeräusche zu hören, und direkt neben Päble schien ein Automotor zu laufen.

»Kommen Sie sofort, es zählt jede Minute!«

»Ich komme ja, Herr Froelich. Aber was ist denn passiert? Und wohin soll ich kommen?«

»Der ›Enztaler Hof‹ brennt! Kommen Sie schnell!«

Damit legte Päble auf. Froelich war es, als habe er den Mann zuvor noch schluchzen hören.

»Inge, ich muss los«, sagte er und griff nach dem langen Schuhlöffel. »Der ›Enztaler Hof‹ brennt, Päble war am Telefon. Keine Ahnung, was der dort draußen zu suchen hat oder was er dort angestellt hat. Kannst du die Feuerwehr rufen?«

Inge, die noch nicht ganz fertig gekaut hatte, nickte, stand auf und nahm Froelich das Telefon aus der Hand. Als sich Froelich endlich wieder in seine Schuhe gezwängt hatte und er so schnell es ging die Treppe hinunter ins Erdgeschoss eilte, hatte Inge die Feuerwehr bereits benachrichtigt. Danach rief sie auch noch Kommissar Kortz vom LKA an – seine Visitenkarte lag noch auf der Küchenarbeitsplatte, denn der »Enztaler Hof« hatte durch seinen Besitzer Manfred Schieber ja durchaus mit den Ereignissen auf der »Anna Schäufele« zu tun.

* * *

Erst als Froelich vor dem brennenden »Enztaler Hof« aus dem Auto stieg, fiel ihm ein, dass der Leichenwagen, den er in der Eile genommen hatte, in diesem Fall wohl nicht die einfühlsamste Wahl war.

Päble sah ihn kommen und wurde bleich.

Froelich ließ den Leichenwagen ein Stück in die Wiese hineinrollen, um der Feuerwehr, die sicher gleich eintreffen würde, genügend Platz zu lassen. Dann ging er zu Päble hin, der kurz stehen geblieben war, nun aber wieder aufgeregt hin und her ging. Ständig machte er drei, vier Schritte in die eine Richtung, dann drei, vier Schritte in die andere.

»Was ist denn hier los, Herr Päble?«, fragte Froelich schließlich und hielt ihn, als Päble keine Anstalten machte stehen zu bleiben, mit beiden Händen an den Schultern fest.

»Da brennt's!«, rief Päble überflüssigerweise und deutete auf den Gasthof hinunter.

Froelich bemerkte, dass aus einigen Fenstern, deren Glasscheiben in der Hitze des Brandes wohl zerborsten waren, dichter Rauch quoll. Aber noch nirgendwo schlugen Flammen durch das Dach – vielleicht war der Brand ja erst vor relativ kurzer Zeit ausgebrochen und der »Enztaler Hof« war noch zu retten.

Martinshörner zeigten an, dass die Feuerwehr inzwischen von Besigheim her auf dem Weg war, kurz darauf parkten mehrere Fahrzeuge auf beiden Seiten der Zufahrt zum Gasthof. Feuerwehrleute sprangen umher, rollten Schläuche aus und transportierten tragbare Pumpen hinunter ans Enzufer.

Auch aus Richtung Bietigheim kamen Feuerwehrfahrzeuge, und jenseits der Enz sah Froelich über den Radweg weitere kleinere Fahrzeuge von Besigheim heranbrausen. Inzwischen hatte ein Notarztwagen die Zufahrt zum »Enztaler Hof« erreicht und stellte sich etwas abseits auf den Grasstreifen neben der Fahrbahn.

»Herr Päble«, begann Froelich noch einmal, »was können Sie mir denn über den Brand des Gasthofs erzählen?«

Päble sah Froelich verständnislos an.

»Haben Sie gesehen, wie das angefangen hat?«

Päble schüttelte langsam den Kopf.

»Wissen Sie, ob jemand das Feuer gelegt hat?«

Päble schüttelte weiter den Kopf, als sei er in Trance.

»Ist denn noch jemand drin im Gebäude?«

Päble senkte den Kopf, ließ die Schultern hängen, schluchzte leise und ließ sich dann langsam gegen den vor ihm stehenden Froelich sinken.

»Ist noch jemand drin?«, fragte Froelich noch einmal mit mehr Nachdruck. Dann packte er den Mann wieder an den Schultern und hielt ihn auf Armlänge von sich weg.

»Herr Päble! Ist noch jemand im Gasthof?«

Päble zuckte mit den Schultern, so gut es Froelichs fester Griff zuließ. Er weinte inzwischen hemmungslos.

»Und was haben Sie um diese Zeit eigentlich hier draußen gemacht, Herr Päble?« Froelich konnte sich kaum vorstellen, dass ausgerechnet Päble das Gebäude angezündet haben sollte – aber was tat er hier draußen genau zu einem Zeitpunkt, an dem der Gasthof seines Rivalen lichterloh brannte?

»Ich habe Susanne gesucht«, sagte Päble schließlich und wischte sich mit dem Ärmel die Nase halbwegs sauber.

»Susanne Schieber? Ist sie hier im Haus?«

Päble zuckte wieder mit den Schultern.

Ein Feuerwehrmann kam gerade zu einem der Wagen zurück, um für sich und ein paar Kameraden Werkzeug zu holen.

»Da ist vielleicht noch jemand drin«, sagte Froelich zu dem jungen Mann.

»Ich weiß, Manfred Schieber wohnt hier. Aber er müsste allein sein. Seine Tochter ist ausgezogen, seine Frau ist abgehauen, was man so hört – und geöffnet ist das Lokal derzeit nicht.«

»Herr Päble hat den Verdacht, dass auch Frau Schieber im Haus sein könnte.«

Der junge Feuerwehrmann sah Päble, den er bisher noch nicht richtig registriert hatte, verblüfft an – und er wirkte plötzlich etwas verlegen. Er kannte den Wirt der »Rose«, und seine Affäre mit der schönen Frau seines Konkurrenten war längst Stadtgespräch.

»Gut«, sagte der Feuerwehrmann, »danke für den Hinweis.«

Damit rannte er zu seinen Kameraden zurück und rief etwas zu einem Mann mittleren Alters hinüber, der wohl der Kommandant war.

Von der Kammgarnspinnerei her raste eine Limousine heran, bremste scharf ab und kam schließlich direkt neben dem Notarztwagen zum Stehen. Hans-Dieter Kortz vom Landeskriminalamt stieg aus und kam mit großen Schritten auf Froelich und Päble zugelaufen.

»Was ist passiert?«, fragte Kortz, dann fügte er erklärend hinzu. »Frau Coordes hat mich angerufen.«

»Das dachte ich mir schon. Aus Herrn Päble habe ich bisher nichts Vernünftiges herausbekommen. Er hat nur immer wieder gesagt, dass es brennt – und er scheint zu befürchten, dass Susanne Schieber noch im Haus ist.«

»Nein«, sagte nun Wolfgang Päble, und plötzlich schien er wieder ein wenig mehr bei sich zu sein. »Nein, Susanne ist da nicht drin. Sie war bei mir vor dem Haus, gleich heute früh.«

»Bei Ihnen?«

»Ja, vor der ›Rose‹. Ich habe etwa um halb acht ihren kleinen roten Flitzer gerade noch wegfahren sehen, bin ihr dann gleich nach – ich wollte unbedingt mit ihr reden. Schließlich war sie ja seit Wochen verschwunden. Zuerst bin ich hier raus zum ›Enztaler Hof‹ gefahren, aber da war das rote Auto nirgendwo zu sehen, also habe ich angenommen, sie sei weiter die Bundesstraße entlang – und ich hatte die Hoffnung, sie noch einzuholen und endlich zu erfahren, was eigentlich los ist. Als ich sie in Bietigheim noch nicht wieder eingeholt hatte, habe ich umgedreht – von dort aus hätte sie in jede beliebige Richtung fahren können, da wäre es ja reine Glückssache gewesen, sie jemals wiederzufinden. Also bin ich langsam zurückgefahren, und als ich wieder am ›Enztaler Hof‹ vorbeifuhr, sah ich Rauch aus einem der Fenster kommen. Ich habe angehalten, bin runter in den Hof, habe nach Susanne gerufen. Aber ihr Auto stand ja nicht da – auch nicht irgendwo versteckt hinter einem der Schuppen. Sie antwortete nicht, und richtig suchen wollte ich dann doch nicht – ich wollte nicht unbedingt mit Susannes Mann zusammentreffen.«

Die Geschichte, fand Froelich, hätte Päble durchaus auch erfinden können, jedenfalls wirkte sie ein wenig wackelig. Aber der Vereinsvorsitzende war offensichtlich viel zu sehr durcheinander, um ihm und Kortz auf so überzeugende Weise etwas vorzuspielen. Vermutlich konnte man Päble, falls der »Enztaler Hof« nicht einfach so zu brennen begonnen hatte, von der Liste der möglichen Brandstifter streichen.

Kortz schien zu einem ähnlichen Schluss zu kommen, aber aus professioneller Gewohnheit hakte er trotzdem noch einmal nach: »Sie sagen, Frau Schieber sei heute früh bei Ihnen vor dem Haus gewesen. Was könnte sie dort denn gewollt haben, Ihrer Meinung nach?«

Päble sah ihn an, dann klatschte er sich mit der flachen Hand gegen die Stirn.

»Mensch, der Brief!«, sagte er. »Den habe ich ja ganz vergessen.« Er griff sich in die Jacke und zog aus der Innentasche ein Kuvert hervor. Kortz wollte schon danach greifen, da zog Päble die Hand zurück.

»Den lese ich zuerst«, sagte er bestimmt. »Ich kann Ihnen den Brief ja hinterher geben.«

»Sie hinterlassen darauf Fingerabdrücke und verwischen vielleicht die Abdrücke, die schon jetzt drauf sind.«

Päble hörte nicht auf Kortz' Einwände, sondern riss den Umschlag eilig auf. Er nahm ein einzelnes Blatt heraus und begann zu lesen. Was ihn der erste Blick auf die Adresse schon hatte ahnen lassen, wurde mit dem Brief zur Gewissheit: Das war kein Schreiben von Susanne Schieber.

Mit kühnen, teilweise etwas schlampig aufs Papier gekritzelten Buchstaben war der Brief verfasst, und unterzeichnet war er mit einem schwer leserlichen Namenszug, der vermutlich »Manfred Schieber« bedeutete.

Päble hatte den Brief schnell gelesen, dabei waren seine Augen zunehmend erschreckt über die Zeilen geflogen.

Dann ließ er die Hand mit dem Brief sinken, sah mit geweiteten Augen hinunter zum brennenden »Enztaler Hof«, ließ Brief und Umschlag schließlich fallen – und rannte plötzlich auf das Gebäude zu.

»Susanne!«, schrie er dabei, »Susanne! Nein!«

Er war zu schnell für Kortz, der ihm geistesgegenwärtig ein paar Meter weit nachgesetzt hatte. Aber die Feuerwehrleute hörten das hysterische Kreischen des auf sie zuspurtenden Mannes, und zwei der Männer wandten sich um und fingen Päble in vollem Lauf ab.

Er wollte sich losreißen, strampelte wie wild mit den Beinen, aber die beiden Feuerwehrleute hielten ihn mit eisernem Griff fest.

»Im Haus scheint sich die Frau des Wirtes aufzuhalten!«, rief Kortz zu ihnen hinunter, und sofort kam in einige Uniformierte, die sich ohnehin schon auf den Moment zum Sturm auf das brennende Gebäude vorbereitet hatten, Bewegung. Sie schnappten sich Spitzhacken und anderes Gerät, rückten ihre Atemmasken zurecht und stürmten auf eine Tür im Kellergeschoss zu.

Nach wenigen Stößen gab die Tür nach und die Männer verschwanden im Inneren des Gebäudes.

Kortz nahm den Brief hoch, überflog die Zeilen, sah dann traurig zu Froelich hin und reichte ihm das Schreiben.

»Mein lieber Wolfgang«, stand da in schwarzer Farbe, und die Schrift war tief ins Papier eingekerbt. Offensichtlich hatte der Schreiber sehr stark auf den Kugelschreiber gedrückt, als hätte er den Brief mit ordentlich Wut im Bauch geschrieben.

»Mein lieber Wolfgang, Du wunderst Dich vielleicht, warum ich Dir schreibe – und warum ich Dich so vertraulich anrede. Aber du hast so viel von mir übernommen (den Vereinsvorsitz, die Gäste, die Frau), da darf ich mich Dir schon irgendwie nahe fühlen. Inzwischen freue ich mich endlich wieder, wenn ich an Dich denke, und das aus zwei Gründen. Erstens: Das ›Schwimmende Büfett‹ ist nach Olivos Tod auf lange Zeit erledigt – das geschieht Dir und Deinen Freunden im Verein ganz recht. Da spüre ich keinerlei Reue, das kannst Du mir glauben. Zweitens: Susanne wird mich nie mehr mit Dir betrügen können. Du wirst sie künftig – wie soll ich sagen? Kalt lassen ... das trifft es ganz gut. Du kannst ja gerne mal im ›Enztaler Hof‹ nachsehen. Dein Manfred Schieber.«

Hinter Schiebers Name war ein Sternchen gekrakelt, das am unteren Ende des Blattes wiederholt wurde, dahinter stand in kleinerer Schrift: »dem Du nun nie mehr wehtun kannst«.

* * *

Froelich wollte etwas zu Kortz sagen, doch der LKA-Kommissar war auf dem Weg zum Gebäude hinunter. Das Feuer schien inzwischen weitgehend unter Kontrolle, und im ersten Stock waren an mehreren Fenstern nacheinander Männer mit Atemmaske zu sehen, die den Daumen hoben oder kurze Infos zu ihren Kollegen an den Spritzen hinunterriefen.

Kortz erreichte das Haus und redete auf einen der Feuerwehrleute ein, die dort an den Schläuchen standen. Der Feuerwehrmann deutete auf den Kommandanten, und Kortz ging zu ihm hin.

Inge kam angefahren. Sie stellte ihr Auto neben die Limousine von Kortz, Froelich brachte sie in knappen Sätzen aufs Laufende und hielt ihr den Brief hin. Sie überflog ihn und sah Froelich danach mit fragendem Blick an.

»Vermutlich finden sie da drin Susanne Schieber«, murmelte Froelich, »und wir sollten zusehen, dass wir ihren Mann finden, bevor er sich was antut.«

»Du findest also auch, dass sich das hier wie ein Abschiedsbrief liest?«

Froelich nickte.

»Und ich habe nicht die geringste Ahnung, wo Schieber stecken könnte.« Er sah hinunter zu dem Gasthof. »Falls er nicht hier ist.«

* * *

Manfred Schieber hatte eine prächtige Sicht auf die Stadt, auf das Neckartal und auf die Enz – je nachdem, durch welches Fenster er hinausschaute. Schließlich blieb er mit Blick auf das Enztal stehen und beobachtete, wie aus dem »Enztaler Hof« Rauchsäulen in den Himmel stiegen.

Er konnte die Feuerwehrautos sehen, die aufgefahren waren, und es schienen auch noch einige andere Fahrzeuge dort draußen zu stehen. Schieber lehnte sich mit der Stirn gegen das Fensterglas und stützte sich mit beiden Händen an der Mauer ab. Dann musste er lächeln: Eigentlich war es ja nicht nötig, dass er sich auf diese Weise vor einem Sturz in die Tiefe schützte.

* * *

Inge und Froelich erreichten das Gebäude gerade, als Kortz mit dem Kommandanten hineingehen wollte.

»Können wir mit hinein?«, fragte Froelich.

»Nein, wir machen hier keinen Tourismus«, schnauzte ihn der Kommandant an, deutete knapp auf Päble, den noch immer ein Feuerwehrmann bewachte, und wollte gleich weiter, aber Kortz hielt ihn auf.

»Die beiden können ruhig mit rein, sie haben Sie und mich überhaupt erst informiert. Außerdem sind sie für den aktuellen Fall so etwas wie freie Mitarbeiter von mir.«

Kortz zwinkerte Froelich kurz zu, der Kommandant sah die drei fragend an. Dann zuckte er mit den Schultern, brummte ein »Meinetwegen!« und ging den anderen voraus ins Haus. Aus den Augenwinkeln bemerkte Froelich, dass Päble, der sie jetzt ins Haus gehen sah, protestierte und sich von dem Feuerwehrmann losreißen wollte, aber der Uniformierte packte Päbles Arm etwas fester und ließ sich auf keine Diskussionen ein.

Es roch nach Rauch, aber die Luft war hier unten schon wieder recht klar.

»Meine Leute haben den ersten Stock schon durchsucht und haben niemanden gefunden«, sagte der Kommandant, als sie einen Flur erreichten, von dem zahlreiche Türen nach beiden Seiten abgingen. »Jetzt sind sie gerade im zweiten Stock und arbeiten sich nach und nach bis unters Dach vor – wir könnten uns hier im Kellergeschoss umsehen, da haben wir auch am wenigsten von Rauch und Gasen zu befürchten.«

Langsam gingen sie den Flur entlang, Kortz voraus, hinter ihm der Kommandant, und am Ende der Reihe Inge und Froelich. Kortz sah durch die erste Tür, die von dem Flur abging. Auf den ersten Blick war nichts Verdächtiges zu sehen.

Kortz drehte sich um und sagte zu Inge und Froelich: »Wenn Sie in ein Zimmer gehen, fassen Sie bitte nichts an, ja? Und wenn Sie etwas finden, geben Sie sofort Bescheid.«

Damit verschwand er in dem Zimmer, während der Kommandant im Flur blieb und die Decke und die Wände nach Schäden absuchte, die das Feuer vielleicht auch hier angerichtet hatte.

Froelich sah sich um und versuchte, sich zu orientieren. Wenn er sich richtig an seinen frühmorgendlichen Besuch mit dem Elektroroller erinnerte, musste er sich hier ungefähr in jenem Teil des »Enztaler Hofs« befinden, in dem Schieber damals herumgewerkelt hatte. Er sah in die erste Tür zur rechten Seite und konnte durch die verschmierten Fensterscheiben tatsächlich die Bäume am Ufer der Enz sehen.

»Komm mal mit«, sagte er zu Inge und ging ihr voraus weiter in den Flur hinein. Kurz blickte er durch jede Tür, die sie passierten: Weinregale waren zu sehen, Kisten mit Obst und Gemüse, ein großer Papiersack mit Brotresten, Einmachgläser, Dosen, große Plastiksäcke mit verschiedenen Nudelsorten.

Immer sah Froelich kurz in den Raum und ging dann weiter.

»Suchst du etwas Bestimmtes?«, fragte Inge.

»Ja«, sagte Froelich. »Ich hoffe nur, dass ich falsch liege.«

Auf diese Weise kamen sie bis zur vorletzten Tür auf der rechten Seite. Froelich hörte das Brummen der Kühlgeräte schon, bevor er durch die Tür sehen konnte. Er betrat den Raum. Es roch streng und etwas süßlich, und die Luft war viel feuchter, als er es erwartet hatte. Die beiden mannshohen Kühl- oder Gefrierschränke, die er hier vermutet hatte, standen wirklich im Raum.

Und auch die hüfthohe Kühltruhe, die eine niedriger platzierte Zahlenreihe hatte erahnen lassen, stand hier. Mitten im Raum stand sie, und der Deckel war aufgeklappt. Die Kühlaggregate liefen auf Hochtouren, aber der offene Deckel machte ihre Arbeit zunichte.

Langsam trat Froelich näher. Hinter ihm kam Inge und lugte ebenfalls in die Truhe – nun war es zu spät, ihr diesen Anblick zu ersparen.

Susanne Schieber hockte in der Truhe, fast malerisch gebettet auf Tiefkühlgemüse und großen Beuteln mit vorgegarten Pommes. Ihr Rücken und ihr Hinterkopf waren gegen ein Ende der Truhe gelehnt, ihre Beine waren angewinkelt und seitlich umgesunken, der Kopf leicht zur Seite geneigt. Fast sah es aus, als würde sie schlafen, wie sie so dalag, ganz entspannt, mit geschlossenen Augen und das lange blonde Haar etwas verwuschelt um ihre Schultern gelegt.

Ihre linke Schläfe ruhte teilweise auf einer Großpackung Erbsen, die nicht von der Tüte verdeckte Stelle war mit Blut verkrustet.

* * *

Manfred Schieber war zurück in die Mitte des kühlen Raumes getreten. Das Feuer würde den »Enztaler Hof« vernichten, oder die Feuerwehr würde das Gebäude retten können – im Grunde genommen war es ihm egal. Es betraf ihn nicht mehr.

Aufmerksam suchte er die Decke nach Haken und die Mauern nach einem kleinen Vorsprung ab. Als er gefunden hatte, was er brauchte, setzte er sich auf den Boden und dachte zurück an die Zeiten, in denen er sich für glücklich gehalten hatte.

* * *

Der Feuerwehrkommandant ging zurück zu seinen Leuten und trieb sie dazu an, die Suche nach Herrn Schieber noch etwas schneller voranzutreiben. Im Kellergeschoss, das hatte der Kommandant bereits selbst geprüft, war er nicht zu finden. Da das Feuer mittlerweile weitgehend gelöscht war, konnte er zusätzliche Leute in die verschiedenen Garagen und Schuppen schicken, um dort nach Schieber zu suchen.

Froelich und Inge boten dem LKA-Kommissar an, dem angeschlagenen Päble die traurige Nachricht vom Tod seiner Freundin möglichst schonend beizubringen. Kortz nahm den Vorschlag dankend an, blieb bei der toten Frau Schieber und rief auch gleich die Spurensicherung und den Pathologen an.

Päble sah ihnen schon gespannt entgegen, als Inge und Froelich aus dem Haus traten. Ihre betretenen Mienen ließen ihn natürlich sofort das Schlimmste befürchten, und Froelich sah, wie der Mann vor ihren Augen förmlich zu schrumpfen schien. Immerhin: Er hielt sich auf den Beinen.

»Kommen Sie mal mit, Herr Päble«, redete Froelich möglichst beruhigend auf ihn ein und führte ihn die Zufahrt hinauf. Inge flankierte Päble auf der anderen Seite. Gerade noch rechtzeitig achtete Froelich darauf, dass sie auf den Notarztwagen zuhielten, nicht auf den Leichenwagen.

Oben angekommen, gaben sie dem Arzt, der mit einer Zigarette im Mundwinkel neben der offenen Seitentür stand, ein Zeichen. Er kam sofort heran, schnippte unterwegs die Kippe auf den Boden und führte Päble an den Wagen heran und half ihm, sich langsam auf die Schwelle der Seitentür sinken zu lassen.

»Was ist … was ist mit Susanne?«, brachte Päble schließlich hervor. »Ist sie dort unten?«

Inge schwieg und sah Froelich an. Froelich nickte.

»Ist sie …?«

»Ja, Herr Päble, sie ist leider tot.«

»Oh, Gott«, stieß Päble hervor. »Wäre ich nur früher gekommen!«

Er wollte aufstehen, aber der Arzt hinderte ihn mit sanftem Druck daran.

»Warum bin ich nur beim ersten Mal am Gasthof vorbeigefahren? Warum bin ich nicht gleich runter? Ich hätte sie noch retten können! Mein Gott, was für ein Gefühl … Wie soll ich damit denn weiterleben?«

Päble war ganz verzweifelt.

»Sie ist nicht durch den Brand gestorben«, sagte Froelich, um ihm die Schuldgefühle zu nehmen. »Und sie ist nicht erst seit heute tot, Herr Päble.«

Päble sah Froelich fragend an.

»Natürlich ist sie erst seit heute tot, Herr Froelich! Ich habe sie doch noch heute früh bei mir vor der ›Rose‹ gesehen!«

»Da müssen Sie sich getäuscht haben.«

»Nein, ich kenne doch Susannes Auto, hören Sie mal! Wo steht der Wagen denn? Hinter einem der Schuppen?«

Froelich stutzte.

»Sie haben ihr Auto gesehen, ja?«

Päble nickte.

»Aber nicht Susanne Schieber selbst?«

Päble dachte kurz nach, dann schüttelte er zögernd den Kopf.

»Und dann finden Sie in Ihrem Briefkasten einen Brief, den Manfred Schieber an Sie geschrieben hat.«

»Oh, Gott, Sie haben recht …«

Päble begriff. Und Froelich ärgerte sich, dass er darauf nicht gleich gekommen war. Der fehlende Schlaf, der Schnellstart in diesen aufregenden Morgen – das alles hatte ihm ganz offensichtlich nicht gutgetan. Der kleine Umweg vom Bäcker nach Hause dagegen schon …

»Frau Schiebers Auto ist ein roter Kleinwagen? Das sagten Sie doch vorhin, oder?«

»Ja, wieso?«

»Welche Automarke?«

Päble nannte ihm die Marke und beschrieb ein paar Extras an der Karosserie.

»Komm schnell, Inge!«, sagte Froelich und eilte zum Leichenwagen. »Nun weiß ich, wo wir hin müssen – hoffentlich kommen wir nicht zu spät.«

»Halt!«, rief Päble den beiden hinterher. »Wo wollen Sie denn hin?«

»Sagen Sie Herrn Kortz vom LKA bitte, dass er ein paar Leute zum Schochenturm schicken soll. Es eilt.«

Froelich deutete hinunter zum »Enztaler Hof«, wo Kortz gerade aus dem Haus kam und einige Stricke in der Hand hielt. Die Seile hatten hinter der Kühltruhe auf dem Boden gelegen, und mit ihren Knoten und Schlingen wirkten sie, als habe hier jemand für eine perfekte Schlaufe geübt.

* * *

Froelich ließ den Leichenwagen gegenüber des Schochenturms direkt vor dem Eingang zum Steinhaus stehen, dem historischen Gebäude, in dem heute die städtische Musikschule untergebracht war. Gegenüber war vorhin ein roter Kleinwagen abgeschleppt worden – dort war die Einbahnstraße so eng, dass neben dem Leichenwagen kein Auto mehr durchgepasst hätte.

Der Stadtpolizist streifte noch immer in der Gegend herum und suchte nach Falschparkern. Als er Froelich den Leichenwagen verlassen sah, eilte er sofort herbei.

»He!«, rief er, »Do könnet Se net schtanda bleiba!«

»Doch, das geht schon«, sagte Froelich, der weder Lust noch Zeit für eine Diskussion mit diesem Beamten hatte.

»Sie werrat scho säh: Sie sen net der Erschte, den i heit do hanna abschleppa lass!«

»Ich weiß, deshalb sind wir ja hier«, sagte Froelich noch, dann erreichte er die Freitreppe, mit der der Aufstieg in den Schochenturm begann. Das Schloss der Gittertür oben an der Treppe war aufgebrochen, die Tür war nur angelehnt.

Inge und Froelich ließen den weiterhin schimpfenden Stadtpolizisten stehen und betraten das Innere des nächsten Treppenaufgangs – ein skurriles Detail des Schochenturms: Der Weg hinauf zur Tür, die in den Turm selbst führte, war eine weitere Außentreppe, aber sie war mit Holzwänden und einem Dach zu einer Art Tunnel ausgebaut. Auch die Tür am Ende dieses Tunnels war aufgebrochen worden. Sie lauschten, es war nichts zu hören – außer den Geräuschen außerhalb des Turms: der schimpfende Beamte, ein vorbeifahrendes Auto.

Langsam stiegen sie die nächste Treppe hinauf, vor allem der inzwischen bereits atemlose Froelich schlurfte mit seinen Schuhen laut über die Stufen – aber das war nun eben nicht zu ändern. Immer höher kamen sie, und als sie die obersten Stufen schon sehen konnten, war von ihren Schritten kaum mehr etwas zu hören: Das rasselnde Schnaufen des völlig erschöpften Gottfried Froelich übertönte alles andere.

Es war auch das Erste, was Manfred Schieber von den Neuankömmlingen mitbekam. Er stand mit dem Rücken zur Treppe auf einer wackligen Holzkiste, und um seinen

Hals hing ein Strick, den er mit einem Knoten an einem Haken an der Decke festgebunden hatte.

»Ah, der Bestatter ist schon da«, sagte Schieber, als er den Kopf so weit in der Schlinge gedreht hatte, dass er Inge und Froelich sehen konnte. »Wie aufmerksam von Ihnen …« Ein hämisches Grinsen huschte über Schiebers Gesicht.

»Machen Sie keinen Blödsinn, Herr Schieber!«, sagte Inge, die noch gut bei Puste war. Froelich stand neben ihr, hatte sich mit beiden Händen auf seine Oberschenkel gestützt und versuchte, wieder zu Atem zu kommen.

»Halten Sie sich da einfach raus. Das geht nur mich etwas an.« Ein Schatten huschte über sein Gesicht. »Mich und meine Frau …«

»Wir haben sie gefunden. Wie lange ist sie denn schon tot?«

Schieber sah sie lange an. Er öffnete den Mund, als wolle er etwas sagen, dann schloss er ihn wieder ohne ein Wort.

»Warum haben Sie sie denn umgebracht?«

Inge versuchte einfach mal einen Schuss ins Blaue. Sie wusste ja bisher nur, dass die Tote in Manfred Schiebers Gefriertruhe gelegen hatte.

Schieber lächelte mitleidig, dann wandte er sich wieder ab und sah zum Fenster hinaus. Inge folgte seinem Blick und sah den »Enztaler Hof« drunten im Tal liegen, schön eingebettet zwischen Fluss und Wiesen und im Moment umstanden von zahlreichen Feuerwehrautos. Über dem Gasthof zog nur noch eine sehr dünne Rauchsäule nach oben. Das Feuer war wohl so gut wie gelöscht.

»Mensch, Herr Schieber«, sagte Froelich, er atmete noch immer schwer, »das bringt doch alles nichts. Jetzt kommen Sie da runter und lassen Sie uns in Ruhe über alles reden.«

»Mit Ihnen rede ich nicht«, sagte Schieber nach einer langen Pause. »Mit Päble würde ich reden, mit Ihnen nicht.«

Froelich schöpfte etwas Hoffnung – denn es klang, als würde Schieber eine Forderung stellen. Wer Forderungen stellte, hatte er einmal irgendwo gelesen, erwartete noch etwas von seinem Leben.

»Sollen wir Herrn Päble herbringen lassen?«

»Ja, bringen Sie Päble her«, sagte Schieber und lachte bitter auf. »Der soll sich das ruhig ansehen.«

Froelich und Inge wechselten einen Blick. Inge, die schräg hinter Schieber stand, zückte das Handy und suchte im Anrufspeicher nach der Nummer von Kortz, den sie vom Handy aus schon mehr als einmal angerufen hatte. Als sie ihn fand, schreckte sie ein kratzendes Geräusch auf und sie sah zu Schieber hin. Die Kiste unter Schiebers Füßen neigte sich, und dann stieß sich der Mann mit der Schlinge um den Hals kräftig ab. Die Kiste fiel um und Schiebers Körper ruckte ein Stück nach unten.

Froelich, der Schiebers Bewegung gleich im ersten Moment richtig gedeutet hatte, stürzte sich nach vorn und rollte halb herum, bis sein Bauch die Füße Schiebers auf ihrem Weg nach unten stoppten.

Einen Augenblick lang war Inge völlig baff, dann machte sie zwei Schritte auf Schieber zu und umklammerte ihn fest mit beiden Armen um die Hüfte. Sie sah nach oben. Die Schlinge hatte sich schon ein wenig um Schiebers Hals zugezogen, und er bekam schlecht Luft, aber noch konnte er atmen. Doch Schieber ließ sich hängen und schien sich besonders schwer zu machen, um sich endlich auf diese Weise aus all seinen Problemen davonzuschleichen.

Lange würde Inge ihn so nicht mehr halten können.

Hinter Inge schlug ein Notizblock auf dem Boden auf. Sie drehte den Kopf und sah den Stadtpolizisten auf der obersten Stufe der Treppe stehen. Er wollte offensichtlich gerade zu einer Strafpredigt ansetzen, aber der Anblick, der sich ihm bot, verschlug ihm fürs Erste die Sprache.

»Wenn Sie mit Ihrem Strafzettel noch einen Moment warten könnten, wäre es mir ganz recht«, brummte Froelich, dem Schiebers Schuhe unangenehm in den Wanst drückten. »Haben Sie ein Taschenmesser dabei?«

Der Uniformierte war offensichtlich völlig überfordert mit der skurrilen Szene im Turm.

»Ja, natürlich«, stammelte er und nestelte in seiner Hosentasche. »Echt Schweiz, viele Werkzeuge, sehr scharf«, stieß er hervor und hielt dem am Boden liegenden Froelich ein dickes Taschenmesser mit rotem Gehäuse hin.

»Was soll ich damit?«, fuhr ihn Froelich an. »Schneiden Sie den Strick ab, den der Mann da um den Hals hat. Schnell!«

Der Beamte tappte wie eine Marionette zu Schieber hinüber, fingerte umständlich die passende Klinge aus dem Taschenmesser und begann, an dem Seil herumzusäbeln. Inge glaubte schon, sie könne den lebensmüden Schieber nicht mehr länger in seiner aufrechten Position halten, da durchtrennte der Stadtpolizist endlich die letzte Faser des Stricks. Das Seilstück fiel Schieber auf den Rücken, Inge ließ los, und dann polterten sie und Schieber nebeneinander auf den Boden des Raumes.

Der Stadtpolizist stand noch immer mit dem Messer in der Hand und bestaunte die Szene. Froelich rieb sich den Bauch, nahm Inges Handy vom Boden auf, das während ihrer Rettungsaktion heruntergefallen war, und wählte die Notrufnummer.

Mittwoch, 13. Oktober

Gegen zehn Uhr am Mittwochvormittag rief Kommissar Kortz an und fragte Froelich noch einmal nach einigen Details der Szene tags zuvor im Schochenturm.

»Schieber hat inzwischen übrigens gestanden«, sagte Kortz. »Er hat die Blausäure in die Mandelbutter getan, und er hat die Bomben gelegt. Die Tasche, in der sie versteckt waren, und die Gummihandschuhe, mit denen er alles angefasst hat, warf er auf der ›Anna Schäufele‹ über Bord. Und schließlich hatte er wohl auch nicht mehr die Nerven, ständig mit dem Zünder in der Hosentasche herumzulaufen – den hat er auch über Bord geworfen. Bisher wurde im Neckar noch nichts davon gefunden, aber wir suchen noch ein bisschen – und zur Not reicht auch Schiebers Aussage.«

»Und warum hat er das getan? Wollte er sich auf diese Weise an Olivo rächen, der ihm so übel mitgespielt hat?«

»Nein, nicht in erster Linie. Er wollte seinem Rivalen Päble eins auswischen – dessen Verein sollte durch den Zwischenfall schlechte Presse bekommen, und vor allem sollte das ›Schwimmende Büfett‹ in Verruf kommen. Dass es dann ausgerechnet Olivo getroffen hat – ich glaube, das war für Schieber nicht mehr als eine willkommene Zugabe.«

* * *

Mit den Hinterbliebenen eines früheren Gemüsehändlers unterhielt sich Froelich fast zwei Stunden lang. Er war nicht ganz bei der Sache, machte sich mehr Notizen als sonst und hatte Schwierigkeiten, das Gespräch so zu führen, dass auch wirklich alle wichtigen Punkte geklärt wurden. Immer wieder ging er seine Liste durch, am Ende fand er tatsächlich noch eine offene Frage – und er hatte schließlich den Eindruck, dass sich in die Trauer der Hinterbliebenen mittlerweile auch etwas Ärger über den unkonzentriert wirkenden Bestatter mischte.

Als er die Witwe und den ebenfalls schon greisenhaften Bruder des Toten mit warmen Worten verabschiedete und hinter ihnen die Tür zudrückte, ließ er sich mit einem leisen Stöhnen gegen die Wand des Treppenhauses sinken. Ein paar Minuten stand er so da, dann bemerkte er, dass Inge von oben zu ihm herunter sah.

»Ich komme«, sagte er und schleppte sich die Treppe hinauf. Er hatte Hunger, er war müde, und am liebsten hätte er sich einfach hingelegt, das Telefon ausgesteckt und die Türklingel abgestellt.

Als er sich oben an den Küchentisch setzte, hoben die dampfenden Schüsseln seine Laune schlagartig, und erst jetzt fiel ihm auf, wie gewaltig sein Hunger war. Mit wachsender Begeisterung schaufelte er selbstgemachte Spätzle, Schweinebraten in Senf-Kümmel-Kruste, würzige Soße und grünen Salat in sich hinein, bis er erst keinen Hunger mehr hatte, dann auch keinen Appetit mehr – und schließlich hätte auch beim besten Willen nicht mehr der kleinste Bissen in Froelich hineingepasst.

»Lecker!«, brachte er gerade noch hervor, dann ließ er sich erschöpft nach hinten gegen die Lehne der Eckbank sinken.

Das Klappern des Geschirrs, das Inge in die Spülmaschine räumte, machte ihn noch schläfriger als er nach dem üppigen Essen ohnehin schon war, und als sie sich nach getaner Arbeit mit einem Espresso wieder an den Tisch setzte, war Froelich schon der Länge nach auf die Bank gesunken, den Kopf auf dem Stapel der neuesten Zeitungen, und schnarchte erst leise und dann immer lauter.

Als er wieder erwachte, war Inge weg. Ein Zettel lag auf dem Tisch: »Bin einkaufen« – also drehte er sich noch einmal um und schlief noch eine Runde.

Wenig später wachte er vom Türklingeln auf. Der Paketbote hatte zwei Kartons für ihn. Im einen steckten einige dringend benötigte Kleinigkeiten für das Institut, im anderen ein neues Aufnahmegerät, mit dem er künftig Ideen für neue Songs aufzeichnen wollte. Er hatte sich schon länger vorgenommen, wieder mehr Musik zu machen – die erste Anschaffung dafür hatte er nun schon einmal getätigt.

Er las noch in der Bedienungsanleitung, als Inge voll bepackt die Treppe heraufkam.

»Na, endlich ausgeschlafen?«, fragte sie, und ihr leicht aggressiver Unterton alarmierte Froelich sofort.

»Ist was?«

»Wenn man davon absieht, dass du mich alleine abräumen, spülen, aufräumen und einkaufen lässt, während du hier auf der Eckbank einen halben Wald zusammensägst … nein.«

Froelich legte die Bedienungsanleitung weg und räumte – als Inge den mit Papier, Kabeln und Packmaterial beladenen Tisch mit einem genervten Blick streifte – schnell alles zurück in den Karton.

Dann stellte er sich hinter sie, die gerade Nudelpackungen ins Regal stellte, und umarmte sie.

»Mir geht die Sache doch auch an die Nieren«, murmelte er.

Inge drehte sich in seinen Armen um und drückte ihn ebenfalls. Ein, zwei Minuten standen sie da, dann schluchzte sie leise. Froelich wartete. Nach einiger Zeit wurde Inge still, und schließlich trat sie einen Schritt zurück, schniefte und sah Froelich mit einem traurigen Lächeln an.

»Danke, Gottfried. Du tust mir gut, das hat mir lange gefehlt.«

»Gleichfalls«, sagte Froelich und versuchte ein Grinsen. »Sollen wir ein bisschen raus?«

»Es regnet.«

»Ja, und?«

* * *

Manfred Schieber saß lange in dem Raum und dachte nach. Vor ihm lag das umfangreiche Geständnis, das er abgelegt hatte und nun nur noch unterschreiben musste.

Hatte er Päble nun wirklich den entscheidenden Stoß versetzt? Hatte er es nun allen im Verein heimgezahlt, die ihn so schmählich hatten fallen lassen?

Besonders gut fühlte sich Schieber nicht. So gesehen, war die ganze Geschichte nur ein halber Erfolg gewesen.

»Was Lilo jetzt wohl macht?«, dachte er. »Ob sie sich um den ›Enztaler Hof‹ kümmern wird?«

Er verdrückte eine Träne, griff zu dem Stift und unterzeichnete das Geständnis mit seinem üblichen, schwer lesbaren Namenszug.

* * *

Unter dem Regenschirm dicht aneinander gedrängt, schlenderten Inge und Froelich durch die Altstadt. Das Bestattungsinstitut hatte mittwochnachmittags immer geschlossen, und der verblichene Gemüsehändler würde morgen immer noch tot sein und lag bis dahin ganz gut im Kühlraum.

Sie blieben vor Schaufenstern stehen, lasen die aktuellen Angebote auf Speisekarten und musterten in aller Ruhe die ausgehängten Plakate. Um sie herum waren nicht viele Fußgänger unterwegs, und wer draußen war, sah zu, dass er schnell sein Ziel erreichte, mit großen Schritten und eingezogenem Genick.

Inge und Froelich dagegen nahmen sich alle Zeit der Welt. Als sie am Schochenturm vorbeikamen, sah Froelich sie unsicher an, aber vielleicht tat es ihr ganz gut, die Stationen der tragischen Geschichte um Olivo, Päble, das Ehepaar Schieber und all die anderen noch einmal abzulaufen.

Eine Weile standen sie vor dem Turm und sahen zu den Fenstern hinauf, hinter denen sie Manfred Schiebers Leben gerettet hatten – das er nun wohl für viele Jahre hinter Gittern verbringen würde. Dann gingen sie durch das Tor hinaus aus der Altstadt und wanderten zum Neckar hinüber.

An der Anlegestelle lasen sie die Abfahrts- und Ankunftszeiten des Linienverkehrs. Was wohl Kapitän Paulsen gerade machte? Ob er seine Crew nun endlich dazu bringen konnte, während der Dienststunden das Handy beiseite zu lassen? Und ob sie jemals wieder mit einem Neckarschiff würden fahren können, ohne an den toten Olivo und die Bomben zu denken?

Es war durchaus möglich, dass Manfred Schieber das Ziel, »seinen« alten Verein und dessen neuen Vorsitzenden mit der vergifteten Mandelbutter und den Sprengsätzen auf lange Zeit hinaus zu beschädigen, erreicht hatte. Es würde spannend sein zu sehen, wie groß der Zulauf zum nächsten »Schwimmenden Büfett« in zwei Jahren war.

Hinter dem Stadion bogen sie nach rechts ab und mühten sich zu dem Wohngebiet oben auf dem Hügel hinauf. Als sie nach einigen Haken und Schlenkern das südliche Ende des Wohngebiets erreicht hatten, zeigte Froelich auf das dort stehende Schild.

»Weißt du eigentlich, Inge, dass dieser Richard Duschek ein berühmter Maler war, der lange hier in Besigheim gelebt und hier auch seine große Liebe gefunden hat?«

»Nein«, sagte Inge, und sie klang dabei, als wolle sie das auch gar nicht wissen.

»Und seine Tochter Susanne zog später auch nach Besigheim«, plauderte Froelich weiter, der nicht auf Inges Tonfall geachtet hatte. »Sie hat übrigens viel Lob bekommen für Illustrationen, die sie zu einer Neuausgabe von Eduard Mörikes ›Stuttgarter Hutzelmännlein‹ beisteuerte.«

Inge antwortete nicht, sondern ging weiter. Auch Froelich schwieg nun. Nach einer Weile blieben sie stehen und sahen ins Enztal hinunter, das sich nun vor ihnen ausbreitete.

»So, so, Duscheks Tochter hieß also auch Susanne«, sagte sie plötzlich.

Froelich schluckte. Unten war in einiger Entfernung der »Enztaler Hof« zu sehen.

»Sollen wir da auch noch hin?«, fragte er.

Inge dachte nach, dann nickte sie. Nach einem kurzen Stück führte eine Wengerttreppe von ihrem Feldweg hinunter zum Enzradweg. Sie kletterten die ungleichmäßigen Stufen hintereinander hinunter und machten sich, unten angekommen, wieder mit flotteren Schritten auf den Weg zu dem außerhalb der Stadt liegenden Gasthof.

Es hatte inzwischen zu regnen aufgehört, aber noch immer standen überall auf dem Weg kleine Pfützen, und die Bäume und Büsche hingen voller schwerer Tropfen. Als sie die Brücke erreichten, die vom Enztalradweg über den Fluss zum »Enztaler Hof« führte, konnten sie vor dem Gebäude zwei Fahrzeuge sehen: einen älteren, silbern lackierten Mittelklassekombi und einen Van mit der Aufschrift »Chiara Scopassi – modo di vivere«.

Zwei Frauen standen zwischen den Fahrzeugen und diskutierten, wobei sie abwechselnd auf verschiedene Stellen an den Gebäudefassaden deuteten. Die eine Frau war klein, etwas mollig und trug ihr schwarzes Haar offen bis hinunter zum Hintern. Die andere Frau, groß, blond und schlank, erkannten Inge und Froelich auch von schräg hinten als Lilo Schieber.

Frau Schieber, die auch in Jeans und kariertem Kapuzensweater umwerfend aussah, drehte sich um, als sie Schritte hinter sich hörte – und sie schien kurz zusammenzuzucken. Froelich hatte gute Lust, gleich wieder umzukehren, doch die junge Frau kam nach der Schrecksekunde recht aufgeräumt auf sie zu und begrüßte sie freundlich mit Handschlag.

»Und das hier ist Chiara, meine beste Freundin.«

Sie sah die kleinere Frau mit einem herzlichen Lächeln an, legte ihr eine Hand auf die Schulter und zog sie beinahe auf Inge und Froelich zu. Mit verlegenem Grinsen reichte sie den beiden den Hand.

»Oh, cara Chiara«, lachte sie, »wenn du dich als Geschäftsfrau durchsetzen willst, wirst du deine Scheu schon ablegen müssen.«

»Was für ein Geschäft haben Sie denn?«, fragte Inge, um Chiaras Schüchternheit etwas zu mildern. »Ist das Ihr Transporter?«

Chiara nickte.

»Heißt *modo di vivere* nicht Lebensart? Wenn man das bei Ihnen kaufen kann, können Sie sich in Deutschland vor Kunden bald nicht mehr retten ...«

Nun musste auch Chiara lachen. Es war ein schönes Lachen, hell, aber nicht schneidend.

»Ganz so einfach ist es leider nicht«, sagte sie. »Aber auf dem Weg zur eigenen Lebensart kann ich die Leute ein wenig begleiten. Ich biete Beratung und besorge, wenn es nötig ist, auch die Accessoires dazu. Das reicht vom Blumenschmuck über Bilder, von Gläsern bis zu Büchern. Im Prinzip bin ich so eine Art Innenarchitektin in der anthroposophischen Variante.«

Chiara Scopassi musste schon lange in Deutschland leben: Ihrer Stimme war keine Spur eines italienischen Akzents anzuhören – und Froelich fand es besonders angenehm, dass sie es nicht wie dieser Felice nötig hatte, einen solchen Akzent zu imitieren, um irgendwelchen geschäftsfördernden Klischees zu entsprechen.

»Da kommen wir sicher mal ins Geschäft«, sagte Inge und ließ ihren Blick über den »Enztaler Hof« schweifen.

»Sieht doch nicht so schlimm aus, wie es nach dem Brand zu befürchten war, oder?« Lilo Schiebers Frage war eher eine Feststellung, und sie beobachtete Inge und Froelich dabei aufmerksam.

Froelich hätte sie gerne gefragt, ob etwas nicht mit ihr stimme, ob ihr etwas Sorgen oder Kummer mache. Gerade noch rechtzeitig verkniff er es sich. Die Mutter tot in der Gefriertruhe, der Vater auf dem besten Weg zu einer langen Gefängnisstrafe – das konnte einem schon den Tag verderben. Trotzdem war etwas im Blick der jungen Frau, der ihm sagte: Lilo Schieber war es unangenehm, hier hinter dem »Enztaler Hof« erwischt worden zu sein. Wobei auch immer.

»Ich finde es schön, dass Sie hier ein wenig nach dem Rechten sehen«, sagte Inge vorsichtig, der ähnliche Gedanken durch den Kopf gingen wie Froelich. Dabei sah sie Lilo Schieber an, und es wirkte, als würden sich beide Frauen über die Gefühle der jeweils anderen klar werden wollen.

Schließlich senkte Lilo Schieber kurz die Augen, dann sah sie wieder auf und ihr Blick gingen zwischen Inge und Froelich hin und her.

»Ich …«, begann sie stockend. »Als ich gestern von all dem hier erfahren habe«, sie machte mit dem Kopf eine vage Bewegung hin zum Gasthof, »war ich zunächst vor allem wütend auf meinen Vater – wie eigentlich seit Jahren die ganze Zeit über.«

Inge nickte ihr aufmunternd zu, Froelich wartete einfach nur schweigend ab.

»Das war schon nicht angenehm, aber die Nachricht vom Tod meiner Mutter haute mich regelrecht um. Mein Gott: in der Gefriertruhe im Gasthof! Abgelegt wie ... wie ... wie eine Schweinehälfte ...«

Ihre Stimme hatte zu beben begonnen, nun hielt sich Lilo Schieber die Hand vor den Mund, blickte an Inge vorbei auf die Baumkronen am Enzufer und kämpfte mit den Tränen.

»Mein Vater«, fuhr sie schließlich nach einer Weile fort, »spielt in meinem Leben keine Rolle mehr, mit dem habe ich abgeschlossen, schon vor Jahren. Natürlich kann ich ihn nicht wirklich vergessen, aber dass er meine Mutter, so wie es jetzt den Anschein hat, ermordete, dass er diesen blöden Feinschmecker auf dem Gewissen hat und auch die Sprengsätze auf dem Neckarschiff platzierte – das alles berührt mich nicht so sehr, wie Sie es vielleicht erwarten würden. Dass er all das getan hat, ist am Ende allein sein Problem.«

Ihre Stimme klang nun wieder so hart wie in Esslingen, als sie in der Trattoria auf ihren Vater zu sprechen gekommen war.

»Aber meine Mutter ... Ich hatte so gehofft, dass sie ein neues Leben würde beginnen können – das habe ich ihr wirklich von Herzen gewünscht. Ich fand es zwar traurig, dass sie dafür offenbar auch den Kontakt mit mir abgebrochen hatte, aber ich wünschte ihr wirklich das Allerbeste. Zwei Tage nach Ihrem Besuch bei uns in Esslingen war ich so weit, da hatte ich mir alles so zurecht gelegt: Meine Mutter wollte alle Brücken hinter sich abbrechen, weil sie sonst nicht darauf hoffen konnte, einen richtigen Neustart zu schaffen. Das habe ich geglaubt, und ich habe begonnen, mich damit abzufinden. Und dann ... dann liegt sie ...«

Froelich hörte die ständigen Veränderungen im Tonfall der jungen Frau und fragte sich, wie sehr sie innerlich wohl durch die unterschiedlichen Gefühle für ihre Eltern zerrissen war.

»Ich wollte ein paar Tage wegfahren, wollte mir mal anderen Wind um die Nase wehen lassen«, sagte sie und lächelte wehmütig. »Da hat Felice nur rumgemeckert, dass ich ihn schon wieder im Stich lassen würde, und all diese Vorwürfe, die ich mir schon eine ganze Weile anhören musste. Also habe ich weiter in der Trattoria gearbeitet und nachts in mein Kissen geheult. Tja, und als ich gestern vom Tod meiner Mutter erfuhr, da habe ich ihm einfach recht gegeben – und habe ihn wirklich im Stich gelassen.«

Sie sah zu Chiara Scopassi hin.

»Chiara lässt mich fürs Erste bei sich wohnen, und nun schaue ich, wie es für mich weitergehen kann.«

Inge nickte, sagte aber nichts.

Froelich hatte weniger Geduld.

»Denken Sie daran, den ›Enztaler Hof‹ zu übernehmen?«, fragte er.

Lilo Schieber sah ihn an, und ihr Blick schwankte zwischen Verletzlichkeit und Trotz.

»Mein Gott«, dachte Froelich und versuchte dem Blick standzuhalten, »diese Frau kann mit ihren Augen ja wirklich Steine erweichen!«

»Finden Sie, dass ich jetzt noch nicht hier sein sollte? Dass ich etwas Zeit vergehen lassen sollte, aus Rücksicht auf meine tote Mutter und meinen verhafteten Vater?«

»Ach, daher weht der Wind«, dachte Froelich, und fast war er deswegen ein wenig erleichtert: Er hatte noch nie viel davon gehalten, wenn Menschen ihr Verhalten vor allem von der möglichen Reaktion ihrer Mitmenschen darauf oder von deren Meinung abhängig machten.

»Aber wissen Sie was, Herr Froelich?« Lilo Schieber drückte den Rücken durch und ließ einen verächtlichen Zug um ihren Mund spielen: »Es ist mir scheißegal, wenn Sie oder sonst jemand mich für einen Aasgeier halten, der sich möglichst schnell die Habe seiner Eltern unter den Nagel reißen will!«

Nun war Froelich doch kurz sprachlos.

»Jetzt machen Sie mal einen Punkt«, fuhr Inge dazwischen. »Woher wollen Sie wissen, was wir über Sie denken? Ich kann es Ihnen sagen: nichts. Es ist ganz und gar Ihre Sache, was Sie mit dem ›Enztaler Hof‹ tun oder lassen, wo und wie Sie leben, was Sie mit sich anfangen.«

Lilo Schieber stand mit offenem Mund vor Inge. Sie war von Inges Ausbruch nicht weniger überrascht als Froelich. Selbst Inge schien sich nicht mehr ganz sicher, ob sie den richtigen Ton getroffen hatte.

»Tut mir leid«, sagte sie dann, noch mit einem kleinen, bereits verblassenden Rest Wut in der Stimme, »aber das musste jetzt einfach mal raus. Wieso glauben Sie denn, dass wir uns ein Urteil über Sie bilden, wenn Sie zum Gasthof Ihrer Eltern fahren? Es wäre doch schön, wenn Sie auf diese Weise so kurz nach diesem Schicksalsschlag eine Möglichkeit für sich finden könnten, wieder nach vorne zu schauen, etwas Neues zu beginnen, Ihr Leben selbst in die Hand zu nehmen.«

Lilo Schieber nickte, sah betreten zu Boden.

»Entschuldigen Sie bitte«, murmelte sie dann. »Ich habe im Moment nicht die besten Nerven – aber dafür können Sie ja nichts.«

»Schon gut«, sagte Inge versöhnlich.

»Und Ihr Vater ...«, begann Froelich, korrigierte sich aber sofort, »ich meine: Ihre Mutter hätte es sich ganz bestimmt genau so von Ihnen gewünscht. Dass Sie den ›Enztaler Hof‹ übernehmen, dass Sie neue Ideen und neuen Schwung reinbringen. Dass Sie ... na ja, dass Sie Ihrem Vater endlich auch zeigen können, dass er Sie immer unterschätzt hat.«

Fast tat es Froelich leid, dass er nun doch den Vater erwähnt hatte, aber so ganz konnte sich Lilo wohl doch nicht von Manfred Schieber lossagen, denn in ihren Augen stiegen schon wieder Tränen auf.

»Sie haben recht«, brachte sie schließlich hervor. »Das möchte ich wirklich. Und nun kann er mir ja auch nicht mehr reinreden – uns, meine ich.«

»Ja«, schaltete sich Chiara Scopassi ein. »Wir wollen den ›Enztaler Hof‹ gemeinsam betreiben. Lilo wird sich um die Gastronomie kümmern, und ich werde das Ambiente schaffen, in dem sich unsere Gäste wohlfühlen. Gesundheit, Wellness, regionale Küche – damit machen wir uns schon Hoffnungen, genügend Gäste zu finden. Wir werden außerdem einige Räume für Massage, Meditation und solche Dinge einrichten und suchen uns dann die richtigen Partner, die dort praktizieren wollen.«

»Klingt gut«, sagte Froelich und meinte es auch so. »Und wenn Sie das mit der regionalen Küche auf die Beine gestellt haben, geben Sie uns unbedingt gleich Bescheid.«

Lilo Schieber wischte sich eine letzte Träne aus dem Augenwinkel und sah Froelich an. Der legte beide Hände vorn an seinen Bauch, leckte sich die Lippen und grinste.

»Ja«, sagte Lilo Schieber und lachte gutmütig, »Sie werde ich sicher als Allerersten anrufen, versprochen!«

Donnerstag, 14. Oktober

Froelich legte den Hörer auf und erzählte Inge, was er in der vergangenen halben Stunde am Telefon alles erfahren hatte. Erst als sie die zweite Tasse Milchkaffee getrunken und alle Brötchen verdrückt hatten, war er mit seiner Zusammenfassung fertig. Hans-Dieter Kortz vom LKA hatte sich noch ein zweites Mal bei Froelich wegen der Mithilfe bedankt, und im Gegenzug hatte er ihm die Ermittlungsergebnisse anvertraut, die Froelich noch nicht gekannt hatte – mit der Auflage, es außer Inge niemandem zu erzählen.

»Ach was«, sagte Inge schließlich, »so einfach ist es, an Blausäure zu kommen?« Sie schauderte. »Und die hatten tatsächlich auch Claudia Müller und Karin Frohe-Mertens im Visier?«

»Ja, Frau Müller hatte wohl Ärger mit Neuneck. Der muss ihren Wein in einigen Restaurants schlechtgemacht haben, und Frau Frohe-Mertens hat es ihr verraten.«

»Na ja, aber ein Mordmotiv ist das ja wohl kaum, oder?«

»Die Müllers stecken derzeit in finanziellen Schwierigkeiten, da können sie keine Misserfolge brauchen, nehme ich an. Auch Butterweck hatte auf dem Schiff angedeutet, dass sie derzeit etwas knapp bei Kasse seien. Da können die Nerven schon mal blank liegen.«

»Trotzdem: sie deswegen gleich zu verdächtigen ...«

»Kortz hatte Gerüchte aufgeschnappt, dass da auch irgendetwas Privates zwischen Walther Neuneck und Claudia Müller gelaufen sei – aber dazu konnte er noch nichts Näheres herausfinden. Na ja, durch Schiebers Geständnis ist das ja auch alles vom Tisch.«

»Und warum war die Sommeliere verdächtig?«

»Angeblich hat Neuneck ihr vor ein paar Jahren einen Karrieresprung versaut. Vielleicht hat sie es deshalb auch sofort ihrer Jugendfreundin weitererzählt, als sie von Neunecks Kritik an deren Weinen hörte.«

* * *

Wolfgang Päble saß lange oben im Weinberg. Er hatte sich eine Flasche Bier und ein Vesper mitgebracht, aber meist lag beides unbeachtet neben ihm im Gras. Päble beobachtete mit dem Fernglas, was sich rund um den »Enztaler Hof« tat.

Zwei Frauen trugen immer wieder irgendwelchen Krempel aus dem Haus nach hinten und legten alles auf einen großen Haufen direkt am Enzufer. Die kleinere der beiden kannte er nicht, die größere hatte er zwar noch nie zu Gesicht bekommen, es konnte aber keinen Zweifel geben, wen er hier vor sich hatte: Lilo Schieber, Susannes Tochter. Und es sah ganz danach aus, als wolle sie den »Enztaler Hof« weiterführen.

Schön und groß wie die Mutter, und soweit er es durch den Feldstecher beurteilen konnte, war sie Susanne auch wie aus dem Gesicht geschnitten.

Wehmütig setzte er das Fernglas ab. Fast war es, als habe er hier wieder seine Susanne vor Augen. Ein warmes und zugleich schmerzhaftes Gefühl durchflutete ihn, langsam ließ er sich nach hinten ins kühle Gras sinken.

Über ihm zogen Wolken über den Himmel, in ihm tobten ganz gegensätzliche Gefühle. Und viele Fragen machten ihm zu schaffen.

Wenn er nun, nach all den tragischen Vorfällen und nachdem sein Widersacher Manfred Schieber aus dem Spiel war, seinen Kampf gegen den »Enztaler Hof« beenden würde, wenn er Lilo für ihren Neuanfang unter die Arme greifen würde – würde er damit das Andenken ihrer toten Mutter ehren oder würde er eher versuchen, sich an eine neue, jüngere, zweite Susanne heranzumachen?

So weh, wie ihm noch immer jeder Gedanke tat, der mit Susanne Schieber zu tun hatte, konnte er sich selbst über seine Beweggründe nicht sicher sein. Jeder Gedanke an Susanne führte unweigerlich dazu, dass er sich am Ende vorstellte, wie er auf ein Zeichen seiner großen Liebe gewartet hatte, während sie schon lange tot in der Kühltruhe saß.

Päble setzte sich wieder auf, biss von seinem Leberwurstbrot ab und trank einen Schluck Bier.

Durch das Fernglas sah er noch eine Zeitlang Lilo Schieber zu, wie sie den »Enztaler Hof« entrümpelte, dann stand er auf, packte Essen, Getränke und Fernglas in seinen Rucksack. Dann kraxelte er vorsichtig hinunter zum Enztalradweg und wandte sich nach links, auf den Gasthof zu.

Der Streit musste ein Ende haben.

Freitag, 15. Oktober

Inge und Froelich saßen am Küchentisch. Dieser Freitag war bisher vergangen wie ein ganz normaler Tag. Morgens hatten sie sich zur Feier von Froelichs Vierzigstem ein paar süße Stückle gegönnt, auf dem Weg vom Bäcker waren Froelich zwei kleine Schilder aufgefallen, die jemand in Lücken im Straßenpflaster gerammt hatte und die in der Art eines Verbotsschilds jeweils einen stilisierten Pflasterstein zeigten, der mit einem roten Balken schräg durchgestrichen war.

Mittags waren sie in ihr Stammlokal in der Kirchstraße gegangen. Aber zu mehr als einer kleinen Portion Schweinebraten mit Spätzle hatte Froelich keinen Appetit gehabt, und für Inge schien wieder einmal Salattag zu sein.

Im Institut hatte sich nichts Besonderes ereignet. Von allen üblichen Terminen hatte Froelich den Tag freigehalten, und so hatte er stundenlang im Büro herumgesessen und nicht so richtig gewusst, was er mit seiner Zeit anfangen sollte.

Herr Sanfftleben, der alte Bestatter aus Esslingen, hatte ihn angerufen und ihm zum Geburtstag gratuliert. Und natürlich hatte er ihm wieder damit in den Ohren gelegen, er solle doch bitte sein Institut übernehmen und weiterführen. Sanfftleben klang wie immer traurig, und als der alte Herr aufgelegt hatte, fühlte sich Froelich alt und schwach und deprimiert.

Walter Reiff, sein treuer Mitarbeiter, dem er das Institut in Weil der Stadt anvertraut hatte, meldete sich, gratulierte und hielt ihn mit etwas Tratsch aus dem Heckengäu auf dem Laufenden.

Aber sein alter Freund, der Weil der Städter Pfarrer Staupitz, rief nicht an. Auch Alexander Maigerle, der musizierende Kommissar, nicht. Hilde und Dorothea, die beiden Merklinger Landfrauen, ließen nichts von sich hören. Er ging in Gedanken die ganze Reihe enger und weniger enger Freunde durch – eigentlich schien sich keiner von ihnen darum zu kümmern, dass Froelich heute vierzig wurde.

Nun war es später Nachmittag, und er saß mit Inge am Küchentisch, kaute eher lustlos auf einem Stück von dem Salzkuchen herum, den er gerade frisch gebacken hatte und der ihm überraschend gut gelungen war.

Inge wirkte etwas nervös, aber jedes Mal, wenn er sie nach dem Grund gefragt hatte, war sie ihm ausgewichen.

»Sollen wir ein bisschen runter?«, fragte er schließlich und nickte zu den Wärmekissen hinüber, die auf dem Telefonschränkchen im Flur lagen.

»In deinen kalten ›Proberaum‹? Das ist wirklich nichts für mich – und das nicht nur wegen der Kälte.«

»Aber dort unten liegen doch gerade nur zwei Frauen, und die sind fix und fertig sauber hergerichtet.«

»Ich mag nicht mit Toten in einem Raum sein, da kommt in mir nicht unbedingt die richtige Stimmung für eine kleine Session auf, tut mir leid.«

Diese Diskussion hatten sie schon in Weil der Stadt geführt. Immerhin hatte sich Inge erweichen lassen, ihre Bassanlage im Untergeschoss aufzubauen – manchmal ließ Froelich dann die Tür zum Kühlraum offen, und so spielten sie gewissermaßen auf Distanz miteinander.

Inzwischen hatte Froelich nachgegeben, und er hatte begonnen, einen Teil des Sarglagers zu einer schalldichten Kabine umzubauen. Aber da war noch viel zu tun, und hier oben in der Wohnung konnten sie nur mit sehr geringer Lautstärke spielen – die Wände des alten Hauses waren nicht besonders gut gedämmt, und die Nachbarschaft hatte wenig Sinn für bluesige Nachtmusik.

»Und was machen wir dann? Fernsehen?«

Inge sah ihn mit gespieltem Entsetzen an.

»Fällt dir sonst wirklich nichts ein? Ist es schon so weit?«

»Nein, nein, aber vorher …?«

»Lass uns doch noch einmal rausgehen«, schlug sie vor.

»Bei dem Wetter?«

Es war eigentlich weder besonders schönes noch besonders wüstes Wetter. Ein kühler Wind schob mal ein paar Regenwolken über Besigheim und riss dann wieder ein paar blaue Flecken zwischen ihnen auf, jetzt war es duster geworden, aber es blieb trocken.

»Na, komm, du Muffel!«, sagte Inge, stand auf und schlüpfte in ihre Jacke.

»Wohin willst du?«

»Ein bisschen durch die Stadt laufen, mal sehen, wo wir hängen bleiben. Klingt das nach einem guten Plan?«

Froelich zögerte.

»Na?«

Er gab sich einen Ruck, und wenig später schlenderten sie die Kirchstraße entlang. Vor ihrem Stammlokal stand der Wirt und rauchte eine Zigarette. Froelich schien es, als habe der Wirt Inge zugezwinkert. Aber er war nicht sicher, und Inge reagierte nicht weiter darauf.

Sie kamen zum Marktbrunnen, auf dem das steinerne Jörgle unverdrossen das badische Wappen hielt und dem württembergischen Stuttgart den Hintern zuwandte. Sie sahen gegenüber die Frau vom Reisebüro den Laden abschließen und steuerten auf das Restaurant neben dem Rathaus zu. Kurz überflogen sie die Karte mit den exotischen Gerichten, dann zeigte Inge auf die alte Holztür, die zum Gewölbekeller hinunterführte. Hier veranstaltete der rührige Buch- und Weinhändler ab und zu Lesungen oder Themenabende, die er mit einem Menü oder einer Weinprobe aufpeppte.

»Schau mal«, sagte Inge beiläufig, »da scheint heute was los zu sein.«

»Das ist sicher privat, sonst hätten wir ja Plakate gesehen.«

»Na und? Lass uns doch mal schauen.«

Sie zog ihn ein wenig, widerstrebend ging Froelich mit. Tatsächlich schien im Keller heute eine Party stattzufinden: Von unten drangen Gesprächsfetzen und Gelächter nach oben, und als Froelich und Inge in der Tür standen, wehte mit der warmen Luft auch ein kräftiger Duft nach gebratenem Lamm heraus auf die Straße.

Der Blick nach unten war durch einen roten Samtvorhang verdeckt. Inge sah Froelich mit breitem Grinsen an und schob ihn auf den Vorhang zu. Allmählich keimte in ihm ein Verdacht, wer hier heute feierte …

Vor dem Vorhang blieb er kurz stehen, dann atmete er tief durch und schob die beiden Stoffbahnen auseinander. Unten saßen an langen Tischen alle, die er an seinem Geburtstag gerne um sich haben wollte. Sogar neben der Treppe, die steil in das Gemäuer hinunterführte, waren kleine Tischchen eingedeckt, und alle Stühle waren besetzt – bis auf zwei ganz vorne, direkt an der kleinen Bühne, die an der Stirnwand des Kellers aufgebaut war.

Dort oben wartete die nächste Überraschung auf ihn: Sein Keyboard war aufgestellt, daneben standen Inges Bass, zwei Gitarren, Verstärker und etwas Percussion – die Bühne war voll mit allem, was man für eine zünftige Session unter Musikern brauchte.

»Mensch, Inge …«, stammelte er, aber sie küsste ihn nur, lachte und sagte: »Ich hatte vorhin echt Angst, du gehst alleine runter in deinen Kühlraum und kommst mir auf die Schliche, weil dein Keyboard verschwunden ist.«

Alexander Maigerle kam die Treppe herauf und begrüßte Froelich überschwänglich.

»Und? Spielen wir gleich mal eine Runde?«

»Klar«, freute sich Froelich, und zusammen mit Inge und Maigerle strebte er der Bühne zu. Auch Heinrich war da, Maigerles früherer Gitarrist, den er während eines Konzerts in Waiblingen kennengelernt hatte und der mit Maigerle zusammen den Schwabenblues »Gisela« komponiert hatte, den Maigerles Band »Midnight Men« gerne als Zugabe spielte.

Als die Gitarristen und Inge zu stimmen begannen, kletterten auch Hilde und Agathe auf die Bühne.

»Wir haben mit unseren Merklinger Landfrauen einen Kurs für afrikanisches Trommeln besucht«, sagte Agathe und kicherte. Sie ging zur Percussionecke hinüber, klopfte ein paar Mal auf die Trommeln vor ihr und kicherte wieder. Offenbar hatte sie sich schon ein wenig Mut angetrunken. Hilde stellte sich neben sie und hielt eine Triangel vor sich.

Die Gäste johlten und klatschten Beifall, und als Froelich die ersten Akkorde von »Six Feet under« anstimmte, fielen sofort alle Musiker mit ein – Inge schien mit den anderen heimlich geübt zu haben, denn jeder Akkordwechsel und jeder Übergang klappte tadellos und im ersten Anlauf.

Immer wieder spielten sie drei, vier Lieder, meistens Blues- und Jazzklassiker. Dazwischen gab es leckeres Essen, das der Wirt ihres Stammlokals anliefern ließ, und Weine aus der Toskana. Der Buchhändler hatte es sicher gut gemeint, und die Tropfen schmeckten auch alle ausgezeichnet – da mochte Froelich ihm die unbeabsichtigte Anspielung auf Lilo Schiebers italienischen Ex-Freund nicht übelnehmen.

* * *

Das Hämmern erklang diesmal direkt an der Stadtmauer. Der vermummte Mann machte sich an einem Pflasterstein zu schaffen, und allmählich machte sich die Übung bemerkbar, die er inzwischen damit hatte. Er schlug den Meißel in den Spalt zwischen zwei Steinen und lockerte einen der Steine durch heftiges Hin und Her. Dann zerrte er an dem Stein und bekam ihn schließlich so zu fassen, dass er ihn herausheben konnte.

Er legte den Pflasterstein und den Fäustling links neben sich und tastete dann mit der rechten Hand nach dem kurzen Metallrohr, das er für diese Stelle vorbereitet hatte.

»Bitteschön!«, sagte eine Männerstimme hinter ihm und reichte ihm das Rohr.

Erschrocken ließ er das Rohr zu Boden fallen und drehte sich um. Hinter ihm stand ein Mann in der Uniform eines Polizisten und grüßte ihn freundlich.

»Röhm mein Name«, sagte der Beamte und reichte ihm die Hand, um ihm aufzuhelfen.

Ganz verdattert stand der Vermummte auf und klopfte sich etwas Staub von den Knien.

»Packen Sie doch bitte den Stein wieder zurück in die Lücke, ja?«

Der Vermummte zögerte kurz, dann ging er noch einmal in die Hocke und drückte den Pflasterstein wieder zurück in seinen alten Platz.

»Und jetzt bitte noch das Werkzeug einpacken«, sagte Röhm, »dann können wir gehen.«

Als die beiden sich auf den Weg zu Röhms Schreibtisch im Polizeiposten in der Kirchstraße machten, musste der Beamte schmunzeln: Er hatte den Pflastermann, wie der Vermummte unter den Kollegen genannt wurde, praktisch in Rufweite des Amtsgerichts erwischt. Noch unterwegs informierte er das Revier in Bietigheim-Bissingen, in wenigen Minuten würden zwei Kollegen eintreffen, die ihm diesen Knallkopf abnehmen würden.

Erst in ihrer Anwesenheit wollte er den Vermummten bitten, seine Maske abzunehmen. Es war so wenig los in Röhms Arbeitsbereich, da konnte etwas zusätzliche Spannung nicht schaden.

Trotzdem – so aufregend die nächtlichen Streifzüge auf der Suche nach dem Pflastermann auch gewesen waren – eine komplett durchgeschlafene Nacht konnte nun auch mal wieder nicht schaden.

* * *

Froelichs Geburtstagsparty war ein voller Erfolg. Hilde spielte die Triangel mit wachsender Begeisterung und störte sich kein bisschen daran, dass sie keiner hörte. Agathe musste sich zwischendurch immer wieder setzen, weil der Prosecco ihr wohl in die Beine gefahren war. Dafür zeigten andere ungewohnte Ausdauer, zum Beispiel die Pfarrer Jonas Brenz und Jan Staupitz, die zu »Midnight Hour« völlig außer Rand und Band auf ihrem Tisch tanzten. Frau Tirpic tanzte eng umschlungen mit Walter Reiff, die beiden sahen aus glasigen Augen zur Bühne hin, schienen aber nicht mehr alles mitzubekommen.

Erst gegen halb vier kehrten Inge und Froelich wieder in ihr Haus zurück. Mit einem letzten Glas Rotwein standen sie noch eine Weile am offenen Fenster und sahen zur Alten Kelter hinüber und zum Waldhornturm.

Inge fröstelte ein wenig. Froelich holte seine alte Wolldecke aus dem Nebenzimmer, legte sie Inge um die Schulter und nahm sie in den Arm.

»Schön hier«, sagte Inge nach einer Weile. »Trotz allem.«

»Ja, schön hier.«

Einige Minuten standen sie wieder still und schauten hinaus.

»Weißt du, Inge«, begann Froelich schließlich, »manchmal stelle ich mir vor, wie es wäre, wenn ich noch einmal ganz von vorn anfangen könnte. Irgendwo.«

»Hm«, machte Inge und lehnte sich etwas fester gegen ihn.

»Und dann fällt mir nie etwas Vernünftiges ein, was ich mit diesem Neustart anfangen könnte. Ich kann ja nur Bestatter, sonst habe ich nichts gelernt. Und wir leben ja auch nicht schlecht davon.«

»Stimmt, das passt schon. Solange du keine trüben Gedanken davon bekommst, kannst du gerne Bestatter bleiben.«

»Du meinst, wie der junge Sanfftleben, der es nicht mehr ertragen hat?«

»Ja.«

»Keine Angst. Aber es ist komisch, dass du gerade an den jungen Sanfftleben gedacht hast. Sein Vater geht mir nicht mehr aus dem Sinn. Der hat heute im Büro angerufen, hat mir gratuliert – und natürlich wieder davon angefangen, dass ich doch sein Institut in Esslingen übernehmen soll.«

»Und? Willst du?«

»Herr Sanfftleben klang so traurig, als würde er es nicht ertragen, nach seinem Sohn auch noch sein Geschäft sterben zu sehen.«

»Na, hör mal. Das ist eine Firma, kein Mensch.«

»Da ist für Leute vom Schlag des alten Sanfftleben die Grenze eher fließend, glaube ich. Der Familienbetrieb liegt ihm offenbar sehr am Herzen.«

Inge sah Froelich an, musterte ihn eine Weile und lächelte dann.

»Du hast dich längst entschieden, oder?«

Froelich zuckte mit den Schultern.

»Müssten wir umziehen?«

Froelich zuckte erneut mit den Schultern. Inge sah wieder hinaus auf den Platz vor der Alten Kelter.

»Es ist schön hier«, sagte sie. »Aber Esslingen ist auch nicht übel. Ich könnte ja ab und zu ins ›La Rocciosa‹ essen gehen, allein natürlich.«

»Untersteh' dich!«

Froelich nahm sie noch etwas fester in den Arm und drückte ihr einen Kuss auf die Wange.

»Ach, mein lieber Gottfried«, sagte Inge dann und lachte. »Dieser Felice kann dir doch nicht das Wasser reichen.«

»Seh' ich genauso.«

»Aber, Gottfried, von großen Sprüchen allein wird keiner satt.«

Froelich sah sie an und bemerkte das Funkeln in ihren Augen.

Unten ging Pfarrer Jonas Brenz mit leicht beschwingtem Schritt vorüber. Als er am Haus von Inge und Froelich hinaufschaute, sah er nur noch, wie die beiden offenbar in einiger Eile das Fenster schlossen.

Schmunzelnd ging Pfarrer Brenz weiter seines Weges durch das nächtliche Besigheim.

ENDE

Dank

Danke an alle, die sich auch seltsame Fragen gefallen ließen und die diesem Buch informative und skurrile, unappetitliche und diesmal auch ausgesprochen appetitliche Details bescherten – vor allem meinen fleißigen Newsletter-Lesern (www.juergen.seibold.de) möchte ich herzlich danken für die originelle Bestückung des »Schwimmenden Büfetts« mit tatsächlichen und fiktiven Leckereien.

Die Fehler im Text, falls Sie welche finden, kreiden Sie einfach mir an.

Sollte sich jemand in diesem Buch wiedererkennen, danke ich für das (unverdiente) Lob: Wie in Krimis üblich, sind Handlung und Personen frei erfunden. Für Versuche, herauszufinden, was an den Schauplätzen real und was erfunden ist, wünsche ich viel Spaß.

Jürgen Seibold

Direction littéraire
Mylène Bouchard

Édition
Mylène Bouchard
Paul Kawczak
Marc-Antoine Gilbert

Révision linguistique
Pierrette Tostivint

Correction d'épreuves
Marie-Claude Masse

Design graphique et mise en page
Atelier Mille Mille

Illustration en couverture
Jazz Aline

Tiens ta langue a été mis en page en Lyon,
caractère dessiné par Kai Bernau
en 2009 et en Din Next, caractère dessiné
par Akira Kobayashi en 2009.

Achevé d'imprimer en France
par CPI en décembre 2024.

No. d'impression : 2080441